人生自是有情痴

最动人的 40 首婉约词

陈忠涛 / 著

首都经济贸易大学出版社
Capital University of Economics and Business Press

图书在版编目(CIP)数据

人生自是有情痴:最动人的40首婉约词/陈忠涛著.—北京:首都经济贸易大学出版社,2015.7

ISBN 978-7-5638-2311-6

Ⅰ.①人… Ⅱ.①陈… Ⅲ.①婉约派—词(文学)—诗歌欣赏—中国—古代 Ⅳ.①I207.23

中国版本图书馆 CIP 数据核字(2014)第 296919 号

人生自是有情痴:最动人的40首婉约词
陈忠涛 著

出版发行	首都经济贸易大学出版社
地　　址	北京市朝阳区红庙(邮编 100026)
电　　话	(010)65976483　65065761　65071505(传真)
网　　址	http://www.sjmcb.com
E-mail	publish@cueb.edu.cn
经　　销	全国新华书店
照　　排	首都经济贸易大学出版社激光照排服务部
印　　刷	北京泰锐印刷有限责任公司
开　　本	880 毫米 × 1230 毫米　1/32
字　　数	240 千字
印　　张	9.375
版　　次	2015 年 7 月第 1 版　2015 年 7 月第 1 次印刷
书　　号	ISBN 978-7-5638-2311-6/I·35
定　　价	28.00 元

图书印装若有质量问题,本社负责调换
版权所有　侵权必究

只为深爱,不言其他

燕归来/文

应忠涛之邀,为他的两部新书——《此情可待成追忆:最深情的40首古诗》和《人生自是有情痴:最动人的40首婉约词》作序,这是他的又一系列的倾心之作。接到他的邀请我是惶恐的,因我不是文化圈里的人,也从没发表过什么像样的文字,而给一本书作序是极其重要的事,直接影响到读者在阅读前对这本书的判断,我这样粗劣的文笔怎么能胜任呢?我说:"鱼(我一直叫他鱼),我怕写不好,你应该找个有名气的作家为你的作品增色。"他说:"用心就好,你最懂我。"我感动于这份信任,更因了这句"懂我"而大胆地谈一点我对这两本书的感想,以及我所认识的陈忠涛其人。

认识忠涛已经好多年,从他的第一部作品《痛爱:我在古诗词中等你》出版到现在,我一直在默默地关注着他,看着他一步步走来,看着他付出的艰辛和努力,也感受着他的孤独和寂寞。忠涛说得没错,我是最懂他的人,他的每一部作品我都会细细地读,而他每一部作品的完成,我都是他的第一个读者,我会从一个读者的角度给他一些建议,然后看着他在诗词赏析这条路上越走越远。

有一种爱无法放手,这种爱就是忠涛对文字的挚爱和对古典诗词的痴爱,他就像一个单纯的孩子,把自己放在那些唯美的诗词当中,有的时候与其说他在完成一部作品,不如说他是在自言自语，跟浮华的声名无关，跟个人的利益无关，也跟创作无关，他写的只是他的心。在这个纯文学日渐冷落的时代，他一直坚持着，坚持着内心的方向，做一个文学领域的麦田守望者。花开不为蝴蝶来，只为绽放自己的色彩，他坚信美好的文字一定会打动人，一定会有一些喜欢这些文字的人愿意来聆听他的喃喃自语，就比如此时的你我。

  忠涛的这两部作品，具有一定的文学价值，融知识性与欣赏性于一体，参考了大量的资料，做了细致的研究，有很多与众不同的见解。若细读和比较，你会发现他对每一首诗词解析的角度常和其他的学者有所不同，甚至推翻了一些权威的说法，呈现给读者他自己独特的见解。在这里，他充分发挥了一个诗人的想象力。他说，诗词的解析不能单单看表面，更要根据它的时代背景和作者当时所处的心境去猜想更深层次的东西，有些暗藏的隐喻你必须走进作者的心里才能够理解。比如他在解李商隐的诗的时候，把李商隐情诗中所思所想的那个初恋情人认定为宋华阳，当然这不是没有根据的，他在书中做了大量合理的推理和分析，甚至他能把二人幽会的情景非常鲜明生动地再现出来给读者看。再比如，他在解李煜的词的时候，根本就没有把他看作一个皇帝，而是把他平民化，让我们看到了一个男人再普通不过的一面，有优点也有缺点，有多情浪漫的情怀，也有喜新厌旧的习性。忠涛以为，这是人性的弱点，谁也不会例外。他还常常把现代诗歌引进来，用现代诗歌的柔美浅显衬托古典诗词的雅致清丽，别具一格，达到了一种古今结合的艺术效果。几乎每一首诗词的背后都有一段爱情故事，有时候让人觉得这不仅仅是一部散文体的诗词赏析读本，更像一个个篇幅短小的言情小说集，非常生动有趣。

读忠涛的书，会发现他有一颗悲悯的心，他常常会为才子佳人的凄美爱情而暗自流泪，尤其对李清照、朱淑真、鱼玄机、苏小小等这样命运多舛的女子，他更是怜惜。这些玲珑通透、清纯可爱的女子，生在那样的年代，纵然心性高傲，才艺超群，冠绝群芳，却终免不了流离失所、凄凉孤苦的命运。她们是历史画卷里怒放的花，爱情诗歌里出尘的莲，在忠涛的笔下，她们是婀娜多姿惹人怜爱的，忠涛与她们，可算是隔世的知己。

男人的温柔和深情是女人无法抗拒的，忠涛笔下的李煜是那样的男人，柳永是那样的男人，温庭筠是那样的男人，纳兰是那样的男人，李商隐是那样的男人，晏小山是那样的男人……他自己更是那样的男人。他常常说：一个人的内心深处总有一处是柔软的，总有一个地方盛满了泪水，盛满了感动，盛满了深深的爱。打开《此情可待成追忆：最深情的40首古诗》和《人生自是有情痴：最动人的40首婉约词》这两部书，爱情的魅力跃然纸上，情丝缕缕爱意绵绵，会让你相信任何年代爱情都是存在的，真爱都是神圣的。只要爱过，人生就没有遗憾，"天长地久有时尽，此恨绵绵无绝期"，爱不是自私地拥有，而是"你若安好，便是晴天"。

忠涛曾写过这样一段话：盛大的世界，我们只是一粒微尘，而遇到另一粒微尘是多少亿分之一的机会呢？所以从那第一次的碰撞开始，就注定了彼此的深陷，谁也无法回头。是啊，人世间的情都是因缘分而起，遇到了便不能放手，能够倾其一生地去爱一个人也算是一种幸福吧。要知道，很多人一辈子都没经历过爱情。在我们想去爱一个人的时候,在我们能去爱一个人的时候,就义无反顾地去爱吧。生命很短,不能使其华美就让它变得丰盈吧。

我们不难看出忠涛在这两本书中倾注的心血,每一本书都像是他的孩子,需要经历十月怀胎的艰辛、一朝分娩的阵痛,最终才能跟读者见面。在我认识他的这几年里,他出版了大量的作品,用呕心沥血来形容他的创作态度是毫不为过的,他现在一身的伤病,但每天还是在坚持阅读和写作,我曾劝过他改变写作的方向以迎合大众,往畅销书方面靠拢,但是他不肯,他固执地坚持内心的挚爱,志在研究古典诗词的精髓,就算没有人看他也要写。他说:"不管这条路能走多远,我都不会放弃,我会坚持自己的风格继续写下去。坚持自己的风格本身就是一种风格,不管发生了什么,我的阅读和写作都会继续,我手写我心。"

忠涛的《此情可待成追忆:最深情的40首古诗》和《人生自是有情痴:最动人的40首婉约词》这两本书的重点都在一个"情"字。问世间情为何物,直教生死相许。爱情是个永恒的话题,从古自今有多少人为情消得人憔悴,又有多少人为情所伤为情所困,一寸相思一寸灰。忠涛把爱情看得非常透彻,分析得精致深刻,不能说他是个爱情专家,至少他是个懂爱的人,在他单薄的身体里有着一颗柔软的心。他对自己初恋的女子,同样爱得伤痕累累不能自已,因为自己内心的伤口更能让他体会到古人的伤痛,也更让他的文字充满无尽的感伤。我们读书中的那些诗词,其实就是在读他,因了这份共鸣与惺惺相惜,他才能够把那些情诗情词诠释得如此淋漓尽致。

忠涛的文字委婉旖旎,异常唯美,他能把你带入一种境界,引起

只为深爱，不言其他

你无尽的遐想，于诗词变幻中讲述古代痴情男女们不为人知的内心世界，既不夸张，又不死板，通俗优美，洒脱随意，自然流露内心的思绪。这两部作品，抒情赏析于一体，处处体现创新，绝不蹈前人覆辙，自成一格，有着鲜明的个人特色，你既可以像玩味诗词一样去品读它，更可以像读猎奇爱情小说一样去挖掘、探索它。合上书本，那些伤情的场面，会像电影一样在你脑海里一一浮现。值得一提的是，作者不是为了解诗词而解诗词，而是通过一首诗词的背后故事讲述一段人生故事，既满足了读者对诗词本身鉴赏的需求，也满足了读者对诗词背后的历史故事甚至野史掌故的了解，字里行间全无古诗词的晦涩难懂，更没有学院派学者严肃压人的气势，可谓气韵流畅，鲜活生动。这就是忠涛的过人之处，在缓慢委婉的叙述中带你走进美妙的情感世界，字字入心，句句动情。

  读书是一种享受，尤其是读一本好书，而什么样的书才算得上是好书呢？什么样的书才是值得我们花费时间和精力去阅读的呢？最近在《读者》杂志上看到一篇文章，讲的是关于应该读什么样的书的心得体会，文中引用了林语堂的一段话：这个世界上没有一本书是人人必须阅读的，只有在某时、某地、某一个年龄中必须读的书。作者还把书籍比喻成食品，分为主食、美食、蔬果、甜点。那么忠涛的这两本书属于哪一类呢？我觉得应该是有益于我们身心健康的蔬果类，在繁忙的生活之余，坐下来，泡上一杯茶，慢慢地翻上几页，心灵会变得澄澈宁静，那些纷纷扰扰、尔虞我诈、功名利禄便都不复存在了。我们要感谢忠涛给我们这么好的精神食粮，让我们的心灵能寻到一处清静之地，使我们的身心得到修养和调节，让我们用更多的真情和爱去温暖这个世界,温暖世界上的每一个人。

最后祝愿忠涛的这两部书发行成功,并祝他在未来的日子里能为大家奉献出更多更好的作品。

目 录

知我相思苦 / 1

鬓云欲度香腮雪 / 7

夜夜相思更漏残 / 14

尽君今日欢 / 19

泪眼问花花不语 / 23

始知相忆深 / 30

人间没个安排处 / 36

路遥归梦难成 / 43

一向偎人颤 / 51

为伊消得人憔悴 / 57

中有千千结 / 64

只有相思无尽处 / 70

明月不谙离恨苦 / 75

人生自是有情痴 / 81

头白鸳鸯失伴飞 / 88

断肠院落,一帘风絮 / 94

犹恐相逢是梦中 / 106

人在深深处 / 116

泪弹不尽临窗滴 / 123

无处话凄凉 / 131

日日思君不见君 / 138

柔情似水,佳期如梦 / 143

独自凄凉人不问 / 150

多少事,欲说还休 / 156

人比黄花瘦 / 164

这次第,怎一个愁字了得 / 171

云中谁寄锦书来 / 180

泪痕红浥鲛绡透 / 187

衾寒枕冷夜香销 / 195

泪湿春衫袖 / 203

娇痴不怕人猜 / 211

天易见,见伊难 / 218

剔尽寒灯梦不成 / 228

笑语盈盈暗香去 / 235

是中更有痴儿女 / 241

海枯石烂情缘在 / 249

谁念西风独自凉 / 258

人生若只如初见 / 265

化作彩云飞去 / 272

相思相望不相亲 / 280

知我相思苦

秋风清，秋月明，落叶聚还散，寒鸦栖复惊。相思相见知何日，此时此夜难为情。 入我相思门，知我相思苦。长相思兮长相忆，短相思兮无穷极。早知如此绊人心，何如当初莫相识。

——李白《秋风词》

这首词，我第一次读的时候，是在《神雕侠侣》一书中，想一想，我一直感谢金庸、古龙和梁羽生，这三位武侠大师陪我度过了多少寂寞的时光啊！金庸的《神雕侠侣》是我最喜欢的一部武侠小说，书的最后，金庸这样写道："却听得杨过朗声说道：'今番良晤，豪兴不浅，他日江湖相逢，再当杯酒言欢。咱们就此别过。'说着袍袖一拂，携着小龙女之手，与神雕并肩下山。其时明月在天，清风吹叶，树巅乌鸦呀啊而鸣，郭襄再也忍耐不住，泪珠夺眶而出。正是：'秋风清，秋风明，落叶聚还散，寒鸦栖复惊。相思相见知何日，此时此夜难为情。'"

郭襄当时是一个少女，爱上了杨过，所以，在杨过离开的时候，才黯然落泪。因为她知道，从此一别，她是再也见不到杨过了，也就是，倘我转身，后会无期。所以，当杨过转身离开的时候，她的心被一针一针地刺疼了。而这首词中的女子，我想，肯定也是这样纠结，这样疼痛。

当我们爱上一个人时，这个人却转身离开了我们，也许终生都无法再次见到，这样的爱情到底是一种怎样的感觉呢？雪小禅说："爱情真是一个妖，吞了人，连骨头都没有吐。爱情又是一杯毒酒，喝到薄醉不算完，一定要中了毒。中了毒，仍然无怨无悔地说，我就愿意当这只飞蛾，是我自己，哪里抱怨得了火呢……可真要命，这要人命的爱情。"

当我们真正用心爱上一个人的时候，这个人的离开会让我们觉得，也许今生再也见不到她（他），一边想着一边默默流泪，身体内仿佛有什么被狠狠地折断，很疼，很疼，但又无法言说。这首词中的女子，也陷在这样的疼痛当中，无法自拔。

这首词，是一首对所爱之人的相思词。自古写相思的词很多，但这首词却在网上情诗（词）排行榜上排名靠前，说明大家对它的喜爱。网上流传的一些情诗（词）的排行榜，虽然不能得到学术界的认同，但我个人觉得，这样的排行榜更加符合大众的阅读口味。

"秋风清，秋月明，落叶聚还散，寒鸦栖复惊"，这几句，是借凄冷之景来衬托内心的哀境。自古文人多易伤秋，因为秋是让人感伤的季节。而女子对时光的点滴流逝似乎比男子更加敏感，所以，除了容易伤春之外，秋天无疑也是让她们伤情的。

一个人说：不是你忘了带我走，而是时光没有等我。是啊，不是你忘了把我带走，也不是我独自留在原地，而是时光，它像一只轻盈的飞鸟，独自飞走了，丝毫都没有让我们察觉到。当我们反应过来的时候，已经到了人比黄花瘦的时刻。

秋风清冷地吹着，吹过一扇敞开的窗户，而这扇敞开的窗户之下，坐着一个陷入思念的女子。秋风像一只冰凉的手，拂冷了这个世界上的一切。这个时候，看到窗外这些凄凉的景象，她的心自然而然地凉了下来。于是，月光像一只更加凄冷的虫，一点一点地爬上了她那美丽的脸。

"秋月明"，其实，这是一道疼痛的伤口。张爱玲也写过相似的月光："秋夜，生辰，睡前掀帘一瞥下半夜的月色。青霜似的月色，半躺在寒冷的水门汀洋台①栏杆上。只一瞥，但在床上时时察觉到重帘外的月光，冰冷沉重如青白色的墓石一样地压在人心胸上。恒古的月色，阅尽历代兴亡，千百年来始终这样冷冷地照着，然而对我，三十年已经太多了，已经像墓碑似的压在心胸上。"

"落叶聚还散，寒鸦栖复惊"，这两句写得相当凄怆。对句，就像对联一样，对得十分工整。这句"落叶聚还散"，有抱怨、质问的意思。树叶在春天聚在枝头，如今却还是要散去，这不正像我们两个人之间的情缘？为什么聚在一起之后，还要各奔东西、分隔两地呢？

"寒鸦栖复惊"这句，写得最凄凉。"寒鸦"，在中国文学史上一直就代表着遥远的距离、深沉的思念，甚至是无尽的怀念。寒鸦的叫声，可以说是最为哀冷的音符了，这样的音符最伤思念之人的心。我记得，纳兰容若在一首《梦江南》中这样写过："昏鸦尽，小立恨因谁？急雪乍翻香阁絮，轻风吹到胆瓶梅。心字已成灰。"

这首词可以这样意译：那低哀而过的鸦群，披着昏暗的色彩已经飞远。那站在黄昏之下眺望远方的人啊，为什么还在窗前伫立？飘飞的柳絮像冬日的大雪一样随着缕缕缭乱的风，吹落到香阁中。打疼那个远望之人的泪眼，疼在那个人的心里。风里，或许有一缕幽香，如同思念和伤痛，如影

---

① 洋台，今作"阳台"。

随形。轻风摇曳，轻抚着那插在胆瓶里的梅花。那案几之上凋落的花瓣，多么像无着落的青春，暗暗伤感。此时，狼藉一地的，难道只是心字香烧成的灰烬？

在所有的音符中，最让人觉得荒凉和悲哀的莫过于寒鸦的叫声。撕裂般的鸣叫，是乌鸦最明显的特性。正是这种撕裂般的叫声，让那颗思念的心，觉得无比凄凉。在几千年的文化记忆里，这种耐人寻味的声音，总是与黄昏和乡愁纠缠不休，总是和人内心的离愁别绪，甚至和人内心的孤独、寂寞和失落互相关联。

那些寒鸦已经栖息在树林中了，为什么这个时候，还要飞起来？难道是自己思念中的离人回来了？这样的追问，注定不会得到满意的答案，转眼这个女子的心又跌入了低谷。

紧接着这句"相思相见知何日？此时此夜难为情"，便是写对这个没有回来之人的相思。想念一个人的滋味到底是怎样的？一个诗人这样写过：我坐在月光当中想你，直想到我浑身炽热，又全身冰凉。这真是冰火两重天啊！

"相思相见知何日，此时此夜难为情"，可以这样意译：我想着你，远在天边的你，不知归期的你，可是，我再次见到你要等到什么时候呢？今夜，同样的月光，同样的轻风，我该用什么才能写尽对你的思念？我该用什么告诉你，我内心那无边汹涌、却无法倾诉的情话？这样写，一个女子的深情清晰可见。

似此星辰非昨夜，为谁风露立中宵？

"入我相思门，知我相思苦。长相思兮长相忆，短相思兮无穷极"，这几句，写尽相思之苦。相思到底有多苦？我记得早年有一首歌红遍了大半个中国——《明明知道相思苦》，黄安在这首歌中这样唱道："明明知道相思苦，偏偏对你牵肠挂肚。经过几许细思量，宁愿承受这痛苦。认识你之前是无靠无依，认识你后无药可医……明明知道相思苦，偏偏对你牵肠挂肚。经过几许细思量，宁愿承受这痛苦……"

这几句明显是质问，是抱怨。你为什么这么长时间不回来呢？也许是因为没有"入我相思门"的缘故吧。你如果跟我想你一样般热烈而迫切，那么你必然会知道我此时的心里思念有多沉重，我因为思念你而心里有多苦。

"长相思兮长相忆"这句，其实是这个女子的奢望和梦想。跟《诗经》里的"执子之手，与子偕老"一样，都是汉语才能产生出的标准的中国情话。我这么长久地思念着你，这么用心地爱着你，可是你呢？你的心又在哪里？你的爱又在哪里？

"短相思兮无穷极"这句，有很多人无法理解。好的，让我从我喜欢的词人，被称为"古之伤心人"的晏几道的词中找几句来解释吧。晏几道在《少年游》中这样写道："离多最是，东西流水，终解两相逢。浅情终似，行云无定，犹到梦魂中。可怜人意，薄于云水，佳会更难重……"

这里的"短相思兮无穷极"，在我看来，就是晏几道这里的"浅情终似，行云无定"和"可怜人意，薄于云水，佳会更难重"。这句是对那个还没回来的人的质问，也是抱怨，更是深情。他虽然对我无情，但我不能对他无义。其实，爱情一直都不是公平或对等的，从来都不是我给你一整颗心，你就能把你一整颗心回馈给我。

在爱情的天平上，有很多时候是失衡的，不一定那个我们日夜思念的人，会同样思念我们。所以，当你真正去爱一个人的时候，别问这样公平不公平，值不值得，因为在我看来，爱情当中，只有愿不愿意。

"短相思兮无穷极"这句，也可以用一句话来解释，即人们常说的：

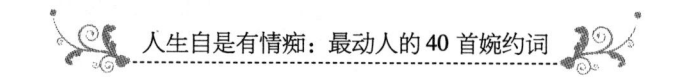

痴心女子古来多，痴情男子哪见着？唐朝著名的诗人兼道士和才女鱼玄机这样写道："易求无价宝，难得有心郎。"是啊，黄金万两易得，人间有情男儿一个难寻，读到这句诗，世间的男子是否会觉得羞愧难当呢？

另外一个女诗人，也和鱼玄机一样，身兼道士和才女的李季兰这样写道："人道海水深，不抵相思半。海水尚有涯，相思渺无畔。携琴上高楼，楼虚月华满。弹著相思曲，弦肠一时断。"相思为何苦，还不是因为爱一个人过深的缘故吗？爱一个人用心太深，所以无法自拔。

"早知如此绊人心，何如当初莫相识"，这是无力的叹息，跟纳兰容若"人生若只如初见"的用意相反。这两句可以这样意译：早知道爱情这样让我纠结，我真想回到没有认识你之前的那种生活啊！所以，现在真后悔认识你。这不过是气话，大家别当真。这个女子只是这么随性一说，不见得就真那么后悔认识自己心爱的人。

是啊，早知道爱情这么纠结，我就不要在人群中多看你一眼。因为，这一切的纠结，都源于在人群中多看了你一眼。

张爱玲说：我的人生——如看完了早场电影出来，有静荡荡的一天在面前。这个女子也只能如此。这静荡荡的一天，都用来回忆或思念了吧。

鬓云欲度香腮雪

小山重叠金明灭,鬓云欲度香腮雪。懒起画蛾眉,弄妆梳洗迟。 照花前后镜,花面交相映。新贴绣罗襦,双双金鹧鸪。

——温庭筠《菩萨蛮》

在我们还没读温庭筠的词之前,让我们先来了解一下温庭筠。温庭筠,字飞卿,旧名岐,与李商隐齐名,时号"温李"。才思艳丽,工于小赋。因为"每入试押官韵作赋,凡八叉手而八韵成",被人称为"温八叉"。

他的一些性格,我们可以从《北梦琐言》中大概了解:才思艳丽,工于小赋,每入试押官韵作赋,凡八叉手而八韵成,多为邻铺假手,号曰救数人也。而士行有缺,缙绅薄之。李义山谓曰:"近得一联句云'远比召公三十六年宰辅',未得偶句。"温曰:"何不云'近同郭令二十四考中书'。"宣宗尝赋诗,上句有"金步摇",未能对,遣未第进士对之。庭筠乃以"玉条脱"续也,宣宗赏焉。又药名有白头翁,温以苍耳子为对,他皆此类也。宣宗爱唱《菩萨蛮》词,令狐相国假其新撰密进之,戒令勿他泄,而遽言于人,由是疏之。温亦有言云:"中书堂内坐将军。"讥相国无学也。宣皇好微行,遇于逆旅,温不识龙颜,傲然而诘之曰:"公非司马长史之流?"帝曰:"非也。"又谓曰:"得非大参簿尉之类?"帝曰:"非也。"谪为方城县尉,其制词曰:"孔门以德行为先,文章为末。尔既德行无取,文章何以补焉。徒负不羁之才,罕有适时之用"云云。竟流落而死也。

温庭筠的词,一直有一个鲜明的特点,那就是喜欢用一些华美的辞藻。所以,很多专家都认为他的词"精妙绝人""温丽纤绵",就像张惠言在《词选序》中写的那样:"唐之词人,温庭筠最高,其言深美闳约。"

提到汤显祖大家一定会想到《牡丹亭》,不过,他也评点过《花间集》,他这样评价温庭筠:"芟《花间》者,额以温飞卿《菩萨蛮》十四首,而李翰林一首为词家鼻祖,以生不同时,不得列入。今读之,李如麴姑仙子,已脱尽人间烟火气;温如芙蕖浴碧,杨柳挹青,意中之意,言外之言,无不巧隽而妙入。珠璧相耀,正自不妨并美。"

相对于以上尽是赞美之词的评论,近代王国维说得更冷静、客观、公正一些,他在《人间词话》中说:"'画屏金鹧鸪',飞卿语也,其词品似之。""温飞卿之词,句秀也;韦端己之词,骨秀也;李重光之词,神秀也。"

《菩萨蛮》,唐教坊曲,后用为词牌。亦作《菩萨鬘》,又名《子夜歌》《重叠金》等。这个词牌的来历,王灼在《碧鸡漫志》中有过记载:"大中初,女蛮国入贡,危髻金冠,璎珞被体,号菩萨蛮队,遂制此曲。当时倡优李可及作菩萨蛮队舞,文士亦往往声其词。"大中,是唐宣宗的年号。

杨慎在《升庵诗话》中也有过评述:"《菩萨鬘》,唐词有《菩萨蛮》,不知其意。按小说,开元中南诏入贡,危髻金冠,璎珞被体,故号菩萨鬘,因以制曲。佛经戒律云'香油涂身,华鬘被首'是也。白乐天《蛮子朝》诗曰:'花鬘抖擞龙蛇动',是其证也。今曲名'鬘'作'蛮',非也。"

鬓云欲度香腮雪

这首词到底是怎样的词呢？张惠言在《词选》中认为是"感士不遇也"，随后的谭献也从此说，丁寿田和丁亦飞也有支持这种说法的倾向。唐圭璋和夏承焘则认为是闺怨词。唐圭璋说："此首写闺怨，章法极密，层次极清。"而夏承焘这样说："'温庭筠'这首《菩萨蛮》是描写一个女子孤独苦闷的心情。"王达津认为是恋歌："这首恋歌，也不去描绘如何相恋，只是写女孩子弄妆，突出女孩子的心理意态，最终给人以对生活充满喜爱的积极感受。"我本人还是倾向于唐圭璋和夏承焘的说法，认为这是一首闺怨词。

"小山重叠金明灭，鬓云欲度香腮雪"这两句，写的是屋内的景物和这个女子的美丽。"小山"，在这里，专家们有两种解释。第一种是屏风，又叫画屏。这不仅是一种装饰物，更是一种身份的象征，是古代富贵人家屋内的一种装饰，有立在书房的，也有在卧室内的。屏风之上，还有一些风景或人物画，有的用金箔镶嵌上，很是华美。

另外一种解释是指女子的眉。在过去，女子对眉毛很重视，有眉谱专门指导女子们该怎么画眉。从西周到魏晋，大概流行过以下多种眉形。蛾眉：细长、拱弯，双眉像蚕蛾触须那样美，后来渐成为美女的代称；柳叶眉：柔美飘逸，秀雅灵活；翠眉：在黛墨中掺加铜粉末，用植物油调和，眉形水平，较粗；愁眉：眉头颦，哀婉隽秀，令人见而爱怜，东汉将军梁冀妻子孙涛自创；八字眉：眉头上扬，眉梢弯垂，形若柳叶滴翠、钩月悬空；细眉：淡雅悠扬，风韵万千，貂蝉最爱灵蛇发髻和细长弯柔的细眉；广眉：属于离心眉，细长挺拔，眉梢柔弯上翘，别致可爱，王昭君善画广眉；却月眉：眉似新月，眉头与眉梢在一条水平线上，柔韧秀雅，又称半月眉或月棱眉；青黛眉：较浓重粗长，要求粗中有细，刚中有柔；连头眉：又称一字眉，两眉头接近，形若虹桥横黛；远山眉：据说卓文君眉形俏丽，形若远山凝翠，挺拔俊秀，闻名天下，传颂四方。

到了隋唐时期，开始流行以下多种眉形：五岳眉：眉头舒展，眉干、眉峰起伏明显，眉间上端在印堂下面，额中粘贴梅花或海棠的螺钿，更显得俏丽妩媚；垂珠眉：近似八字眉，较短粗些，寓意宫女们内心压抑愁苦；鸳鸯眉：两头靠拢，近似一条眉，但其眉尾略轻柔上扬，两眉头圆润淡细，如鸳鸯相依为命；佛云眉：眉短上翘，形似翠球，又似蝶翅飞舞，色调浓淡相宜；分梢眉：眉干上扬，眉峰挺秀，眉梢斜分成两条，形似燕眉，又称燕尾眉；涵烟眉：两眉间距稍远，眉梢弯垂形似蝉翼，淡雅清秀；倒晕眉：两眉间距稍远，近似垂珠，不同处在于眉干轻柔细致，眉梢低垂近鬓；三山眉：眉形竖立，略有倾斜度，眉梢弯三叉如鱼尾；小山眉：眉形稍粗，较短，形若弯月虹桥，也像两座小山。这里的"小山"，指的就是"小山眉"。

让我们一起看看夏承焘是怎么解释这两句词的吧。"开头两句是写她褪了色走了样的眉晕、额黄和乱发，是隔夜的残妆。'小山'是指眉毛（唐明皇造出十种女子画眉的式样，有远山眉、三峰眉等。小山眉是十种眉样之一）。'小山重叠'即指眉晕褪色。'金'是指额黄。'金明灭'是说褪了色的额黄有明有暗。第二句的'鬓云'指头发，'香腮'是面颊，全句是说乱发垂在面上。"

对于这两种解释，从字面理解都说得通，但我个人倾向于把"小山"解释为屏风的说法。"小山重叠金明灭"的意思应是：屏风之上用金箔镶嵌的画重重叠叠地在微弱的烛火下忽明忽暗。纳兰早年的词，由于受花间词的影响，也写过和此差不多的意象："窗前桃蕊娇如倦，东风泪洗胭脂面。人在小红楼，离情唱《石州》。 夜来双燕宿，灯背屏腰绿。香尽雨阑珊，薄衾寒不寒？"

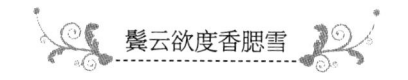

"小山"上出现的忽明忽暗的光来自哪里？有很多专家认为是清晨窗外照射进来的阳光。而又为什么会出现"金明灭"的情况呢？有专家认为是"屏山用'压金线'的方法绣成，各部分受光的情况不一致"，而我认为，这其实是因为烛火的原因。烛火忽明忽暗，那么屏风上的光当然也就是忽明忽暗的。

"鬓云欲度香腮雪"这句，总是让我想到另外一个词牌'鬓云松令'。据说这个词牌本来叫《苏幕遮》，不知是哪位读了温庭筠的这句后，把此改作《鬓云松令》。有人认为，《苏幕遮》这个词牌更清新雅致一些，我大不以为然。我和纳兰容若的想法一样，他弃《苏幕遮》这个词牌不用，用《鬓云松令》填了一阕词："枕函香，花径漏。依约相逢，絮语黄昏后。时节薄寒人病酒，划地梨花，彻夜东风瘦。　掩银屏，垂翠袖。何处吹箫，脉脉情微逗。肠断月明红豆蔻，月似当时，人似当时否？"

"欲度"两字在我看来是一种出彩的写法，为死气沉沉的头发添了一份灵动的气息。"鬓云欲度"，应该就是这个女子披散着长长的头发。这是一种怎样的美丽，如果没有见过，也可以自己想象：一个女子睡在昏暗而微弱的烛火照耀之下的床上，那一头的长发从头上垂下来，垂在肩、脸或枕上，风轻轻地吹动它们。这是多么美好的意境啊！这是一个女子的风情万种，一般人哪能识得？

有很多专家把发生"小山重叠金明灭，鬓云欲度香腮雪"的时间定在早晨，我却不这么看，我认为这是在黎明之前发生的事情。诗词必须省略很多东西，它有的时候时间的跨度不一定是非常连贯的，就算时间的跨度超过一天或十年，对诗词来说，都是很正常的事情。

在我看来，"小山重叠金明灭，鬓云欲度香腮雪"和"懒起画蛾眉，弄妆梳洗迟"这是两个时间段里的一些场景拼接在一起的。高明的诗人或词人，都喜欢用这种手段来达到自己的目的。"鬓云"，指的是像云彩一般的头发。这里的"度"字，在我看来，是做动词"移动"之用，所以，这句写得相当出彩而生动。

"度"字，俞平伯认为"含有飞动意"，确实相当有见地。而我认为，这里的"度"字也有"渡"字之意。"鬓云欲度香腮雪"，指的是一个女子还没起来的一些慵懒、凌乱的睡态。因为刚醒来，所以还没能好好地打扮自己，她的鬓发蓬松了、乱了，似乎马上就要滑下来，遮住她那洁白如雪的香腮。虽然没有直白地写这个女子的美丽，但这样一笔的着重勾画，看了让人暗暗心动。

"懒起画蛾眉，弄妆梳洗迟"，这两句是写她慵懒的情态。"蛾眉"，指的是女子细长而弯曲的眉毛。后来，就用这个词代指美丽的女子。古时的女子对待自己的眉毛，和现今的姑娘相比，其实有过之而无不及。"弄妆"，指的是打扮。"迟"字，写的是她慵懒的样子。这里虽然没有直白地写这个女子为什么慵懒，但如果仔细而认真地去想也就会知道了。真正的好词，在我看来，就是不宜说破，要给读者留有想象的空间。

她为什么会这么慵懒，起来的这么迟呢？估计，她是在思念着自己的情郎吧。古时有一句话很能说明当时女子的一些情态，这句话就是"女为悦己者容"，一个女子的打扮，其实是为了给自己心爱的男人欣赏。我有时在想，如果跟一个姑娘约会，她却迟到了，这该是一件多么幸福的事情，因为，她在乎你，所以想把自己最美的一面呈现给自己最爱的人，于是就需要花大把大把的时间去装扮自己。

"照花前后镜，花面交相映"这两句，是写她起来之后，去认真打扮自己的一些情景。从"前后镜"这三个字可以看出这个女子是多么认真地在打扮自己。她起来后，坐在自己的妆台之前，打扮起来了，在打扮之后，还前后放了两面镜子，看看自己打扮得到底美不美。

"花面交相映"这句，确实有崔护的"人面桃花相映红"之意。"花面"，指的是美丽的女子。在两个镜子的映照下，那一张脸该是多么美丽啊！

"新贴绣罗襦，双双金鹧鸪"句，我认为是全词的词眼。直到这里，作者才交代出了这个女子的情态，且还不是直白地交代，只是利用景物来反衬她内心的情态。

"贴绣"，是一种绣花的工艺，有专家认为是苏绣的一种。"襦"，上衣。她穿起了美丽的上衣，其上有很精美的刺绣。写到这里，这个女子的身份也间接地交代了出来，这应该是一个富贵人家的女子。"金鹧鸪"，应该是她上衣之上所绣的鸟。"鹧鸪"，跟鸳鸯一样，都是喜欢成双成对生活的鸟。

"双双金鹧鸪"这句，交代出了这个女子的一些情怀。她穿的上衣之上，那些鸟都是成双成对的，可是她却留在了自己的寂寞里，越陷越深，深到她都无力呼唤。

双双的是鸟，寂寞而孤独的却是那个正在思念的人。就像聂鲁达写的那样："寂静啊，这里是你不在其中的孤独。"

夜夜相思更漏残

夜夜相思更漏残,伤心明月凭阑干。想君思我锦衾寒。 咫尺画堂深似海,忆来唯把旧书看。几时携手入长安。

——韦庄《浣溪沙》

在品读这首词之前,先来认识一下韦庄。韦庄,字端己,今陕西西安人,是韦应物的四世孙。从小家里穷,所以,他勤奋读书,但却屡试不第,一直困居于长安。黄巢攻入长安以后,他也陷于战乱当中,辗转自关中到了洛阳,在途中写了《秦妇吟》,被人称为"秦妇吟秀才",后来又流浪于很多地方。他和温庭筠齐名,被人称为"温韦",是花间派重要词人之一,有《浣花集》留传于世。

韦庄词风清丽,顾宪融这样评价他:"韦词清艳绝伦,如初日芙蓉,晓风杨柳。"著名词评家陈廷焯这样评价他:"语极工丽,风骨稍逊。""情词凄艳,柳耆卿之祖。""词至端己,语渐殊,情意却深厚,虽不及飞卿之沉郁,亦古今绝构也。" "韦端己词,似直而纡,似达而郁,最为词中胜境。"

韦庄的这首词,我很怀疑是写给他所爱的一个爱姬的。俞陛云在《五代词选释》一书中这样说:"端己相蜀后,爱妾生离,故乡难返,所作词本此两意为多。此词冀其'携手入长安',则两意兼有。端己哀感诸作,传播蜀宫,姬见之益恸,不食而卒。惜未见端己悼逝之篇也。"

据说,韦庄有一个非常喜爱的女子,被前蜀皇帝王建强行霸占了去,他只能眼睁睁地看着自己心爱的人被抢入宫,这种心情,我想可能只有南唐后主李煜能够体会。当年李煜被俘北方之后,被宋太宗封为违命侯,小周后也跟着被一起囚在汴京。小周后的艳名早就远播四海,宋太宗早就对她垂涎三尺,沦为阶下囚的李煜无法保护她,她经常被叫到宫里去,宋太宗一连好多天折磨她、摧残她。每次小周后回来后都大骂李煜。我想,韦庄的这个爱姬,她的下场估计比小周后也好不到哪里去,肯定也要受到折磨和摧残。

"夜夜相思更漏残,伤心明月凭阑干",我觉得这两句是写韦庄自己思念她的情形。但前句,在我看来,有双关之妙。韦庄在想她,她应该也在想念着韦庄吧。

"更漏",一种计时设备。古时夜间凭漏壶表示的时刻报更,所以又叫更漏。"更漏残",这里明显强调夜已很深。因为韦庄很是想念她,所以常常在深夜失眠。特别想念一个人的时候,等于心里放了一块石头,或燃烧了一团火,只有她才能搬得动,或熄得了。

"夜夜相思更漏残"这句,有《诗经》"窈窕淑女,君子好逑。求之不得,寤寐思服。悠哉悠哉,辗转反侧"之意。翻来覆去,心里想着她就是睡不着,孤独占据了韦庄一个又一个漫漫长夜。

那个人,在转身之际就成了挥之不去的牵挂,又在深夜的灯火里冉冉重现。靓丽的容颜,婀娜的身姿,让一颗心辗转于无寐之夜,而孤独又加重了心灰意懒之后无从逃避的理由。执迷于忧伤的思念中,这样的深情,其实是从在人群中多看了你那一眼开始的。

"伤心明月"这句,明显可以用"十分好月,偏不照人圆"这句来解释。"明月"当真能伤心吗?这不过是借景抒情而已。"明月"这个词,一般是团圆的意象。但就是这样的一个团圆的、温暖的意象,反而要成为一个残缺的、冰冷的现实。

韦庄在皎皎月光下,想着她的美好,收获的是一次次刺痛。此时,她的身影日日不倦地浮于他的心灵,像一盏灯,微弱却固执地亮着。此时,韦庄多想融入一阵轻风,在她莲步轻移的路上等她路过,静静地飘落在她的衣服上。

而她,就像一朵云飘过一样,隐入了时光的尽头,让他无处找寻。"凭阑干"这个意象,就是一个孤独而思念的意象,是过去的美好不再的意象。他始终都无法珍藏她一生的幸福。重温过去那些温柔的过往,只能徒留怀念、伤感和悲痛罢了。无论此时韦庄体内的感觉是凋败还是开放,他也只能站在远方一个人构筑着情感的巢穴。

从她离开,他过的全是冬天。而她从离开他那天起,又什么时候觉得温暖过呢?恐怕也只有怀念起过往的美好,才有些许的暖吧。这首词,不过是他一个人在风中孤独地轻唱,只唱给一个人听。所有的思念都向她飞去,只是载不来她,更找不到自己的归途。

"想君思我锦衾寒"这句,是韦庄推心置腹地想象着她的一些情景。在韦庄的心里,此时,她也一定在思念着自己,一定在牵挂着自己。汤显祖这样评价:"'想君''忆来'二句,皆意中意、言外言也。水中着盐,甘苦自知。"李冰若对这句评价得甚妙:"'想君思我锦衾寒'句,由己推人,代人念己,语弥淡而情弥深矣。"

"锦衾",就是锦被。这句"锦衾寒",总是让我想到李煜。李煜被俘往北方之后，被囚禁了起来，他在一首《浪淘沙》中这样写道："帘外雨潺潺，春意阑珊。罗衾不耐五更寒……"读着让人多么心痛，一个蜷缩在锦被之下、长夜失眠、瑟瑟发抖的形象就这样呈现在我们面前。另外一个伤心人纳兰容若也写过"香尽雨阑珊，薄衾寒不寒"。这里面写的其实都是一片伤心画不成的深情、思念或怀念。

"咫尺画堂深似海，忆来唯把旧书看"句，写的是两个人之间的距离，并因为这个距离而产生的无力之挫痛。"画堂"，装饰华丽的厅堂。"咫尺"，形容两个人的距离，虽然不是太远，但他却无法亲近她。一入皇宫深似海啊！纳兰容若的表妹也被选入宫中，纳兰也跟韦庄一样这样感慨、这样无力、这样悲痛欲绝。

这两句的大意是：我无法亲近你，所以，每当我想你的时候，只能独自待在我们的房间里，把过去的一些你写的书信拿出来看，因为，那上面有你的气息，甚至有你的体温。这里的"书"，我个人觉得应当是书信。如果非要解释成为过去她看过的书，也行。

只有那些深情的男人才这样做。像纳兰、晏几道就喜欢这样。晏几道有一首词是这样写的："旧香残粉似当初，人情恨不如。一春犹有数行书，秋来书更疏。　衾凤羽，枕鸳孤，愁肠待酒舒。梦魂纵有也成虚，那堪和梦无。"

"旧香残粉"，有专家称指的是自己的容颜，我不这样看。有专家认为，第一句是用闺怨的语气去责问负心的男子。我可不这样看，我认为这里的"旧香残粉"指的是那个女子留下来的一些实物，或者是留在小山脑海里的记忆。

"旧香"，指的是她过去留在他心里的香味。我说过，一个男人可以凭借香水味记住一个女人,且这种记忆永生都无法磨灭。我记得小山另外一首词表达的情感和这首相似,词是这样写的:"醉拍春衫惜旧香,天将离恨恼疏狂。年年陌上生秋草,日日楼中到夕阳。 云渺渺,水茫茫,征人归路许多长。相思本是无凭语,莫向花笺费泪行。"

  小山仅凭这句"醉拍春衫惜旧香",就能让包括我在内的所有的男子汗颜。这里的"春衫"一定是那个女子曾经穿过的。所以,他把它拿出来,轻轻地拍打,带着怜爱之心去拍打。我想,他这样做的目的,只是想接触到她的体温或气息。因为,这件春衫是她穿过的,她的气息一定还留在上面。因为他太过于想她了,所以,把她穿过的春衫拿出来,只是想亲近她。哎,这样的深情,怎么能不让我泪流满面?

  再甜美的回忆,再美好的时光,再难忘的快乐,最终当我们回首的时候,都会变得无比荒凉,甚至满目疮痍。这样荒凉的一生,他珍惜过,也努力过,是那么的真切和真实。把一颗心递了给她,让自己空洞了下半生活着的意义。小山如此,纳兰容若如此,韦庄也如此。

  "几时携手入长安"句,是韦庄的美好愿望,但却无法实现。这句也是韦庄对命运的质问:你什么时候,才能把她还给我?

  你什么时候,才能把她还给我?我也想这么问。可惜,这样的质问,总是不会得到美好的答案。

尽君今日欢

玉楼冰簟鸳鸯锦,粉融香汗流山枕。帘外辘轳声,敛眉含笑惊。　柳阴烟漠漠,低鬟蝉钗落。须作一生拼,尽君今日欢。

——牛峤《菩萨蛮》

我的朋友老三亦梅曾经说,《花间词》是最后的风流,其中充满了香艳的暖和柔。老三一直把柳永视为他的偶像,他骨子里当然也是想风流一把的。风流,可不是下流。其实想一想,哪个男子不想风流啊,不过很多男人没有这个条件。想风流,没有点真才实学,能行吗?

读这首词的时候,还在读高二,那个时候十七八岁,现在回过头来再读的时候,已经快要四十岁了。现在读这首词的时候,只是感觉,那些青春的颤动,已经不再属于我。只有渐渐老去的深情,以及无人可懂的孤独,仍然是属于我自己的。

这是一首艳词。不过,写得比较含蓄,点到即止,恰到好处。

其实,无论《诗经》也好,《古乐府》也好,表达自己的情感都是真切而自然的,其中,有涉及两性的作品,写得都很不错。在唐朝,像大诗人李商隐,就擅于把情色隐藏于诗中,搞得一代又一代专家不知该如何解读他的一些诗。到了宋朝,中国的情色文学被那些"存天理,灭人欲"的理学家们给折腾得一蹶不振。到了明朝，有一个叫王次回的人写了一本诗集《疑雨集》，其中也有一些描写情色的作品，被称为"一代奇书"。

其实，还是孔子聪明，在评论《诗经》里的一些情诗时，他说：思无邪。没有情色的人生，是多么寂寞而苍白的事情，就像古人说的：若无花月美人，不愿生此世界。

品读这首词之前，我们先来了解一下牛峤这个词人。牛峤，字松卿，又字延峰，今甘肃人。进士，官至拾遗，补尚书郎，后人称"牛给事"。王建称帝后，拜为给事中。他博学能诗，可惜诗歌已经佚失。后人把他的词辑录起来，称为《牛给事词》。他词风清丽缠绵，是花间派很重要的词人之一。

这首词是表现两个情人相见时的温存和快乐。对于一对恋人来说，最苦唯离散。当有时间相聚之后，必是一番温存，用彼此的温暖抚慰对方那颗被思念掏空的心。写来写去，无非就是那些身体跟身体之间的纠缠。

"玉楼冰簟鸳鸯锦，粉融香汗流山枕。帘外辘轳声，敛眉含笑惊"，上阕写的就是两个人见了面之后的那些温存情事。

"玉楼"，指的是装饰华美的楼。"簟"，指席子。我记得著名的才女鱼玄机和李清照就用过这个词。鱼玄机嫁给李亿做妾，后来李忆科举得中，却明媒正娶了别的女人，之后，她被李亿渐渐疏远了。有一次，李亿想起了她，寄了一床席子给她。鱼玄机为此写了首诗感谢他，诗是这样写的："珍簟新铺翡翠楼，泓澄玉水记方流。唯应云扇情相似，同向银床恨早秋。"写的还是被李亿抛弃的怨，也写的是一种渐行渐远的距离。

著名才女李清照似乎也有同样的感受，她在《一剪梅》中这样写道："红藕香残玉簟秋，轻解罗裳，独上兰舟。云中谁寄锦书来，雁字回时，月满西楼。花自飘零水自流，一种相思，两处闲愁。此情无计可消除，才下眉头，却上心头。"

不论是鱼玄机这里的"簟"也好，还是李清照这里的"簟"也罢，都是寂寞的、孤独的、冰冷的。但牛峤这里的"簟"却是温存的、缠绵的。"冰簟"，指的是制作精美的席子。为什么要用"冰"这个字来形容呢？肯定指的是它晶莹而光滑。

"鸳鸯锦"，绣有鸳鸯图案的锦被。通过"鸳鸯"这两个字，作者告诉我们，那睡在被窝里的是一对情人。"鸳鸯"，水鸟，喜欢成双成对地生活，后来多用这个词表示情人或恋人。

"山枕"，就是枕头，中间凹进去，两端突起，其形如山。这"粉融香汗"是什么意思呢？是两个人的性爱和身体的缠绵。这些情景在古代的艳歌当中比比皆是。像"不由我逗艳娇，金额凤斜翘，云鬓松着，粉汗胭消。绣帏中成配偶，鸳帐内凤鸾交。端的是两意好，似裴航遇蓝桥，成仙眷得功高"。还有这首："呀，可又早一宵，春色润胸腰，露滴花蕊动情高，两情深密不相饶。"

两个人在绣有鸳鸯的锦被下，缠绵温存着。这样的画面，当真是无比香艳。其实，这样的给予过后，在我看来，是无比沉痛的寂寞和孤独。是的，孤独，越陷越深的孤独。

"玉楼冰簟鸳鸯锦，粉融香汗流山枕"，这两句，明显是屋内的描写。接下来，词人像一个导演一样，把镜头又转向了室外。"辘轳"，用手动绞车牵引水桶自井中汲水的工具，很多词人的词里都出现过这个道具。

两个人正在热烈地给予，结果，屋外响起了辘轳声，打断了两人如此和谐而美好的温存。于是，二人彼此轻轻一笑。

"柳阴烟漠漠，低鬓蝉钗落。须作一生拼，尽君今日欢"，下阕，我感觉的是词中的女主人公送走心爱之人的一些情景。

"漠漠"，广漠无声的意思。秦观在一首词里这样写道："漠漠轻寒上小楼。"杨柳阴里，一片烟气，无声而广阔，让人感觉不到边际。这里，肯定是对所爱之人离开的一种无力挽留吧。

他要走了，她送他出门，面对他的背影，她低下了自己的头，暗自心痛和难过。她在自己的心里发誓，如果他下次再来，她一定会拼尽自己的全力，让他得到快乐。

"须作一生拼，尽君今日欢"这两句，王国维在《人间词话》中这样评价："词家多以景寓情。其专作情语而绝妙者，如牛峤之'甘作一生拼，尽君今日欢。'……"可见王国维对这句的喜欢。这里可能是王国维的误记，将"须作一生拼"写成了"甘作一生拼"。其实，我个人是喜欢"甘"字的，因为有不顾一切、心甘情愿的意味。

这种态度，不过是为了自己所爱的人，甘愿付出一切的认真，不过就是那种我要你快乐的深情。想一想，这样的深情，现在还有多少人拥有？这种爱，里面丝毫没有自私的成分。你快乐，所以我快乐。张小娴说：真正的爱是成全。成全，是建立在自己的痛苦之上的一座坟墓，里面埋着疼痛、泪水和孤独。

如果你遇到一个这样的人，请一定记得珍惜。

泪眼问花花不语

　　庭院深深深几许？杨柳堆烟，帘幕无重数。玉勒雕鞍游冶处，楼高不见章台路。　雨横风狂三月暮。门掩黄昏，无计留春住。泪眼问花花不语，乱红飞过秋千去。

——冯延巳《蝶恋花》

　　这首词，很多人都认为是欧阳修的作品，我个人不这样认为。这首词，出现在冯延巳的《阳春集》中。将这首词的作者误为欧阳修，宋朝著名女词人李清照有不可推卸的责任。她在《临江仙》一词的序中这样写道："欧阳公作《蝶恋花》，有'庭院深深深几许'之语，予酷爱之。用其语作'庭院深深'数阕，其声即旧《临江仙》也。"

　　朱彝尊在《词综》一书中把它断为冯延巳的作品，而著名的词评家陈廷焯在《白雨斋词话》中这样说："欧公无此手笔……"唐圭璋也把这首词断为冯延巳的作品。我记得，有词评家认为冯延巳的词直接影响了后来婉约词的两个词宗欧阳修和晏殊，话是这样说的："晏同叔得其俊，欧阳永叔得其深。"

　　很可惜的是，市场上流传的很多读本中，这个错误还没有被纠正过来。

现在想一想，这首词的作者是谁，有的时候并不重要，重要的是，它到底在美学上有何价值或在情感上能不能让我们得到愉悦或感动。这首词，是闺情词，是冯延巳用自己的情感，来描写女子那孤独而寂寞的情态。

我们先来对冯延巳这个词人有一个大概的了解。冯延巳，字正中，今江苏扬州人，南唐重臣，深得南唐中宗李璟信任。有一次中宗李璟和冯延巳开玩笑说："'风乍起，吹皱一池春水'，干卿何事？"冯从容答道："未若陛下'细雨梦回鸡塞远，小楼吹彻玉笙寒'也。"可见两人关系非常之亲近。

冯延巳多才多艺，擅辞章，工诗书，有词集名《阳春集》。有人这样评论："《阳春词》尚饶蕴藉，堪与李氏齐驱。"这里的李氏，当然指的是南唐的"二李"了，就是李煜和其父李璟。刘熙载在《词概》中这样评价他："韦端己、冯正中诸家词，留连光景，惆怅自怜，盖亦易飘扬于风雨者。"著名的词评家陈廷焯这样评价他："正中词为五代之冠。正中词高处入飞卿之空，却不相沿袭；雅丽处，时或过之。雅秀工丽，是欧公之祖。字字和雅，字字秀丽，词中正格也。"

王国维在《人间词话》中这样说："……正中词品，若欲于其词句中求之，则'和泪试严妆'殆近之欤？""张皋文谓飞卿之词深美闳约，余谓此四字唯冯正中足以当之。""词之最工者，实推后主、正中……"

冯延巳是怎样的人呢？有些资料显示，他是一个奸诈小人，不过，我不这样看。我固执地认为，一个人的文字就是这个人灵魂的影像，甚至有的时候可以代表这个人的心。一个能写出真切文字的人，不可能是一个无情的人。没有真情，又怎么可能写出充满了深情和真情的文字？

这首词，不过就是伤春念远的词，换句话说，就是闺怨或闺情词。其实，词人伤的不是春，而是良人不再、良辰不再、青春不再、爱情不再。

引一句网上流传的话就是：不是时光没有等我，而是你忘了带我走。不是时光走了，是你走了，且走得好远好远，我甚至今生都无法再次触及。

"庭院深深深几许？杨柳堆烟，帘幕无重数。玉勒雕鞍游冶处，楼高不见章台路"，上阕，走的还是以景衬情的老路。王国维说过，"昔人论诗词，有景语、情语之别，不知一切景语皆情语也"，说得相当到位。因为，诗词关乎的还是人性本身，如果直接抒情，那就显得太过直白而无味了。王国维又说："境非独谓景物也，感情亦人心中之境界。故能写真景物、真感情者，谓之有境界，否则谓之无境界。"

古人说：诗，人之性情也。词又何尝不是？著名的现代诗歌评论家兼诗人敬文东说过："抒情是可能的。因为个人的语境总是抒情的，或总是倾向于抒情的。"

首句"庭院深深深几许"起得相当沉重。这句，金圣叹认为"问得无端，三个深字奇绝"。首句直接点明了词的主题，特别是三个"深"字叠用，相当巧妙。这种写法直接影响了后来的很多人，特别是才女李清照。著名词评家陈廷焯在《云韶集》中这样评价："连用三'深'字，妙甚。偏是楼高不见，试想千古有情人读至结处，无不泪下。绝世至文。"庭院深深，到底深几许？恐怕深不过一颗思念的心吧。这句有那句"雨打梨花深闭门"之妙。同样都是庭院深深，可以掩住肉体，但那颗思念的心，却因此获得了飞翔的能力，而且越飞越远，但始终没有触及那心心念念的人。那颗思念的心，放眼看去，已经"一枝红杏出墙来"，开得甚是热烈而鲜艳。

一个伤春念远的女子，被重重的门扉隔断了远望的视线。我不是懂女人的人，但我一直觉得，女子思念一个人，其实是想把这个人留在自己的身边，让他陪着自己经风历雨，让他看着自己的脸在时光之风中，渐渐剥落了颜色。这从某种意义上说，就是她不想让自己可怜的青春年华就这样在没人欣赏中白白地从指尖流走。

《诗经》上说"死生契阔，与子成说；执子之手，与子偕老"，这其实是一种奢望。这不过是想在此生寂寞处，得到一点或一丝虽微虽弱但可以透心的暖。作为一个女子，年轻美丽，不过是一瞬，如果在青春盛开的时候没有人懂得欣赏，这实在是非常寂寞而残忍的事情。一个女子想陪伴在自己所爱的男子身边，无非就是因为他可以看见自己花开花落的一生。

"杨柳堆烟，帘幕无重数"，这两句是以景写情，是为了衬托上面那句庭院深深的寂寞的意象。杨柳茂盛，帘幕重重，让人看不清楚。其实，这些杨柳，不过是这个女子内心的不舍罢了。

这里的"杨柳"，在我看来，肯定也有"留"的意思。"柳"，"留"也，就是挽留的意思。这"杨柳堆烟"，肯定也有她内心不舍而又无力挽留的哀痛吧。爱情如烟，此生若谜，让她看不清楚。其实，看不清楚的人又何止她一个呢？至今，我自己也看不清。

"帘幕无重数"，是为了衬托上句"庭院深深"。在这样一个大好的春天，为什么会出现"帘幕无重数"这样的情况呢？我们似乎可以从南唐后主李煜的词里找到答案。李煜在一首名曰《浪淘沙》的词中这样写道："往事只堪哀，对景难排。秋风庭院藓侵阶。一任珠帘闲不卷，终日谁来？"李煜这首词，当是写于被俘往北方之后。

为什么这里的女子也会把帘幕一重又一重地拉上呢？恐怕也有李煜这里的"一任珠帘闲不卷，终日谁来"的无奈和寂寞吧。思君令人老，岁月忽已晚。这个女子满心的深情无法给予，满心的思念更无处倾诉，这将是幽深的寂寞，将她越陷越深吧。这个女子心里有深沉的担忧和怕。她到底心里担忧什么，又怕些什么呢？下面这句"玉勒雕鞍游冶处，楼高不见章台路"，直接交代出了原因。

"玉勒"，指的是华贵的马衔。"雕鞍"，彩绘的马鞍。"游冶处"，可不是旅游的地方，这里指的是青楼妓院。

"章台"，秦朝建置的台观之一，故址在今天的陕西咸阳。不过，到了汉朝这个地方却成了寻欢作乐的地方。后来"章台"这个词就成了"妓院"的代名词。这么一解释，这个女子怕些什么自然就显现了出来。这种怕，同样折磨过才女李清照。

想当年，赵明诚娶了美人归，两人相当恩爱，尤其是他们住在青州的那十年。但青春总是瞬间流走，有一首歌唱得好：我的青春小鸟一去不回来。当李清照脸上的青春小鸟飞走以后，赵明诚被调到莱州，他就开始变心了，还纳起了小妾，于是，李清照前去找他，途经今天的山东昌乐县，在驿馆中写了那首《晚止昌乐馆寄姊妹》。

哎，痴心女子古来多，有情男子哪见着。是的，过去的女子只要对一个男子有了依赖，就等于没了自由。这个道理，其实古今都一样，就像我写过这样的一段文字：我们爱一个人，其实就是把我们变成她。从我们爱上一个人的时候，我们就不再是自己。

"雨横风狂三月暮。门掩黄昏，无计留春住。泪眼问花花不语，乱红飞过秋千去"，下阕，仍然还是以景衬情。

毛先舒这样评价这段："……此可谓层深而浑成。何也？因花而有泪，此一层意也；因泪而问花，此一层意也；花竟不语，此一层意也；不但不语，且又乱落，飞过秋千，此一层意也。人愈伤心，花愈恼人，语愈浅而愈入，又绝无刻画费力之迹，谓非层深而浑成耶？"

"雨横风狂三月暮",明显有对时间的感叹。青春容易流走,时光容易从指尖悄然流逝。因为时间流逝甚快,所以让女主人公有心无力。其实,不仅仅是她一个人无力,可以说很多男性诗人或词人都对时间无力。时间,诗词当中的时间,一直是一个伤口。

因为时间流逝太快,所以,让人疼痛而又无奈。李白为此这样写道:"今朝有酒今朝醉",那个舞女杜秋娘这样唱道:"劝君莫惜金缕衣,劝君惜取少年时。花开堪折直须折,莫待无花空折枝。"这些不过都是对时间的一种无力反抗。因为时间留不住,所以,我们春宵一刻值千金,及时行乐吧。

春天就要过去了,而此时的你,人在哪里?有风抽打着那扇等待的窗户,有雨敲打着那间孤独而思念的房子。写到这里,我怎么都觉得"雨横风狂三月暮"这句有怜惜之意。在此,让我想到李清照的"寂寞深闺,柔肠一寸愁千缕。惜春春去,几点催花雨。倚遍阑干,只是无情绪。人何处?连天芳草,望断归来路"。

这句"雨横风狂三月暮"背后的情景,恐怕就是李清照写的"满地黄花堆积,憔悴损,如今有谁堪折"这样的情景吧。这个时候,风大雨狂,明天早上,那些刚刚开放的花朵,怕是被打落了吧。猛一看上去,女主人公好像在怜惜花儿,其实,不过是在怜惜她自己。

"雨横风狂三月暮",是对青春无多的一种担忧。这种担忧,李清照这样表达过:"要来小醉便来休,未必明朝风不起。"写来写去,不还就是"花自飘零水自流,一种相思,两处闲愁。此情无计可消除,才下眉头,却上心头"的深情和无奈吗?

她留的是春吗?恐怕不是。她留的是光阴,留的更是她心上的人。门掩黄昏,怎么都无力留住这渐渐少去的青春,这渐渐远去的背影。

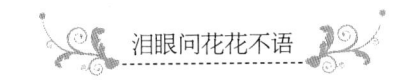

泪眼问花花不语

"泪眼问花花不语，乱红飞过秋千去"，这两句写的甚是伤情。在古诗词当中，凡是有秋千的地方，必定会有美丽的少女。"秋千"这个词离开了少女，那真的是索然无味。李清照早年也喜欢荡秋千，赵明诚去拜访他的老师、李清照的父亲李格非的时候，李清照意外撞见了他，所以，她又惊又羞地跳下秋千，以飞快的速度跑到门后，一边嗅着梅花一边在门后看他。

"泪眼问花"，这句问得无端，更问得刻骨伤情。到底是花有泪，还是人有泪？泪眼问花花不语，花怎么能说话呢？王维写过："对花满眼泪，不共楚王言。"为什么看着花会有泪呢？恐怕，是因花想到了自己吧。

"泪眼问花花不语，乱红飞过秋千去"，王国维在《人间词话》中这样评价："有有我之境，有无我之境。'泪眼问花花不语，乱红飞过秋千去。''可堪孤馆闭春寒，杜鹃声里斜阳暮。'有我之境也……有我之境，以我观物，故物皆著有我之色彩……"

"乱红飞过秋千去"这句，我觉得跟李煜的"砌下落梅如雪乱，拂了一身还满"的意境很像。寂寞，挥之不去的寂寞，涌上心头。那片片飞舞的落花，孤独了一个秋千，孤独了一颗思念的春心。落花无情，而人却含情脉脉地站在落花之中，拂不去内心的愁绪。

始知相忆深

永夜抛人何处去？绝来音。香阁掩，眉敛，月将沉。 争忍不相寻？怨孤衾。换我心，为你心，始知相忆深。

——顾敻《诉衷情》

其实，就我个人而言，一直喜欢唐五代时的一些词，可以说这些词是绝版的风流。估计很多人虽然背不了这首词全词，但这句"换我心，为你心，始知相忆深"肯定是背得了的。这首词是闺怨词。男性词人写闺怨词，不是什么新鲜题材，很多词人都写过。文学肯定离不开自己——生命个体对这个世界的所触所感。

让我们先来了解一下这个词人吧。顾敻（xiòng），生卒年已经淹没在历史的长河里，无从知晓。只是大概知道，他在前蜀通正元年（916年）为内廷给事，因灾异作诗讥刺时政，差点招来杀身之祸。后来升为茂州刺史。到后蜀时，官至太尉，世称顾太尉。后人称他的词集为《顾太尉词》。

顾敻是花间派词人之一。况周颐这样评价他："顾太尉，五代艳词上驷也。工致丽密，时复清疏。以艳之神与骨为清，其艳乃益入神入骨。其体格如宋院画工笔折枝小帧，非元人设色所及。"

王国维在《人间词话》中这样评价："词家多以景寓情，其专作情语而绝妙者，如牛峤之'须作一生拼，尽君今日欢'；顾敻之'换我心，为你心，始知相忆深'；欧阳修之'衣带渐宽终不悔，为伊消得人憔悴'；美成之'许多烦恼，只为当时，一晌留情'。此等词，求之古今人词中，曾不多见。"不过要说一句，国学大师也有误记的时候，"衣带渐宽终不悔，为伊消得人憔悴"句，实为柳永的作品，王国维对柳永显然有成见。

这首词，虽然是男性词人写闺中情感，但让人读来相当真切。任何的文学作品，如果离开了作者真切的情感，读来都会让人觉得味同嚼蜡。要记得，真情才是诗词的血液，如果离开了它，文字只是一个个没有温度的尸体而已。

一般人把这句"永夜抛人何处去"断为句号，可是我怎么都觉得这句带有浓重的追问口气。"永夜"，漫漫长夜。这个词的意境，我想可以用《诗经·关雎》中的"窈窕淑女，寤寐求之。求之不得，寤寐思服"来解释。词中的这个女子，也是在漫漫的长夜里，陷入了思念的煎熬。这种思念是浓烈的，入骨入心，无限哀伤。

对于一个陷入爱情中的人来说，是多么想跟自己所爱的人成双成对，出入相随。但此时，这个女子显然没有和自己所爱的人在一起。如今，她在思念，更多的是在回忆。她寻遍了自己内心的角落，都没有找到关于他的一点音信。所以她能做的，只能是默默地等待着他的归来。

这个女子一定陷入了回忆。因为这个时候，过去的温存，可以在一个个孤独而漫长的夜晚，用来暖自己这颗疼痛的心。但回忆最终会是微小的火焰，越来越暗，最终熄灭，无形无影。到底回忆能不能暖她的心呢？我想，我们不一定真能体会。因为，一切都只能是如鱼饮水，冷暖自知，个中滋味，只有亲尝之后才能完全体会。

"永夜抛人何处去?"这个漫长的夜晚,你在什么地方?后面这句"绝来音"是对这句无力而又沉痛的回答。因为,没有你的一点音信,这个漫长而难熬的夜晚,你在哪里,你是否知道,我在想你?

我从这句"永夜抛人何处去"中读出了浓重的抱怨。就像纳兰容若写的"人生若只如初见,何事秋风悲画扇。等闲变却故人心,却道故人心易变"一样,是强烈地抱怨对方变了心。"抛人"这两个字,明显有弃妇或怨妇的气息。

"来音",指的是书信或消息。这句"绝来音",在我看来,有李商隐诗"刘郎已恨蓬山远,更隔蓬山一万重"之意。从他走后,半点消息都没有,对于一颗深爱他的心来说,确实是一种煎熬。然后,慢慢地,慢慢地,她开始担心起来。

雪小禅说:"其实,到最后,爱到最后,一定是怕。那时,怕丢了,怕没了,怕爱得少了,怕爱变得薄了。真怕呀。你,你不能少爱我一点,一点点也不行。没办法,爱极了,怕了,真怕呀。怕你离开我,怕你是风,席卷我而去,然后又不要我了,又吹我到另外一个世界,那里的世界有多冷,没有你的世界有多冷。我是风吗?我能吹干你脸上的眼泪吗?"

我完全相信,这首词中的女子在这个时候,也是同样的怕。怕他的爱淡了,怕他的心移了,怕他彻底离开了自己。的确,当你很在乎、很爱一个人的时候,心里一定是怕的。因为怕,所以珍惜。因为珍惜,所以尽自己的一切努力去维持这种亲爱的关系。

"香阁掩,眉敛,月将沉",是借景抒情。"香阁",指的是闺房。这个女子为什么把"香阁掩"呢?那还不是因为心里思念他而百无聊赖吗?心情不好的时候,就算是窗外那叫声好听的鸟都很烦人。这种情绪在诗里经常出现,比如唐代金昌绪的《春怨》诗:"打起黄莺儿,莫教枝上啼。啼时惊妾梦，不得到辽西。"活脱脱把一个深闺女子思念丈夫的形象描绘出来。思念成梦，梦里无限美，可恨的黄鹂一大早就在外面叽叽喳喳，惊醒了人家甜美的梦境，不恼你才怪？一个怨妇的心态，被描写得淋漓尽致。

这句"香阁掩"，总是让我想到那句"雨打梨花深闭门"。此时，这个女子为什么要把门窗关上呢？那还是因为内心思念的缘故吧。窗外的落花和雨水，会让她情不自禁地陷入悲伤当中无力自拔，所以，索性关上窗户，眼不见为净。有一首古歌这样写道："孤雁悲，寒蛩泣，恰待团圆梦惊回。凄凉物感愁心碎。翠黛颦，珠泪滴，衫袖湿。"

"眉敛"，就是敛眉。敛眉，表示愁烦。这句倒是可以用李清照那句"才下眉头，却上心头"来解释。愁眉不展的女子，那娇好的容颜，空等了多少个夜晚？"月将沉"，是写时间。这个女子，直到月将沉的时候还没有睡，这说明她失眠已久。猛一看上去，是写景，其实，不过是借景物来衬托女子内心的寂寥。

"争忍不相寻"句，写的是一往情深。就算你离开了我，忘了我，我又怎么能忍心不去爱你，不去思念你，不去找寻你呢？哎，古今的痴女子多了去了，痴情的男子有几个？多半都是负心之人吧？想想，也不怪现在很多姑娘不相信爱情，还是男人先出了问题。

"怨孤衾"，这三字终于说出了她心里最想说的话。一个"怨"字，很沉很重很疼很无奈也很无力。我非常讨厌一个人睡。孤独，孤独是无法拒绝的，因为你不在我的身边。我怨，就怨不能一处眠，不能共手暖。

"换我心，为你心，始知相忆深"这几句，在我看来，是全词的词眼。王士禛这样评价："'换我心，为你心，始知相忆深。'自是透骨情语。徐山民'妾心移得在君心，方知人恨深'，全袭此。然已为柳七一派滥觞。"是啊，这句读着真让人感动，没用什么难懂的典故，一看即懂，可谓是情真意切。

你这个负心人，把你我的两颗心交换，你才能知道，我有多么想你。其实，爱一个人，到了最后，只是我们自己的事情，跟那个人真的有关吗？她（他）爱不爱我们，这个问题，到了最后，也不值得去过于计较，自己投入而真心地去爱一次就好，其他的，留给时间去见证，去消解。

写来写去，不过就是：我忘不了你，我实在忘不了你。这不过是自己的纠结。此时，这样一颗深情的心，多像一只茧子。是啊，像李商隐写的那样："春蚕到死丝方尽，蜡炬成灰泪始干。"此时的这颗深情的心，不过是自己一个人的努力，一个人的执着而已。李商隐这是在对他初恋的女子说：对你的思念，直到我失去呼吸的时候才能停止。你看我就是那夜晚的蜡烛，直到熄灭，为你的泪才能停止流。如此情深的男子，注定不会得到幸福的眷顾。这是所有深情男子的最终命运。

许如芸在《美梦成真》中这样唱道："我能感觉，我像只麋鹿奔驰在思念的深夜。停在你心岸啜饮失眠的湖水，苦苦想你，习惯不睡，为躲开寂寞的狩猎。我的感觉，像小说忽然写到结局那一页，我不愿承认缘分已肠思枯竭，逼迫自己时光倒回，要美梦永远远离心碎。我抱着你，我吻着你，我笑着流泪。我不懂回忆能如此真切，你又在我的眼眶决堤淹水，爱不是离别可以磨灭。我除了你，我除了疯，我没有后悔。我一哭，全世界为我落泪。在冷得没你的孤绝，我闭上双眼，用泪去感觉，你的包围。"

此时，词中的这个女主人，她也只能是"在冷得没你的孤绝，我闭上双眼，用泪去感觉，你的包围"。时光无法倒回，悲剧仍在上演。爱不是离别可以磨灭,因为,它已经刻在我们的心版上,血痕深深。我写到这里,觉得越来越冷,有泪悄然从脸上滑落。这是最后一次为你落泪吗?

美梦成真,美梦当真能成真?我知道,美梦总是成空,春梦总易了无痕。

爱情,所谓的爱情,不过就是捕风。

人间没个安排处

遥夜亭皋闲信步，乍过清明，早觉伤春暮。数点雨声风约住，朦胧淡月云来去。 桃李依依春暗度。谁在秋千，笑里低低语。一片芳心千万绪，人间没个安排处。

——李煜《蝶恋花》

这首词，在百度中可以搜索到，但唯一不同的是，在百度上搜索到的作者名为李冠，还有人认为是冯延巳的作品。但著名词评家唐圭璋在《李后主评传》一书中这样说："写月的词，如《蝶恋花》说'数点雨声……'。前人写月的如黄山谷诗'吞月任行云'，是说月在云外，云慢慢地把月吞进去。韦应物诗'流云吐华月'，是说月在云里，云慢慢把月吐出来。唯有后主此词，则兼写吞吐的境界。"从这里可以看出，唐圭璋认为这首词应该出自李煜手笔，在此，从唐圭璋的推论。

这是一首闺情词，南唐后主用女性的视角，写自己内心的一些情怀。关于李煜，我想大家一定不会陌生，有很多人喜欢他的词。王国维在《人间词话》中这样评价他："词人者，不失其赤子之心者也。故生于深宫之中，长于妇人之手，是后主为人君所短处，亦即为词人所长处。故后主之词,天真之词也。他人,人工之词也。"

王国维又说:"客观之诗人,不可不阅世。阅世愈深,则材料愈丰富、愈变化,《水浒传》《红楼梦》之作者是也。主观之诗人,不必多阅世。阅世愈浅,则性情愈真,李后主是也。""词至李后主而眼界始大,感慨遂深,遂变伶工之词而为士大夫之词……"王国维不愧为一代大师,所言甚有道理。

李煜的词,就像一个人自然从心里流出来的音符一样,无比的真切感人。《蝶恋花》,词牌名,又叫《黄金缕》《鹊踏枝》《凤栖梧》《一箩金》《鱼水同欢》《卷珠帘》《明月生南浦》等。"蝶恋花"这个名字取自梁简文帝萧纲诗句"翻阶蛱蝶恋花情"。

"遥夜亭皋闲信步,乍过清明,早觉伤春暮。数点雨声风约住,朦胧淡月云来去",上阕,还是走的借景抒情的老路。为什么大家都要这样做呢?王国维在《人间词话》中这样说:"境非独谓景物也,喜怒哀乐亦人心中之一境界。故能写真景物、真感情者,谓之有境界,否则谓之无境界。"

"遥夜",不可以理解成遥远的夜晚,在这里,当指的是漫漫长夜。"亭皋",水边的平地。这里的"水",当指的是人造水池。"信步",随意地漫步,或随性地行走。

"遥夜亭皋闲信步,乍过清明,早觉伤春暮"这几句,首先交代了时间。词中的主人公,随性地、漫不经心地在池边散着步,可以看出她的心情是何等的百无聊赖。"清明",如今大家只知道这是一个节日,却不知道在古代这是一个怎样的节日。这个节日在古代是相当热闹的。孟元老在《东京梦华录》中这样回忆道:"……四野如市,往往就芳树之下,或园囿之间，罗列杯盘，互相劝酬。都城之歌儿舞女，遍满园亭，抵暮而归。……自此三日，皆出城上坟，但一百五日最盛。……缓入都门，斜阳御柳，醉归院落，明月梨花。"

清明这天，古人有踏青扫墓的习俗，男女老少都会出来，特别是那些隐藏在深闺未被人识的少女们也会出门，所以，这一天不知道有多少有情的男女遇见了，认识了，相恋了。

"乍过清明"，刚刚才过清明。刚刚清明才过，为什么我就在这里独自伤春呢？伤春的心，其实无非就是因为时光极速地流走，根本无法挽留而产生无力之感。清明刚过，按理说正是温暖的时节，但这个时候的主人公，却无比的失落。因为，在她心里，她在想念着那个身在远方、无法亲近的人。

一辈子牵牵念念的人，就那样翩然若蝶，飞过了沧海桑田，翅膀的颤痕，还留在时光的长河中。过去的一切，仿佛还在眼前，那只温暖的手，仿佛还握在自己的手里，那俊朗的容颜仿佛还在自己眼前，但一切已经恍若春风了无痕，恍若一梦浮生。写到这里，才发现，我所写的不过是留在我自己记忆中的那些细碎的片段，无法还原的片段。

站在春天，为什么会让她觉得如此神伤呢？说到底，还是为了爱情。

"数点雨声风约住，朦胧淡月云来去"这两句，仍然是写景。正如上面所引的唐圭璋的评论，这两句写得相当出彩而有神。

"风约住"，被风遮住的意思。"数点雨声风约住，朦胧淡月云来去"，是描写屋外的景色。那些雨声被风声遮住，从此可以看出，雨水之细之轻。春雨如丝，丝丝缕缕，织她内心的思念和寂寞。春风吹过之后，一切都显得生机勃勃，可是，这个还在伤春的情感中苦苦徘徊的女主人公，在她的心里，丝毫没有春天的痕迹。

人间没个安排处

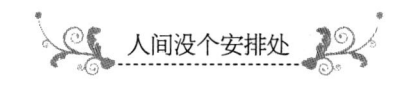

雨水刚停，月亮升了起来。这个时候写到月亮，大家一定知道，那是孤独、寂寞和思念的意象。这里明看是写月升了起来，其实，在我看来，是写女主人公对那个在远方还未回来之人的思念从心尖上升了起来。

当月亮升起的时候，那颗深情的心中，一定也有什么会随着月亮的升起而悄然生长起来，或燃烧起来。而这里的"云来去"，在我看来，也有暗喻。"云"，在诗词当中，一般代指情缘或是心爱之人。就像晏几道在自己的词中写的那样："醉别西楼醒不记，春梦秋云，聚散真容易。"在这里，当是这首词中女主人公心里所念的人。

"朦胧淡月云来去"这句，是实写外在的景物，暗喻两人如今的状态。实写外在的景物，写的是云彩在月亮之上飘浮着，时而让月亮放出光芒，时而又把月亮的光芒遮住。暗喻两个人如今的状态，其实就是遥远。他多像这朦胧的淡月啊，虽然常常在她的心尖上升起，但，他的手她无法触摸，他的怀抱她无法投入。

"桃李依依春暗度。谁在秋千，笑里低低语。一片芳心千万绪，人间没个安排处"，下阕，是回忆，是抒情，是自我安慰，是无可奈何。

"暗度"，悄悄或偷偷地溜走。"依依"，绵绵不绝或不舍的意思。"桃李依依"，是对情态的描写。桃花李花，虽然还是那么美丽，但春天却已经从她们的美丽当中悄悄溜走，像轻风，更像一个人永远都无法醒来的春梦，无痕，无迹。

我很怀疑这首词是李煜被俘往北方之后所写下的哀歌。江南多像一个少女，已成刻骨铭心的遥远，已成他自己一个人的海枯石烂和天荒地老。

"谁在秋千，笑里低低语"，我看来，明显带着强烈的回忆气息。秋千，如今很多女孩子是没有玩过的吧，可在古代，荡秋千是一项女孩子们非常喜欢的游戏和体育运动。像著名的才女李清照就曾经在秋千上荡漾过她的春心。

李清照在《点绛唇》一词中这样写过:"蹴罢秋千,起来慵整纤纤手。露浓花瘦,薄汗轻衣透。 见客入来,袜刬金钗溜。和羞走,倚门回首,却把青梅嗅。"李清照这首词,我很怀疑是她待字闺中的时候写的。而她这首词中的"客"又是谁呢?我觉得,这个人就是她后来的丈夫赵明诚。因为,李清照的诗名早早就远播在外,李清照的父亲又是赵明诚的老师,赵明诚找个借口到自己老师家来看看这个才女,合乎情理。读文学作品,除了一些必要的考据之外,我觉得,更需要合理的想象。

南唐著名词人冯延巳也在自己的词中写过秋千:"庭院深深深几许?杨柳堆烟,帘幕无重数。玉勒雕鞍游冶处,楼高不见章台路。 雨横风狂三月暮,门掩黄昏,无计留春住。泪眼问花花不语,乱红飞过秋千去。"这首词,很多人说是欧阳修的作品,但在我看来,这首词根本就不是欧阳修的风格,而应是冯延巳的作品。

晏几道也写过秋千,他在《木兰花》一词中这样写道:"秋千院落重帘幕,彩笔闲来题绣户。墙头丹杏雨余花,门外绿杨风后絮。 朝云信断知何处?应作襄王春梦去。紫骝认得旧游踪,嘶过画桥东畔路。"

从以上的词来看,古代只要家境稍微富裕一点,在院落中必然会有个秋千,秋千在某种程度上,就是少女的代名词。所以,我非常喜欢的才女宁萱在解读晏几道的这首词时说,"没有秋千的院落,一定没有佳人",深得我心。

"谁在秋千,笑里低低语",这两句其实是追问。是谁在院落的秋千之上,温暖地笑着,轻轻地在说着话呢?难道词人真不知道这个"低低语"的人是谁吗?绝对不可能。在这里这么写,只是加重证据效果,让我们的

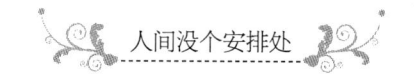

目光，完全放在这个坐在秋千之上的少女的身上。

那么，这个坐在秋千之上的少女，到底在"低低语"些什么呢？两个年轻的男女之间，我觉得"低低语"的只能是那些耳鬓厮磨的情话，无非就是我想你，我爱你，或者其他的内心情感的表达，或对对方的期许。

"一片芳心千万绪，人间没个安排处"，这两句，写的最为伤情伤心，这是一种刻骨的绝望和落寞。"一片"，我觉得，和李商隐《无题》诗"一寸相思一寸灰"中的"一寸"相差无几。开始读这首诗的时候，我搞不明白这"一寸"到底是什么意思。后来才知道，古人把心视为"方寸之地"，所以，"一寸"指的就是心。

一片芳心，有谁懂得？一片深情，又有谁怜惜？我这片心里，写着对你无尽的深情，它们就像无数只白鸟，正在向你飞去，只是，你却让它们不知道该落在哪里。叶芝的诗中也有过这样的白鸟，他是这样写的："爱人啊，但愿我们是那一对在浪尖翱翔的白鸟，在流星尚未隐退之前，便厌倦了它的光焰。暮色中那颗蓝星的幽光，低低悬挂在天边。爱人啊，唤醒了我们心中那缕永恒的忧伤……爱人啊，别去梦想那流星消殁的光辉，或者留恋那在露水中蓝星的光芒，因为，我只愿我们化为浪尖的白鸟，只有我和你。"

这些不过只是诗人一厢情愿的美好梦想而已，在残酷的现实当中，它们化为粉末，被风轻轻吹散。

活在这个世间，最可悲的不是没有人爱，而是爱上一个人后，我们不知道该把自己的心放在何处，因为我们不知道，他们是否懂得我们这颗认真而深情的心。所以，这颗心无处安放的寂寞，才是这个世界最为沉重而无力的寂寞。

雪小禅说：如果心里有太多的不得已，给自己一块橡皮擦吧。轻轻地，

轻轻地，轻轻地擦去吧。只留下那些自己想要的——美的、好的、凋零的、终不能忘的。可是，想擦去那些美好的从前，谈何容易？但坚持，又能坚持多久？说到底，爱情还是一个人的事情，不论过去怎样幸福，如今的孤独和寂寞，只能自己承受。

晏小山说：当时明月在，曾照彩云归。是啊，明月依旧，可是，我最亲爱的，你在哪里？你是不是也跟我一样，站在春天的深处，陷入思念的深渊，表面温热，内心冰凉？

云渺渺，水茫茫，征人归路许多长。相思本是无凭语，莫向花笺费泪行。

路遥归梦难成

别来春半,触目愁肠断。砌下落梅如雪乱,拂了一身还满。雁来音信无凭,路遥归梦难成。离恨恰如春草,更行更远还生。

——李煜《清平乐》

这是一首离情词。唐圭璋在《唐宋词简释》一书中这样评价道:"此首即景生情,妙在无一字一句之雕琢,纯是自然流露,丰神秀绝。起点时间,次写景物。'砌下'两句,既承'触目'二字写实。落花纷纷,人立其中,境乃灵境,人似仙人,拂了还满,既见落花之多,又见描摹之生动,愁肠之所以断者,亦以此故。中主是写风里落花,后主是写花里愁人,各极其妙。下片,承'别来'二字深入。别来无信一层,别来无梦一层。着末,又融合情景,说出无限离恨。眼前景,心中恨,打并一起,意味深长。少游词云:'倚危亭,恨如芳草,萋萋划尽还生。'周止庵以为神来之笔,实则亦袭此词也。"

有人认为,这首词是写给其弟从善的。从善,李煜习惯称他为"郑王十二弟",李煜排行第六,从善排行第七。中主即位以后,便立其弟景遂为皇太弟,想把皇位让给其弟。这一让,就埋下了祸根。李煜的长兄弘冀,是一个心狠手辣的人物,他认为,这个皇位原本是他的,是他叔叔抢去的,所以，他就鸩杀了叔叔景遂，做了皇太子。

之后，李煜成了弘冀的眼中钉。因为李煜不仅人长得帅，且才华出众，让他嫉妒。所以，李煜为了自保，只好闭门读书，远离权力中心以避祸。他的那些《渔父》词，估计就写于这个时候。而弘冀不知道为什么无缘无故地死了，接着李煜的四个哥哥也跟着死了，只剩下李煜和从善了，按顺序应该是李煜做皇帝。

而从善平时深得中主的喜爱，所以，有很多大臣知道中主的心意，就上奏说应该立从善为皇太子，不知为什么中主当时没有答应，最后在驾崩的时候留下遗诏，让李煜即位。从善听到好多大臣上奏立他为皇太子，不免心生了一些想法。李煜即位后，不但没有责怪他，而且还对他大加封赏，以安慰他。

开宝四年，也就是971年，南汉被灭，接下来就要轮到南唐了，李煜非常害怕，于是就削去唐号，自称江南国主，又备了重重的藩臣之礼，遣其弟从善赴宋进贡，而从善这一去就再也没能回来。从善的很多妃子，整天跟李煜哭诉，李煜是一个真性情的人，于是就上表给宋室皇帝，请求放从善回来，但宋室皇帝却一直没有应允。

这首词，如果真的是为从善而写，那么，就让我们一起来读读李煜的痛苦吧。这首词，当我读的时候，我无比地惊讶和喜欢。整首词没有用典故，没有刀劈斧砍雕琢的痕迹，这些情感纯粹是自然而然地从心里流露出来的，真切到让人心痛。就像唐圭璋所说的那样："此首即景生情，妙在无一字一句之雕琢，纯是自然流露，丰神秀绝。"

从唐代开始，直到清末，写词的人以万数，但能超过李煜和李清照的词人，恐怕还是没有。到了清末，两个伤心人纳兰容若和项莲生，不过才学得李煜五六分，便足以笑傲清朝词坛。特别是纳兰容若，古人认为他是学李煜最贴近者。可惜，这个清朝第一贵公子，一生为爱为情所伤，在三十多岁就离开了人世，没能把李煜那种真切抒情延续得更久些。这确实是一种遗憾。也许，人世间有遗憾才更加美好吧。想一想，还是存一颗怜悯和慈悲之心，来读他们遗留下来的词吧。

"别来春半，触目愁肠断。砌下落梅如雪乱，拂了一身还满"，上阕，首先点明时间，然后是即景生情，抒发自己内心的愁绪。

唐圭璋这样评价："上半阕写落花。写花中的人，依稀隐约，情境逼真。"是啊，上阕只是写落花，写那身陷在落花中，遥望着远方，内心无比疼痛、内疚和自责的人。此生如花，不过就是那一瓣，只能在风中，无力地飘落，且不知道目的。

"别来春半，触目愁肠断"，首句点明时间，写入眼的景物，都入愁肠。杨恭如在《李煜词新释辑评》一书中这样评价："首句'别来春半'，总摄全篇。'别来'，直吐主题。'春半'，点明时节，一篇音律，确定是两字一拍，四字二折腰。'触目愁肠断'，因情观景，触景生情。'触目'引出眼前实景，'愁肠断'，直诉断肠离愁。"

是啊，别来春半，时光悄然从我们的指尖，甚至是从我们的脸上悄然流逝。而此时的你，在那寒冷的北方，是否适应？在这个春天已经过去大半的时节，李煜无可奈何地在疼痛中清醒着，似乎在一夕之间衰老了很多。失去自己的亲人，是一种锥心的疼痛，刻于骨，铭于心，没有经历过的人怎么可能明白？

此时李煜的心里有太多的内疚，太多的自责，太多的歉意，太多的后悔，无法用语言表达出来。这些东西，就如同是一根无所不在、无时不至的针，埋藏在他的体内，总是隐隐地将他刺痛。回忆就如同一把刀子，在他的心里,一刀又一刀地砍着、割着,让他沉痛异常。那些从善在时的记忆,在他的心里如花般渐渐盛开。

此时,门前迟行迹,一一生绿苔。所有的景物,在他的眼里,都毫不留情地提醒着他,从善还没有回来,可能永远都无法回来了。

"砌下落梅如雪乱,拂了一身还满",写落梅中的那个人,是如此的孤独、寂寞和思念。俞平伯这样说过:"落梅雪乱,殆玉蝶之类也,春分固有残英,'砌下'两句,戏谓之摄影法。上下片均以折腰句结,'拂了一身还满',二折也;'更行更远还生',三折也。……这两句善状花前痴立,怅怅何之,低回几许之神,似画而实画不到,诗情兼画意者。"

这两句,俞平伯认为是"摄影法",评价得相当出彩。这两句,虽然没有用文字写到在花下痴站的人,但联系上文读来,就是一幅图画,或一张美丽的照片。这两句跟晏殊的"无可奈何花落去,似曾相识燕归来。小园香径独徘徊"同样妙绝,同样精彩,同样出色。

"砌下",台阶之下。"落梅",有专家解释为白梅花,他们认为,白梅开得较迟,所以,这里的"落梅"当是白梅。这样的解释,本身没有什么问题,但是不是有点过于坐实了?反正,"落梅",在我看来,就是脱离枝头、在风中飘舞的梅花,颜色并不重要。"梅花"这个意象,在宋词当中一直就是一个凄冷、美好、孤独、寂寞、离别、思念、悼亡、不与世俗同流的代名词,被很多词人或诗人喜爱。

砌下落梅如雪,密而繁杂,片片飞舞。这句"砌下落梅如雪乱",我总感觉有怜惜落花短暂之意。我觉得,这可能不是在怜惜落梅,而是在怜惜从善和他自己。这句明显也有时光极速流逝,无可奈何之悲叹和感慨。落梅如雪,在风中四处飘舞,这不过就是内心的思念和愁绪的一种隐喻罢了。

路遥归梦难成

与其说是落梅在风中不停飘舞,还不如说是他自己内心的愁绪和思念在不停地飞舞,不知道要落向哪里。而他和从善,或者是现在的我们,也不过就是一朵朵梅花,从枝头落下了,最终只能回归尘土。大家看到这里,估计都会心生悲凉。但这是宿命的抵达,也是宿命的旅程。不过,我们可以选择在开放时,用力地开放自己。也许,开放,努力地开放,活出精彩的自己,才是我们此生最终的意义所在。

"拂了一身还满"这句,我们可以知道词人站立的时间之久,而且几乎是一动不动的。这种站立的姿态,只有在一腹心事,而且痴痴地想着心事时,才可能发生。

李煜,站在台阶上,痴痴地站着。看着落梅,他无比心痛和寂寞。那如雪的落梅,没有停止过飘落,不久,落满了他的衣服。他用手拂去落在身上的梅花,仍然痴痴地站在那里,没过多久,衣服又被落梅盖满。

在我看来,拂之不去的,不是梅花,而是寂寞和思念,是李清照的那种"才下眉头,却上心头"的愁绪。所以,杨恭如这样评价:"落梅纷纷飘落衣襟,拂与不拂,都是一样,反正拂之不去,拂去还来,令人意乱心迷,思苦神伤。挥不去的雪花似愁情,驱不散的落梅似离思,物象心象,融合为一,声调情调,调和一致。"

"拂了一身还满",其实是一种无可奈何,也是一种绝望。就像,他无法让从善回来一样。李煜是一个重情重义的男子,从善替他进贡却没有能再回到故国,他一定会为此而心伤。这一点,我是完全相信的。

"雁来音信无凭,路遥归梦难成。离恨恰如春草,更行更远还生",下阕,就是抒情。唐圭璋说:"下半阕写情,与写情相映,也更加生动。秦观词:'倚危亭,恨如芳草,萋萋刬尽还生。'正从后主末句脱胎。"

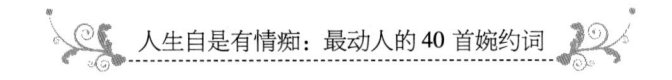

俞平伯在《读词偶得》中这样说："'雁来'句轻轻地说，'路遥'句虚虚地说，似梦之不成，乃路遥为之，何其委婉欤！……于愁则喻春水，于恨则喻春草，颇似重复，而'恰似一江春水向东流'，以长句一气直下，'更行更远还生'，以短语一波三折，句法之变换，直与春水春草之姿态韵味融成一片，外体物情，内抒心象，岂独妙肖，谓之入神可也。虽同一无尽，而千里长江，滔滔一往；绵绵芳草，寸接天涯，其所以无尽则不尽同也。词情调情之吻合，词之至者也。后主之词，此两者每为不可分之完整，其本原悉出于自然，不假勉强。夫勉强而求合，岂有所谓不可分之完整耶？是以知其必出于自然也。"

评价李煜，我想，没有比"自然"这两个字更合适和贴切的了。所以，王国维在《人间词话》中对李煜的评价是相当到位的："词至李后主而眼界始大，感慨遂深，遂变伶工之词而为士大夫之词。周介存置诸温韦之下，可为颠倒黑白矣。'自是人生长恨水长东''流水落花春去也，天上人间'，《金荃》《浣花》，能有此气象耶？""温飞卿之词，句秀也。韦端己之词，骨秀也。李重光之词，神秀也。""词人者，不失其赤子之心者也。故生于深宫之中，长于妇人之手，是后主为人君所短处，亦即为词人所长处。""客观之诗人，不可不多阅世。阅世愈深，则材料愈丰富、愈变化，《水浒传》《红楼梦》之作者是也。主观之诗人，不必多阅世。阅世愈浅，则性情愈真，李后主是也。""尼采谓：'一切文学，余爱以血书者。'后主之词，真所谓以血书者也。宋道君皇帝《燕山亭》词亦略似之。然道君不过自道生世之戚，后主则俨有释迦基督担荷人类罪恶之意，其大小固不同矣。"

我觉得，还可以用王国维评价纳兰容若的一句话来评价李煜："纳兰容若以自然之眼观物，以自然之舌言情。此初入中原，未染汉人风气，故

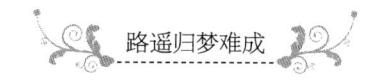

能真切如此。北宋以来，一人而已。"李煜，又何尝不是"以自然之眼观物，以自然之舌言情"呢？所以说，当我们谈论李煜的词时，有两个词我们不能不提，这两个词就是"真切"和"自然"。

"雁来音信无凭，路遥归梦难成"这两句，总是让我想到晏殊的那首《蝶恋花》："槛菊愁烟兰泣露。罗幕轻寒，燕子双飞去。明月不谙离恨苦，斜光到晓穿朱户。 昨夜西风凋碧树。独上高楼，望尽天涯路。欲寄彩笺兼尺素，山长水阔知何处？"这两句跟"独上高楼，望尽天涯路"都一样让人心痛。

此时的李煜，觉得他和从善真的是一片西飞一片东。

"雁"和"双鱼"在古诗词当中，一直都是情书、消息和书信的喻指。这里的"雁"，有可能是实写，即自然界中的雁。"雁来"，有一个典故。据《汉书》记载，苏武出使匈奴，被扣留为人质，苏武宁死也不投降，后被囚于北海。汉朝天子派使者来讨要，匈奴单于却说苏武已经死了。汉朝来的使者知道这是假的，于是偷偷打听到了苏武的囚处。汉使于是故意说汉朝天子在上林苑狩猎，射下来一只雁，雁足之上系有一封书信，就是苏武亲笔所写。匈奴单于无言以对，最后只能放苏武归汉。

"无凭"，没有凭据。这句"雁来音信无凭，路遥归梦难成"，是从李煜和从善两人的处境出发而写的。所以，杨恭如教授说得非常好："一方居子，盼着归讯；一方行人，路远难归。居子只有凭靠雁足系书的幻想，世上本没有这样的真事；远人只有盼望梦里的相逢，梦是不可以里程计的。认为梦的不来是路远之过，原是呆话痴想。总之，慰藉是虚幻自欺的，相逢是黯淡无望的。"

"雁来音信无凭"，其实是李煜的自责和内疚。我们联想到李煜最后被囚于北方的处境，就不难想象出从善此时的处境。作为一个被囚于北方的人，从善应该是没有自由可言的，不管是寄信，还是出去，都一定会受到层层的检查和监视，都一定要得到宋朝皇帝的允许才行。所以，对于从善来说，寄封家书都是一种奢望。

　　"路遥归梦难成"这句，是李煜设身处地地站在从善的角度上，去看待他没有书信之后的一种情绪。道路如此遥远，可能连归梦都无法做成，可见现实多么悲凉和沉痛。其实，不是因为路遥，也不是因为他不想，只是现实太重，重得他无法搬动。

　　"离恨恰如春草，更行更远还生"，这两句比喻相当精彩。以恨和思喻草，这已经不是一种新鲜的用法了，从《古诗十九首》就已经开始了："青青河边草，绵绵思远道。""春草"在古诗词中，一直都是离思别恨和闺怨的代名词，所以，基本上跟孤独、寂寞、思念、疼痛等意思有关。

　　文学也讲究传承，到了秦观那里，这句就被他化用成了"倚危亭，恨如芳草，萋萋刬尽还生"，欧阳修也化用了这句，写有"离愁渐远渐无穷，迢迢不断如春水"。这句，谭献在《谭评词辨》中认为和"泪眼问花花不语，乱红飞过秋千去"一样妙绝。

　　"更行更远还生"这句，总是让我想到晏殊的词："祖席离歌，长亭别宴。香尘已隔犹回面。居人匹马映林嘶，行人去棹依波转。　画阁魂消，高楼目断。斜阳只送平波远。无穷无尽是离愁，天涯地角寻思遍。""更行更远还生"，跟这里的"无穷无尽是离愁，天涯地角寻思遍"所表达的是相同的情绪，不过李煜所表达的愁绪更强烈一些。

　　旧欢前事入颦眉，闲役梦魂孤烛暗。恨无消息画帘垂，且留双泪说相思。

一向偎人颤

花明月暗笼轻雾，今宵好向郎边去！划袜步香阶，手提金缕鞋。画堂南畔见，一向偎人颤。奴为出来难，教君恣意怜。

——李煜《菩萨蛮》

《菩萨蛮》这个词牌应该是从盛唐时开始的。"蛮"总是会让人想到一个少女，想到一个无比美丽、无比灿烂、无比鲜艳的少女。这是李煜描写他和小周后两个人偷情时的场景。如同电影画面一样，那个美丽少女的容颜，仿佛我们可以清晰看见。她那柔软的身体，她那纤长的十指，她那飘逸的长发，以及她那手中提着的"金缕鞋"，在我们眼前不停地晃动。

《菩萨蛮》常用来描写男女之间的欢爱和纠缠。这首词，其实是欢情词。在这首词中，和李煜欢情的人不一般，是李煜的小姨子，后来的小周后。小周后是大周后之妹。大周后生了重病，她十四五岁的妹妹小周后进宫探视。小周后正值豆蔻年华，天真烂漫，娇柔动人，史书上说其"警敏有才思，神采端静"。李煜一见，不禁心生爱怜。

为此，李煜想方设法和小姨子接近，细心呵护，大献殷勤，把情窦初开的小周后勾引得芳心大动，难以自持，不久就投入了姐夫的怀抱。不过碍于双方的身份，两人不敢明目张胆地来往，只有在夜深人静之时才能偷偷地约会。小周后偷偷溜出寝宫，怕被人发觉，还把金缕鞋脱下拎在手中，只穿袜子登上含元阁。李煜见了，又怜又爱，于是就有了这首《菩萨蛮》。

大周后忽然有一天掀开床幔，看到小周后，惊问："妹子，你什么时候进宫的？"小周后当时年纪还小，不知道隐瞒，对大周后说："我进宫好多天了。"从此，大周后就转身向床里卧，一直到死都未把头转回来。这个时候，大周后想必已经意识到了什么，所以，才做出这样的举动。

不管以上的说法是不是真实的，但有一点可以肯定的是，词意跟偷情有关。只要是偷情，自然是要偷偷地、隐蔽地进行。

就像古代艳歌中所唱的那样："夜至三更你来到，静静悄悄。既要相逢，别把门敲，怕有人听着。再要来，窗户外面学猫叫，连声嗷嗷。叫一声，奴家房中就知道，是你来了。我可身披着衣服，故意地唤猫，开门瞧瞧。我一开门，你可嗷的一声往里跳，忙把门关好。呆杀才，可是你来的轻来去的妙，不知不觉。""哈巴狗儿汪汪叫，这事好蹊跷。忽听得外面，把门轻轻敲，不敢声高。奴就即速开了门，一见情人微微笑，问问根苗。你这两日，却为何冷冷冰冰地把奴抛，你可说分晓。闭了双扉，把灯儿高挑，少要发号。奴家见了你，不由人心中扑簌簌，为何来迟了？想必是，另有知己将你靠，把奴抛了。"

"花明月暗笼轻雾，今宵好向郎边去！刬袜步香阶，手提金缕鞋"，上阕，描写小周后的心理活动和她的一系列动作。"花明月暗笼轻雾"这句，是写景。在淡薄的月光之下，迷离的雾气，笼罩着美丽而明亮的花朵，所以这是一个偷情的绝好时候。

"花明"，我想在这里，肯定是暗喻小周后的美丽吧。这个时候的小周后才十四五岁，女孩子在这个时候是最美丽的。这个时候的小周后，应该才把头发挽在头顶上，以示成人。

过去的女子，十五岁就已经是成年人，被称为"及笄"。这时要举行成人仪式，就是把自己下垂的头发挽在头上，插上簪子，以示成年。

"今宵好向郎边去"这句，是李煜揣测小周后的心理之语：这是一个月暗花明而又弥漫了迷离之雾的夜晚，是我去和情郎幽会的好时机。作为一个春心初动的女子，爱上自己的姐夫，也不奇怪。李煜不仅有才，而且还是出了名的帅哥，古人说有才人能生在富贵之家是一种福分，需要上辈子的修为。哪个女人能对这样的男人不动心？

"今宵"，今晚。一个女子，能答应和一个男子约会，那已经证明，至少她的心里已经同意了这种关系。而从这句"今宵好向郎边去"来看，在李煜和小周后的关系上，小周后有主动付出的嫌疑。有人认为，这里的"郎"用的有问题。我不这么看。不能说李煜揣测小周后的心理有什么不妥之处。小周后能主动地和李煜幽会偷情，从这点上可以证明，小周后已经把李煜当成自己的情郎，所以，李煜这里用"郎"来形容自己也不算过分。这个"郎"字李煜用得极其得意，有得意忘形的嫌疑。

统观古诗或《花间词》，凡是牵扯到幽会和偷情的，多半都发生在晚上。那是因为白天人多事杂，户外又没有可供人隐匿身影的好去处，所以暧昧的事都放在晚上来做。而且，那时候没有路灯，黑灯瞎火的，掉进坑里都不知道，因此，有月亮的时候是最佳时机，朦朦胧胧，既能看清路，又能不被人看个真切。月下漫步、约会、怀旧，最为恰当。而很多诗人词人当初的少年情事大多是在月下进行的。

在一开头，词人就营造出一个朦胧浪漫的意境：在一个薄雾轻笼、花明月暗的夜晚，一个美丽的少女从自己的寝宫里溜出来，手里提着金缕鞋，只穿着袜子的小脚丫踩在落满花瓣的台阶上，悄悄地向自己爱人的身边跑去。

"刬袜"，不穿鞋子，以袜底着地。"香阶"，按照字面理解应该是落满花瓣的台阶。"刬袜步香阶，手提金缕鞋"这两句，真的是妙笔生花，出彩之极，把一个少女又急又羞又怕的情态，用十个字就活灵活现地勾画了出来。

读到这里的时候，我总是会想到当初的李清照。李清照在《点绛唇》中这样写道："蹴罢秋千，起来慵整纤纤手。露浓花瘦，薄汗轻衣透。见客入来，袜刬金钗溜。和羞走，倚门回首，却把青梅嗅。"这首词的词意是一个少女在荡秋千，荡累了就从秋千上跳下来，因为用力过猛就要摔倒在地上，幸亏两手支撑着身子没有摔倒，手却因为着地而弄脏了，她起身后懒洋洋地擦拭了双手。那是一个春末夏初的清晨，汗水从轻薄的罗衣渗了出来，忽然看到有人来，她慌忙中跑掉了鞋子，以袜着地飞快地跑到门后，在跑动的过程中头上的金钗也滑落在地。跑到门后，她一边嗅着青梅一边偷看来客。

这里描写的是一个少女纯真的情思，不过却遭到了王灼的痛斥："……闾巷荒淫之语，肆意落笔。自古缙绅之家能文妇女，未见如此无顾藉①也……其风至闺房妇女，夸张笔墨，无所羞畏……"其实，我们从词意来看，这首词中的少女是一个美丽、敏感而又矜持的少女，跟小周后还是有所区别的。

不管怎么说，不论是李清照"见客入来，袜刬金钗溜"也好，还是李煜的"刬袜步香阶，手提金缕鞋"也罢，所描写的不过都是纯真少女的一些情态，我们放下内心的偏见去看待她们的话，就会认为她们很可爱。至少，她们对待爱情是勇敢的。

---

① 顾藉，今作"顾忌"。

一向偎人颤

"金缕鞋",用金丝或金线绣出的鞋子,这是一种身份的象征,一般穷苦人家哪能穿得起这样的鞋子呢?从"刬袜步香阶,手提金缕鞋"这两句来看,小周后是多么美丽!这句中的小周后,有做贼心虚的嫌疑。她害怕走路时发出声音被别人听到,所以干脆脱下了自己的鞋子,把鞋子提在手上,飞快地跑下台阶,向画堂南畔而去。

这是一幅香艳的人物画。一个美丽的女子,手提着鞋子,走下台阶,这幅活色生香的图画,让很多男人充满了想象。据说,小周后的这个提鞋的形态,还被很多画家画了出来。吴衡照《莲子居词话》说:"妇人缠足,南唐后主时窅娘外,别无闻焉。吾乡周斌候善画仕女,尝写《小周后提鞋图》,于指间挂双红作纤纤状,颇属杜撰。图为赏鉴家所重,当时如初白、樊榭,前后题咏,具载本集。……"

著名词评家陈廷焯这样评价此词:"'刬袜'二语,细丽。'一晌',妙。香奁词有此,真乃工绝。后人着力描写,细按之,总不逮古人。"在小周后的心里,此时一定会有一只小兔子在东走西跑,让她的心跳动得异常剧烈。

人们常说妻子如衣服,此时,对于李煜来说,真的是"衣不如新"了。大周后死后,虽然李煜非常悲痛,很多次想投井自杀没能成功,又自称为"鳏夫煜",写了数千言无比悲痛的悼文,但他背叛了大周后,这是一个怎么也无法抹掉的事实。大周后至死不愿把头转过来,也许就是不想看到这两个伤她太深的人。

"画堂南畔见,一向偎人颤。奴为出来难,教君恣意怜",下阕,不仅为我们点明了他们幽会的地点,还为我们白描了小周后的一些情态。"画堂",按字面理解应该是彩绘的殿堂,这里指华丽的宫殿。

一句"一向偎人颤",将少女紧张、娇羞的情态描写得淋漓尽致。最后两句"奴为出来难,教君恣意怜",以少女的口吻说出心思来,让人怦然心动。至于如何的怜法,就请各位朋友尽情去想象吧。"一向",就是"一响",意思是一会儿。

因为等待得太久,所以强烈渴望。马上就到了画堂南畔,所以,一下子就把自己的身体扎进了自己心爱的男人的怀里,做起了小女人状的撒娇。"一向偎人颤"句,写出了小周后当时的情绪和身体上的反应。因为害怕又着急,所以心剧烈地跳动,导致身体有轻微的颤抖。

此时,他们是幸福的,拥在一起,品味内心情绪的波动。此时,他不再是皇帝,不再那么高高在上,他只是爱她的一个男人,现在正用力而真切地拥抱着她。此时,他们抱在一起,互相弥补彼此内心的需要。伏在李煜身上轻轻颤抖的小周后说:"奴为出来难,教君恣意怜。"

"奴",吴方言中的第一人称,就是我。"恣意",就是放纵、肆意、尽情的意思。"怜",怜爱的意思。这两句的意思是:我这么辛苦地跑出来,今晚,你一定要尽情地怜爱我。这句话,从一个女子的口中说出来,可能在朱熹等人的眼里甚是"淫荡",但却有自然的真情在里面。这个女子的情态,甚是鲜活。这是一个完全把自己的所有交给这个男人的女子,是毫无保留的给予。

有专家认为,最后这两句,"结语极俚极真"。对于这首词,《词的》一书的作者说:"竟不是作词,恍如对话矣。"读这首词的时候,我总是会想到庞培的一段文字:"请留下:雨中的拥抱,雨水中轻柔的呼吸/留下月光下的爱抚,难分难舍;/清晨、黑夜——一次醒来,一次入睡……"

据说这首词,竟然一夜之间传遍了江南的各个角落。李煜太过单纯,你吃了就吃了,拿了就拿了,何必要把它宣扬出来,搞得众人皆知呢?

为伊消得人憔悴

伫倚危楼风细细，望极春愁，黯黯生天际。草色烟光残照里，无言谁会凭阑意？拟把疏狂图一醉，对酒当歌，强乐还无味。衣带渐宽终不悔，为伊消得人憔悴。

——柳永《凤栖梧》

《凤栖梧》，唐教坊曲名，又叫《蝶恋花》《鹊踏枝》《黄金缕》《一箩金》《鱼水同欢》《细雨吹池沼》《明月生南浦》《卷珠帘》《江如练》等。词名取梁简文帝萧纲诗句"翻阶蛱蝶恋花情"中的三字。

这里的"凤"，当然指的是女子，"梧"，梧桐，这里代指男性。那么《凤栖梧》这个词牌名按字面解释就是，一个女子想要跟一个男子"执子之手，与子偕老"。这样一解释，就成了诉说男女情思或恋情的词牌。我记得李商隐有一句诗是这样写的：桐拂千寻凤要栖。这句，即"凤栖梧"之意。李商隐这句诗，是写他年轻时的初恋，是李商隐想得到宋华阳的爱情，和她双栖双宿。

王国维在《人间词话》中这样说："古今之成大事业、大学问者，必经过三种之境界。'昨夜西风凋碧树，独上高楼，望尽天涯路'，此第一境也。'衣带渐宽终不悔,为伊消得人憔悴',此第二境也。'众里寻他千百度,回头蓦见,那人正在,灯火阑珊处'①,此第三境也。此等语皆非大词人不能道。然遽以此意解释诸词,恐晏、欧诸公所不许也。"

他又在《人间词话》删去的稿子中这样评价柳永:"'独倚危楼'一阕,见《六一词》,亦见《乐章集》。余谓:屯田轻薄子,只能道'奶奶兰心蕙性'耳。"王国维虽然身为一代国学大师,但他说的话也不是句句都无可挑剔,他也是人,是人总是会根据自己的喜好评价一些词人的作品。

我个人认为,王国维对姜白石和柳永是心存偏见的。我的看法刚好和王国维相反,我认为柳永不是轻薄之人,他是一个深情的男子。所谓的"轻薄",不过是仁者见仁、智者见智罢了。王国维或许受到那种"存天理,灭人欲"的思想熏染,他这样评价柳永也在情理之中,可以原谅。

我在网上看到一段这样的话:"柳永在词境上的成功,落实到细微处,自然要归功于其在写景抒情方面的独具匠心。便如李渔《窥词管见》中所言:'作词之料,不过情景二字。''说得情出,写得景明,即是好词。''词虽不出情景二字,然二字亦分主客,情为主,景是客。说景即是说情……有全篇不露秋毫情意,而实句句是情、字字关情者。'柳词之中,正是将这些有形无形的情景交融之法娴熟运用,'一切景语皆情语',达到一种浑然天成的境界。"

贺裳在《皱水轩词筌》中这样评价此词:"小词以含蓄为佳,亦有作决绝语而妙者。如韦庄'谁家年少足风流,妾拟将身嫁与,一生休。纵被无情弃,不能羞'之类是也。牛峤'须作一生拼,尽君今日欢',抑其次矣。柳耆卿'衣带渐宽终不悔,为伊消得人憔悴',亦即韦意,而气加

---

① 王国维引文有误,当作"蓦然回首,那人却在,灯火阑珊处"。——编者

婉矣。"

这首词，有专家认为是柳永抒写自己怀才不遇、知音不存之悲哀，可是在我看来，这首词是写别情。柳永其实是真的与那些地位低下的歌妓们相爱过，这种相爱，我们可以从《乐章集》中找到很多痕迹。柳永的爱是真挚的、热烈的、深入的，同时也是孤独的、绝望的、无助的。

"伫倚危楼风细细，望极春愁，黯黯生天际。草色烟光残照里，无言谁会凭阑意"，上阕明显是写景。

"危楼"，高楼的意思。"伫倚"，长时间倚在楼上远望。这句"伫倚危楼风细细"背后，站着一个远远的背影。这个背影，到底是谁呢？在我看来，是柳永自己。在这里，柳永很有可能只是借用了闺怨，来表达自己内心的真实感受。其实，文学不管怎么虚构、夸张、变形，都离不开生活的一些影像，就像大诗人里尔克说的那样：诗歌是经验，即经历和体验，这都是自己亲自经历过的或感受到的事情和情感，也是已经失去的或正在失去的人和事。

"黯黯"，看不清楚、看不分明之意。春风渐暖，但柳永那颗因思念而无助和绝望的心，似乎已经到了落叶飘飘的深秋。他站在楼上，遥望着远方，他远望的身影是一种越陷越深的寂寞，更是一种无可救药的孤独。至今，那些从前的细节，他应该完全记得，可是，那个心爱的女子，会记得吗？

孤独和寂寞，甚至是思念和心痛，总是在他的心里反复上演一出别离之戏。那些卷土重来的思念，拿什么支撑时光渐行渐远的苍白？那些因为往事的美好而生出的沉醉，是他手心里一段已经残废了的情缘吧？我不知道，当他面对这些的时候，拿什么支撑着自己，继续在心里探索下去。

手心里的温存,和内心里的快乐一样,越来越少。留不住幸福,当然也留不住她。那站在楼上远望的柳永,我总认为他想到这些的时候,已经暗暗落泪。在他落泪的那一瞬,时光刷刷地往回流,流到那曾经相拥相爱的时刻。只是,青春已经在这个时候,悄然从他的生命之河中暗暗地潜下去。

柳永独自久久地站在高楼之上远望,而在这个时候,风细细地吹着,把他的内心撕开。"伫倚危楼风细细"这句,起得很平静,在我看来,不过是想衬托他内心复杂的情感涌动。

外表是静的,但内心一定是汹涌澎湃的,甚至是波涛翻涌的。"望极春愁,黯黯生天际"这句,总是让我想到秦观的"倚危亭,恨如芳草,萋萋刬尽还生",和李煜的"离恨恰如春草,更行更远还生",内心的伤痛、愁绪,其实是无形的,如果不找个鲜明的比喻,我们怎么可能触到、看到呢?所以,我一直佩服古人的想象力。

把恨比成"草",或把恨比作"水",这已经不是什么新鲜的写法了,这是一种被延续到今天的比喻。这种写法的特点在于,可以给读者一定程度上的想象空间。

春天是繁花似锦的季节,为什么在这个时候,柳永竟然愁了起来呢?还是因为心灵没有居所吧。我个人总认为,肉体的流浪或漂泊,并不是最累的事情,心灵如果一直在流浪或漂泊,没有一个温暖的居所,才是人活在世上最为寂寞和孤独的事情。有爱,活在这个世上才能感受到温暖。

"草色烟光残照里,无言谁会凭阑意",唐圭璋这样评价:"'草色'两句,实写所见冷落景象与伤高念远之意。"而《柳永词新释辑评》一书这样评价:"清人周济说过:'北宋词多就景叙情,如珠圆玉润,四照玲珑。''草色烟光残照里'七字就堪称'珠圆玉润,四照玲珑'的就景叙情之笔。

'草色''烟光''残照'这些意象组合在一起,和前面的一句共同构成了一幅动人的画面。画面上那离离的春草,那渐渐远去的轻烟,那广大而寂寞的残照,无不浸染着充斥天地、绵延不绝的'春愁'。"

这句"草色烟光残照里",总是让我想到李白的"音尘绝,西风残照,汉家陵阙"。王国维在《人间词话》中这样评价:"太白纯以气象胜。'西风残照,汉家陵阙',寥寥八字,独有千古。"其实,李白的"西风残照"和柳永的"草色烟光残照里"所抒发的,都是一种荒凉,甚至是一种凄凉之情。

天渐渐暗了下来,那站在楼上远望的人,心痛得似乎无法呼吸。那袅袅升起的轻烟,不过是内心无法言说的愁绪。站在残照里的身影,就像一个伤口,裸露在红尘之中。

"无言谁会凭阑意"这句,写的是柳永的寂寞,和那句"知音少,弦断有谁听"有异曲同工之妙。词不像散文,它的空间有限,不能大范围地铺展开来去写。如果是散文,那么这句"无言谁会凭阑意"前面应该有一句"你不在我的身边",或者"你在远方"等类似的语气。这句翻译过来就是:你不在我的身边,我满怀的愁绪能向谁说,我的心事又有谁知道呢?

是啊,正如顾贞观在纳兰死后说的那样:家家争唱饮水词,纳兰心事几人知?虽然叶梦得认为"凡有井水处,皆能歌柳词",但又有几个人真正懂得柳永内心的寂寞、孤独和一腔深情呢?如果有女子懂得,那么这个女子是幸运的。

"凭阑",这简直就是一个闺怨的符号,在很多花间词或婉约派的作品中,屡见不鲜。一个女子独自站在楼上,或倚在栏杆旁远望着,这是一种怎样的思念、孤独和寂寞?没有经历过的人,怎么可能明白?思念,就是把自己的心置于远方，无法回来。

"拟把疏狂图一醉，对酒当歌，强乐还无味。衣带渐宽终不悔，为伊消得人憔悴"，下阕写情。唐圭璋这样评价这几句："换头深婉，'拟把'句，与'对酒'两句呼应。强乐无味，语极沉痛。'衣带'两句，更柔厚。与'不辞镜里朱颜瘦'语，同合风人之旨。"

"拟把疏狂图一醉，对酒当歌，强乐还无味"这几句，林玫仪这样解释："柳永热衷功名，却仕途不偶，落魄终生，只好借酒色自娱。唯因柳氏出身书香世家，又曾中进士第，此种背景，使其自有一股高华之气，颇异于一般落魄文人。一个有理想、抱负之人，谁甘心混迹歌楼酒肆，浑浑噩噩度过一生？故柳永尽管过着风流浪漫之生活，其内心深处，却极孤寂苍凉。在灯红酒绿、歌声舞影之中，尚可自我麻醉，唯是也'拟把疏狂图一醉，对酒当歌，强乐还无味'，故每当一人独处，此种孤寂之感即自然涌现，此为柳永之悲哀，亦是柳永之真我。"

"疏狂"，狂放不羁。这句"对酒当歌"，应该是取自曹操的诗"对酒当歌，人生几何？譬如朝露，去日苦多"。柳永的"对酒当歌"，我个人觉得，也有人生短暂、幸福易逝之意。其实，柳永这个时候，应该有一种"长歌当哭"的心境。

这里的"拟把疏狂图一醉"，颇有韦庄"妾拟将身嫁与，一生休"之意味。柳永想用酒来麻醉自己，可能他忘了，酒只能麻醉肉体，无法将那颗心麻醉。强迫自己快乐，还不如顺其自然为好。柳永忘了，心是无法勉强的，因为它一直在那儿疼着，一直在那儿疼着，直到它停息下来。

"衣带渐宽终不悔，为伊消得人憔悴"这两句，俞陛云在《唐五代两宋词选释》中这样评价："长守尾生抱柱之信，拼减沈郎腰带之围，真情至语。"

"衣带渐宽终不悔,为伊消得人憔悴",跟牛峤"须作一生拼,尽君今日欢"一样,都是同样的执着无悔,一往情深。而这句"为伊消得人憔悴",很有"对花满眼泪,不共楚王言"之坚决,更有"拚今生,对花对酒,为伊泪落"之沉痛。

爱一个人不难,难的是长久而无怨无悔地去爱一个人。因为,时间是把利器,可以把爱一点一点从我们的心里剜去。就像顺子唱的那样:人也许会变,是因为经过了时间。写到这里的时候,心疼痛得让我无法呼吸。就像戚薇在《如果爱忘了》中喊的那样:如果爱忘了,你还记得吗?

中有千千结

数声鶗鴂,又报芳菲歇。惜春更把残红折。雨轻风色暴,梅子青时节。永丰柳,无人尽日花飞雪。 莫把幺弦拨,怨极弦能说。天不老,情难绝,心似双丝网,中有千千结。夜过也,东窗未白凝残月。

——张先《千秋岁》

这首词,在我读初中的时候就深深地打动了我。其中缠绵而深挚的情感,拨动了我青春的心弦。现在回过头来读这首词,却有一种说不出的苍凉和疼痛,我感觉那些当初的纯真,那些当初的稚嫩,已经从我的指尖滑落,落入无法找寻的深渊。

张先,字子野,今浙江吴兴人,宋仁宗天圣八年(1030)进士,曾任永兴军通判,渝州知州。官至都官郎中。晚年赋闲乡里,和著名诗人兼词人苏轼有交往。而且,他还是苏轼填词上的老师。张先擅长小令,词风温婉清丽,情柔音婉。但他这个人,我是相当不喜欢。在我看来,他就是一个一天没有女人都活不了的男人。

据说张先八十岁时还哭着喊着要娶小妾,最后娶了个十八岁的姑娘,结婚当天，他大摆筵席。对于苏轼来说，张先不仅亦师亦友，也是当时的文坛前辈，他大喜的日子苏轼当然要去贺喜。苏轼于是写了这样的一首诗来调侃张先："十八新娘八十郎，苍苍白发对红妆。鸳鸯被里成双夜，一树梨花压海棠。"

显然，苏轼对张先这么大年纪还娶小妾是很不赞同的，我们从他这首诗里就可以看出来。"鸳鸯被里成双夜，一树梨花压海棠"之中的"压"字，在我看来，不仅写的是洞房花烛夜的那点情事，恐怕，也有"压迫"或"逼迫"之意吧。

张先八十岁还娶小妾，纵然我不能认同他的这种做法，但我也不能说些什么，就连孔老夫子都说"饮食男女，人之大欲焉"。张先虽然是一个花心的男子，但他在填词上的造诣还是相当高的，这点我们不能不承认。张先，跟柳永齐名。他现存词一百八十多首，有《张子野词》存世。

"数声鶗鴂，又报芳菲歇。惜春更把残红折。雨轻风色暴，梅子青时节。永丰柳，无人尽日花飞雪"，上阕，以景语起，借景衬托闺中人的情绪。

"鶗鴂"，就是杜鹃。杜鹃，又叫子规，还名蜀魄、蜀魂、催归，传说是蜀帝杜宇的魂魄化成的。它常常在夜里鸣叫，声音凄凉，所以，这鸟常在唐诗宋词当中出现，成了写凄苦别离之情的一种特定意象。

"芳菲"，花事，或指的是春天美好的时光。我记得白居易的《大林寺桃花》一诗当中这样写道："人间四月芳菲尽，山寺桃花始盛开。"开到荼蘼花事了，"数声鶗鴂，又报芳菲歇"这两句当中，明显有一个关于时间的表述。在我看来，张先这首词中的时间节点，当是到了晚春。

"歇"，消失、结束或停止的意思。"数声鶗鴂，又报芳菲歇"句的意思是：窗外那一声声杜鹃鸟的鸣叫，叫得人心里多么凄凉，它似乎在为春天渐渐远去的身影而暗暗哭泣。这里的人，本来就沉在思念当中了，你这死鸟偏偏又来添我愁绪，可恨至极。这里的"芳菲歇"，在我看来，不仅仅指春天已经远去，还是花已经凋零的暗喻，也就是说，这里当指的是美好的青春正在远去。

"惜春"，爱惜春天这芳菲而美好的光景。"残红"，残留于枝上的花朵，跟"落红"不同。有诗写道："落红不是无情物，化作春泥更护花"，这里的"落红"指的是落于地面的花瓣。"风色暴"，指的是风很大。这里的"暴"，我觉得做动词用会更加出彩而生动。

"惜春更把残红折，雨轻风色暴，梅子青时节"这三句，其实写的是女主人公的情态。这"惜春更把残红折"，颇有黛玉妹妹《葬花辞》中"花谢花飞花满天，红消香断有谁怜"之自怜和寂寞。这句可以这样意译：我知道春光会一闪而过，所以，我满怀惜春的情意，在细雨轻轻地飘着，风很大，而梅子青青的时候，把窗外那还剩下花朵的枝条，折了下来，插在瓶里。

这里的"风色暴"，有陆游《钗头凤》中的"红酥手，黄縢酒，满城春色宫墙柳。东风恶，欢情薄，一怀愁绪，几年离索"和唐琬《钗头凤》中的"世情薄，人情恶，雨送黄昏花易落"之意。雨送黄昏花易落，写着写着，我的青春之花就凋零在你转身离开之后。

"永丰柳，无人尽日花飞雪"这两句，写窗外落花之繁多。"永丰"，指的是唐时洛阳的一个院子。据说唐时洛阳永丰坊西南角园中，有垂柳一株，柔条极茂，白居易因赋《杨柳枝词》云："一树春风千万枝，嫩于金色软于丝。永丰西角荒园里，尽日无人属阿谁。"后传入乐府，遍流京师。唐宣宗闻之，下诏取其两枝植于禁苑中。后以"永丰柳"泛指园柳或柳树。这里的"永丰柳",可能指的既是柳树,也是这首词中的女主人公。

"无人尽日花飞雪"这句,跟南唐后主李煜那首《清平乐》中的"别来春半,触目愁肠断。砌下落梅如雪乱,拂了一身还满"的意境相差无几。在这首词里,李煜在春天已经过去一半的时候,站在阶下,伫立在一棵梅树之前,看着落下的梅花就像纷纷洒落的雪一样飘飞着,不一会儿,这些梅花就落满了衣襟,拂去还落,让人内心凄凉而伤感。

落花可以拂去,但落于内心的寂寞、孤独和思念,用什么才能拂去呢?我相信,张先这首词中的女主人公,一定也跟李煜一样黯然神伤。记得江淹在《别赋》中这样说过:"黯然销魂者,唯别而已。"是啊,让我们内心疼痛而无力的,不就是生离死别吗?而这些,也恰巧是我们内心仅剩不多的一点火星,一丝温暖。

雪小禅这样写道:"浮世的烟火,大概要的就是这一点点温暖。阮玲玉的原声电影大碟中唱着:只为那一点点光火一点点爱,往前飞着飞着……总以为张爱玲是冷的,其实,她有一颗多热的心,捂着这冷的人间。想想就心酸。拼命地要爱,那个人却不肯给,花着心去爱另外的女子。"而张先这首词中的女子,能幸运地得到有情郎吗?

"无人尽日花飞雪"这句,可以这样意译:你不在我的身边,庭院就像我因为想你而空落下来的心,被整天纷纷飘落的花瓣扰乱它的宁静。那一片片落下的花瓣,多像一根根针,在我的心上绣着你的容颜,绣得我心生疼。一针一线,绣你的容颜,绣出了我一个人的沧海桑田,海枯石烂。

"莫把幺弦拨,怨极弦能说。天不老,情难绝,心似双丝网,中有千千结。夜过也,东窗未白凝残月",下阕,整个都是抒离情之伤,写思念之深。

"莫把幺弦拨,怨极弦能说"这两句,写女主人公内心的怨。对于那个不能在身边陪着自己的人,又不知道他的归期,作为一个敏感的女子,她不可能没有怨。没有几个人在相爱的时候,愿意做匆匆的过客,最初的想法,都是想牵着对方的手,彼此一直相守到老。可惜,这一切的美好意愿,终敌不过时间。

"幺弦",琵琶的第四根弦,这里指的是琵琶。"莫把幺弦拨,怨极弦能说",写这个女子内心极沉极深的怨。怨什么呢?还不是因为太过于在意对方了吗?这个女子一下子坠落到思念的深渊当中,无力自拔了。这种感觉,若是没有亲身体验过,怎么说也说不清楚。就像我曾经想念一个姑娘,想到内心炽热,又浑身冰凉。

事不关心,关心则乱;事到其间,进退两难。想当初见面不如不见面,到如今欲待要断割不断。相隔咫尺,如隔万山。恨老天不与人儿行方便。这是你自误了佳期,却把谁来怨?

到底相思有多深,或者到底是怎样的滋味?唐朝的女道士兼才女李季兰曾经写过一首《相思怨》,这首诗是这样写的:"人道海水深,不抵相思半。海水尚有涯,相思渺无畔。携琴上高楼,楼虚月华满。弹着相思曲,弦肠一时断。"《诗经》中这样写道:"参差荇菜,左右流之。窈窕淑女,寤寐求之。求之不得,寤寐思服。悠哉悠哉,辗转反侧。"有一首琴歌又这样写道:"有美人兮,见之不忘。一日不见兮,思之如狂。"

对此,我想没有比那些出自民间的艳歌更能写尽相思之苦了,我记得有艳歌这样写道:"闷恹恹的长吁叹,盼望佳期,瘦损了春山。想当初,你我二人结心愿。到如今,奴家独自将你恋。自从你去,至今未还。想必是,别有知心将你伴。叫苍穹,与奴催赶他来见一面。"

徐再思有一首小令《折桂令》,更是清楚地道出了相思的痛楚,他这样写道:"平生不会相思,才会相思,便害相思。身似浮云,心如飞絮,气若游丝。空一缕余香在此,盼千金游子何之。证候来时,正是何时?灯半昏时,月半明时。"

"莫把幺弦拨,怨极弦能说"这两句,可以这样意译:不要去拨弄琵琶了,琵琶的弦一定会替我说出我内心的幽怨。有专家把这里的"怨极弦能说",理解成为"我的幽怨它哪里能够代言",这样的理解,对于我而言,是完全不能接受的,我觉得这样理解根本就没有想象力。要知道,诗词本身如果没有了想象力,诗词之美,也就失之大半。

"天不老,情难绝,心似双丝网,中有千千结"这几句,是全词最为出彩、最为深情、最让人感动的地方。"天不老",这句取李贺之诗"天若有情天亦老"相反之意。"双丝网",这里有渴望同心之意。这几句可以这样意译:苍天永远都不会老,可是,我对你的思念难以断绝,我的心就像是双丝网,中有千千情结,无法解开。其实,一结一泪,一泪一疼,一心一意,无关风月。这个时候的痴情,有的时候,可能只是自我的一种纪念。纪念自己曾经认真过、深爱过。

"夜过也,东窗未白凝残月",写失眠之深。黎明还远,但亲爱的,我在一扇孤独而寂寞的窗前,无边无际地想你,想到自己绝望。为此,我不停地在自己的内心里追寻,追寻你留下的气味,追寻那留在时光之尘上,我们一起走过的足迹。只是我想说,亲爱的,此时,我已经疲于想你,因为,每想你一次,就是自我破碎一次。因为,一寸相思一寸灰,一寸相思一寸灰啊!

举目望去,都是灰烬!虽然满目荒凉,但你已经凝成一粒珍珠,依附于我的心上。可是,一盏孤灯就这样灭了,灭了。而窗外那一轮残月,像一个人刚刚流泪的眼睛。

只有相思无尽处

绿杨芳草长亭路，年少抛人容易去。楼头残梦五更钟，花底离情三月雨。 无情不似多情苦，一寸还成千万缕。天涯地角有穷时，只有相思无尽处。

——晏殊《玉楼春》

这首词，是写相思之情的名作。这首词，也可以说是闺怨或念远之作。对于那些陷入思念当中的人来说，那心中不能亲近的痛感，没有亲身经历，用任何的文字去言说都显得苍白无力。

晏殊，字同叔，今江西人。据传，他七岁的时候即能写文，宋真宗时，以神童荐，召试，赐同进士出身，授秘书省正字。后任太子舍人、给事中、礼部侍郎等职位，死后谥元献，所以，后人又称他"晏元献"，和其子晏几道，并称为"二晏"。词集名为《珠玉词》。

晏殊喜欢冯延巳的词，深受冯词的影响。赵与时在《宾退录》中引《诗眼》有这样的记载：晏叔原见蒲传正云："先公平日小词虽多，未尝作妇人语也。"传正云："'绿杨芳草长亭路，年少抛人容易去'，岂非妇人语乎？"晏曰："因公之言，遂晓乐天诗两句，盖'欲留所欢待富贵，富贵不来所欢去。'"传正笑而悟。余按全篇云云，盖真谓"所欢"者，与乐天"欲留年少待富贵，富贵不来所欢去"之句不同，叔原之言失之。

这里的晏叔原，就是晏殊晚年生下的儿子晏几道，号小山，是我一直很喜欢的词人。这里的大意是，晏几道认为他父亲晏殊写的词未尝作"妇人语"，这里不过是为了其父的名声试图遮掩罢了。宋词，如果离开了爱情，离开了美丽的女子，还有多少内容和可读性？

李攀龙在《草堂诗余隽》中这样评价此词："春景春情，句句逼真，当压倒白玉楼矣。"黄苏在《蓼园词选》中这样评价："言近旨远者，善言也。'年少抛人'，凡罗雀之门、枯鱼之泣，皆可作如是观。'楼头'二语，意致凄然，挈起多情苦来。末二句总见多情之苦耳。妙在意思忠厚，无怨怼口角。"

是啊，多情苦，但活在这个人世间，若没有人可以想念，那又该是多么悲哀的一件事情啊！

"绿杨芳草长亭路，年少抛人容易去。楼头残梦五更钟，花底离愁三月雨"，这段，以景实情，景情交融，虚实有致。

"绿杨"这个词，在我看来，既是写时间的，又是交代年龄的。"长亭"，古时设立的专门让行人歇息的亭子。"年少"，有专家解释为女子所恋所爱的情郎。

"绿杨芳草长亭路，年少抛人容易去"，这两句可以这样意译：在这绿杨葱绿、芳草萋萋的春天，我真心相爱的你抛下我独自离开，去了远方。

渐入岁月的是我的心事。浣纱的手指，渐渐冷却在我的触觉以外。独倚月光，我用怀念编织一盏微弱的灯，在灯焰中找你的名字。可以叠起岁月，但怎么也叠不起你的容颜。在沉沉浮浮中，唯有过去的温存难忘，犹如梅花落雪。

　　有些伤痕，从他离开之时，便悄然开在她的心头。那夜夜不眠的念，是一种怎样的呼唤，充满了斑驳陆离的疼？鲜艳的仍然是过去，伤在今天的肋骨之上。

　　"残梦"，我觉得是没有做完的梦。"五更"，也就是天快亮了。古人把一夜分为"五更"。"五更"大约是凌晨的三点至五点钟。这段时间，天快亮了。所以古人说："一更鸡，二更锣，三更鬼，四更贼，五更人。"从这里也可以看出，五更时基本上人都起来了。

　　由于思念他，所以，这个女子失眠了，而且这个失眠还相当长久，持续了将近一夜的时间。那些思念，就像散文一样铺展开来。似水年华流走了，蓦然回首，欢乐宛如烟云消散无踪。那些没能被时间抹平的记忆，只是午夜不眠的一些抽痛的情感褶皱。

　　"楼头残梦五更钟，花底离愁三月雨"这两句，著名的词评家陈廷焯在《白雨斋词话》中这样评价："晏元献之'楼头残梦五更钟，花底离情三月雨'……婉转缠绵，情深一往，丽而有则，耐人玩味。"

　　这"花底离情三月雨"，仅仅只是实景的描写吗？我不这样认为。我认为这里的"三月雨"也是一种影射。影射着把他们分开的势力或其他的阻隔。三月花开得正艳，可惜却起了雨，打落了很多正在怒放的花朵，那一瓣瓣飘落的是凋零的心。

　　肯为一个人暗暗地思念、心痛，是最细微的付出和牺牲，深情中含悲。一心一意地念着这个人的时候，我们不过就是那朵风中的花，迟早会凋零在他们的记忆当中。

　　思念随着夜色纷纷洒落，像一群没有翅膀的鸟。无人可以分享的孤独，斑驳在那个人的背影之上。那些月光，带着心痛的光泽，浸入、溶于内心的安静。心在风的声音中，悄然安顿下来，不能再倾诉些什么，只能叹息。

其实，这首词中的女主人公，虽然一直都独自走在一条叫作情感的路上，辛苦而努力，但始终没能换来他的消息。于是，她在孤独当中越陷越深。

"无情不似多情苦，一寸还成千万缕。天涯地角有穷时，只有相思无尽处"，下阕，写相思之苦。

我们如果真能做到无情，也不至于这样痛苦。"一寸"，按字面上理解，应该指的是心。古人喜欢把心称为"方寸之地"。这句，我个人觉得化用了李商隐一首诗中的意象。李商隐这首诗是这样写的："春心莫共花争发，一寸相思一寸灰。"我有充足的理由相信，晏殊这里的"一寸"，指的就是相思。

一寸思念，却化成了千万缕，每一丝每一缕上都写着你的名字。这句"一寸还成千万缕"，总是让我想到张先的那句"心似双丝网，中有千千结"。一结一念，一念一真，一真一泪。一心因为对他的思念，所以，就像一团乱麻一样，怎么解也解不开。爱情是纯粹的、温暖的，可是这个时候，怎么也温暖不了她的心。

即使真的曾经属于过彼此，对于那些相爱的人漫长的人生来说，是不是也仅仅只是一次机会？如今，她的内心，在人群中孤独地寻找着他的一切消息，已经成了伤痛而麻木的暗香，无法触及。

这个时候，疼痛是抒情的文字，在纸上开始流动。慢慢消失的温情，不过是一种孤独而寂寞的倒影。

人要是真做到了无情，也是一种境界。其实，一个深情的人到了极致必定是无情。就像我在《此情可待成追忆：李商隐诗中的初恋痕迹》一书的序言中写的那样:"有很多人总是说张爱玲在和胡兰成结婚的时候,提起笔写下'愿岁月静好'这五个字时很幸福,其实,我并不这样觉得。所以,我在微信的个性签名上这样写道:岁月静好中,带着忍耐的卑微。我也在卑微地忍耐着,忍耐着,等待着一切无法预知的结局或意外来临。到时候我反而会带着轻松的心情,淡淡一笑地去接受。也许,是心很累很累的缘故吧,故对这个尘世,并无多少留恋。所以古人说:深情者,到了极致必定无情,还是相当有道理的。因为,这颗心没有人懂得,没有人珍惜,还不如无情的好。"

可是,到底是无情苦,还是多情更苦一些呢?无情不是真英雄。虽然多情会遇到很多痛苦,但这些痛苦同样是我们人生中最美的风景,否则,我们的人生就太苍白太单调太无趣了。

"天涯地角有穷时,只有相思无尽处"这两句,我怀疑取意于白居易《长恨歌》一诗中的"天长地久有时尽,此恨绵绵无绝期"。就算天涯地角都有到达的一天,只是相思无尽。这两句,可以用唐朝女道士兼才女李季兰的诗来解释,她这样写道:"人道海水深,不抵相思半。海水尚有涯,相思渺无畔。"

天涯地角,这样的距离,其实不是距离。人和人之间,肉体的距离再远,都有抵达的一天,唯有心灵之间的距离,永远都无法拉近。就算海水再深,它也深不过我对你的思念。大海再宽,它也有岸可待,唯有思念在无穷无尽地蔓延。

这个世界之上,再深的东西,恐怕都深不过人心。

明月不谙离恨苦

槛菊愁烟兰泣露。罗幕轻寒,燕子双飞去。明月不谙离恨苦,斜光到晓穿朱户。 昨夜西风凋碧树。独上高楼,望尽天涯路。欲寄彩笺兼尺素,山长水阔知何处?

——晏殊《蝶恋花》

这是一首念远之作,写的是离别后苦苦思念的情怀。王国维在《人间词话》中认为,这首词最得风人之致,和《诗经》中的《蒹葭》篇一样,不过一个洒落,一个悲壮而已。"风人",指的是诗人。

王国维在《人间词话》中又这样说:"古今之成大事业、大学问者,必经过三种之境界:'昨夜西风凋碧树。独上高楼,望尽天涯路',此第一境也。'衣带渐宽终不悔,为伊消得人憔悴',此第二境也。'众里寻他千百度,回头蓦见,那人正在,灯火阑珊处'①,此第三境也。此等语非大词人不能道……"由此可见,王国维对这首词的喜爱。

这首词中的女主人,苦苦地思念着那远行未归的人。可以守住时光,但如何守住内心的思念?无数的时光碎片,仍然自由连接成为他的模样。

---

① 王国维引文有误,当作"蓦然回首,那人却在,灯火阑珊处。"——编者。

过去的微笑尘封了如今的亲近，依然清晰的细节，让过往充满了无穷的魅力。再次将花期错过，那心一片片地凋零，零落成泥。

曾经的等待，有多少还有现实的意义？在爱情掩卷之后，是否能重新打开，这确实充满了变数。那么，只能怀着落叶般的心情，独自一个人走进时光的深处。遗忘，还有多远？

《宋词赏析》一书这样评价此词："……时间是由夜到晓，地点是由室内、室外而到楼上。上片写词人在清晨时对于室内、室外景物的感受，由此衬托出长夜相思之苦……下片写这首词的女主人公，也就是作者，经过一夜相思之苦以后，清晨走出卧房，登楼望远……"

从我们爱上一个人的时候，有一种疼痛，我们这一生都无法远离它。对于一个深陷于爱情当中的人来说，需要的也许只是自己在心痛的时候，有一个温暖的拥抱，轻轻地把自己寂寞的身体交入对方的怀中。在自己流泪的时候，有一双温暖的手轻轻地让脸放在他的掌心。

"槛菊愁烟兰泣露。罗幕轻寒，燕子双飞去。明月不谙离恨苦，斜光到晓穿朱户"，上阕，用了一种很老套但可靠而又实用的路子，借景衬情。

"槛菊"，应该就是槛边的菊花。"愁烟"，这里是比喻。清早起来，女主人公看到槛外的菊花笼罩着一层薄薄的雾气，像一缕缕的轻烟。这里的雾气，真的会是愁吗？这里是拟人化的描写。雾气真的会愁肠百结或愁肠寸断吗？当然不会。这只是对那个看着这丛菊花的人的内心情感的映衬。因为昨夜内心的相思，所以观花有感，就生出了些许的愁绪。

"兰泣露"，这句也是拟人化的用法。在我的理解里，应该是早晨的兰花之上，带着晶莹的露珠。这又是女主人公内心情感的一种映衬，把露水形容为兰花的泪水，借此来衬托女主人公内心的悲伤。

明月不谙离恨苦

"罗幕轻寒",这里,含有对时间的描写。"轻寒",应该是早春。我喜欢的词人秦观在一首词里这样写道:"漠漠轻寒上小楼,晓阴无赖似穷秋。淡烟流水画屏幽。 自在飞花轻似梦,无边丝雨细如愁。宝帘闲挂小银钩。"秦观的这首词,跟晏殊这首词的词意大体相同,都是念远之作。

"燕子双飞去",这是一个美丽的意象。燕子,一直是诗词当中团圆的意象,就像一首诗中写道:"昔时无偶去,今年还独归。故人恩义重,不忍更双飞。"写来写去,还是一只在思念或怀念中独自飞舞的燕子。

燕子在风中飞过,留下的只是纷乱的思绪,内心尖锐地痛楚着。慢慢远离的幸福和温暖,此时是多么荒凉。渐渐把心包围的,仍然是对那个远行之人的思念。有些味道,仍然还留在春天的风中,仿佛那些已经逝去的爱情。这是曾经的温存。

罗幕在阵阵轻寒中轻轻摆动,燕子刚刚飞过窗前,飞向远方。天南地北双飞客,老翅几回寒暑?燕子成双,而人孤独无依。燕子都知道回来,而你为什么就不回来呢?这样一句深情的追问,苍白了谁的灵魂?孤独的人,最需要安慰,只是,他没有给。

心灵孤独的人就像一个满身风雪的旅人,涉过千山万水之后依旧在暗夜里孤单地漂流。当孤单成雨,密密麻麻洞穿心灵的湖面,总有一片模糊的影子或者云彩,投影在心湖的波心,荡漾开层层叠叠的寂寞。就剩下这忧伤而思念的夜晚,举杯静待相思一朵一朵静静绽放。多少往事前尘,轮回不尽,刻骨铭心,在暗夜燃烧的灯花里静静复活。

"明月不谙离恨苦"这句,其实是抱怨。"谙",应该是理解、明白、知道的意思。刘扬忠教授这样评价:"……'明月'二句,明明是人因相思而彻夜无眠,偏偏埋怨月亮'不谙'离恨之苦,将其光辉通宵照着窗户。这一'无理而有情'的描写,更深化了离恨的抒发……"

是啊，这种"无理而有情"的举动，会增加抒情的效果。就像金昌绪有一首《春怨》诗："打起黄莺儿，莫教枝上啼。啼时惊妾梦，不得到辽西。"活脱脱把一个深闺女子思念丈夫的形象描绘了出来。思念成梦，梦里无限美，可恨的黄莺一大早就在外面叽叽喳喳，惊醒了人家甜美的梦境，不恼你才怪？这句跟晏殊这里的意思差不多。

"明月不谙离恨苦"这句，让我想到了古龙。古龙在《天涯明月刀》里创造了明月心这个名字，我很是喜欢。明月本无心，何来明月心？明月若有心，应该也会为人世间这凄楚的离别而痛断肝肠吧。古龙最后在小说的结尾处这样写道："这时明月已升起。明月何处有？只要你的心还未死，明月就在你的心里。"

我们的心，可能就是明月的形状吧。快乐时，它会圆满；孤独和思念的时候，它会悄然缺了一半，挂在天空，鲜血淋漓。

我的朋友胭脂这样写道："深情反无情的你离我有时很近有时很远，混乱了我对于情爱所有的幻觉。"是啊，这种有时很近有时很远的距离，确实折磨着一个又一个陷入思念当中的有情男女。当我们深陷于对一个人的思念之后，我们所想、所做的一切，可能都跟那个人有关。我们不过是在作茧自缚，却又无法挣脱。

"昨夜西风凋碧树。独上高楼，望尽天涯路。欲寄彩笺兼尺素，山长水阔知何处"，下阕写的是清晨独上高楼，登高念远的一些情感。

我记得在《2046》这部电影中，白玲充满伤痛地说："有一个足够好的就够了，为什么要得到那么多？"其实，这样"足够好"的人，当真在这个尘世之上存在，我们又有能力拥有吗？当尘埃落定的时候，她的灿烂仍然是她的，我的苍白仍然也只能是我自己的。只能如此。

明月不谙离恨苦

词中的女主人公，循着回忆的路途，一路追寻着他的消息。我知道，这样认真、深情而努力地追寻，到头来，不过都是失望。人生的站台上，他的火车早就驶过，空留下她这个深情的站台还在风雨中苦苦守望着一个不会再有的归期。到最后，所有的铁轨都将锈蚀。

"昨夜西风凋碧树。独上高楼，望尽天涯路"，先写情，然后借景衬情。清早醒来，最先入眼的，是那些昨夜被秋风吹落的树叶，那片片躺在地上已经枯黄的叶子，多像昨夜那颗深情的心生出的思念。这些叶子，对于女主人公来说，不过就是她昨夜弥漫的情思。

思念，是一只早已断了翅膀的鸟，坠落于地，归于尘灰。昨夜的西风，难道仅仅只吹凋了树上那曾经碧绿的叶子？不，绝不是。在我看来，昨夜的秋风还吹疼了诗人的心。诗人的心，在昨夜就是一棵不走不移的树，而思念，就是其上的一片片叶子，在月光之下，在霜打风吹之下，被迫选择离开。

"独上高楼"这四个字，是一种失意而孤独的意象。这个意象，有着一种深情的柔软和疼痛的伤感，当然还有曲线玲珑的窈窕。在清晨的轻寒中，这首词中的女主人公登上高楼，悄然远望，一滴滴清泪，化成了一行行深情的诗句，但却无法勾画出幸福而温暖的未来。

"望尽天涯路"这句，写的是何等的深情。当我读这句的时候，总是会想到晏殊的儿子晏小山。晏小山这样写道："梦入江南烟水路，行尽江南，不与离人遇。"在这里，不论是晏殊的"望尽"，还是小山的"行尽"，写的都是一腔痴情，这种痴情带着悠长的纠结和难忘的认真。

读到"昨夜西风凋碧树。独上高楼，望尽天涯路"时，我的脑海中浮现出了一个纤小的背影，那衣裙在风中轻轻飘动着一种难言的悲伤。此时，站在文字的高楼之上，我也在望着。不过，我没有向很多地方张望，我只向自己的内心张望，张望着我自己内心的路上，那个渐行渐远的背影。

望尽天涯路，也没能找到你的背影。我想做梦才能亲近你，可是，我入了梦，在梦中行尽江南的烟水路，也没能找到你。尖锐的疼痛过后，是渐渐麻木的怀念。无尽的空虚，在一颗心上无尽地上演着一场又一场的别离。但这样的绝望，这样的怀念，这样的思念，这样的深情，这样的努力，这样的孤独和寂寞，最终将穿透我们的一生。

"欲寄彩笺兼尺素，山长水阔知何处"这两句，刘逸生教授这样评价："……两句是全首的结穴，因此晏殊使用了复叠句法。'彩笺'指诗词，'尺素'指书信。虽不全同，都是寄情的物事。不避重复，正是为了加强欲寄无由的可悲现实。'山长''水阔'也是复叠，同样为了强调'知何处'的怅惘。诗人在结尾有意用了重笔，使感情显得更加沉重了。"

刘逸生教授的评论相当到位。其实，有的时候用到重复的句子或词语等，不过就是为了加重表达情感的力度，使抒情更有力一些。这句的意思是，我想寄情书给你，可是，我不知道你的消息，我该往哪里寄呢？

这一问，就穿越了千年。

人生自是有情痴

尊前拟把归期说，未语春容先惨咽。人生自是有情痴，此恨不关风与月。　离歌且莫翻新阕，一曲能教肠寸结。直须看尽洛城花，始共东风容易别。

——欧阳修《玉楼春》

这首词，我本人很喜欢。知道这首词，源于读王国维的《人间词话》。王国维在《人间词话》中这样说："永叔'人间自是有情痴，此恨不关风与月''直须看尽洛城花，始与东风容易别'，于豪放之中有沉着之致，所以尤高。"永叔，即欧阳修。

这首词，是离情词。邱少华教授在《欧阳修词新释辑评》一书中这样说："此首当作于离洛之际，抒情主人公即是作者本人。"无论抒情主人公是不是欧阳修本人，我们可以知道的是，这些文字当中，无疑有欧阳修情感流动的痕迹。一个人的文字作品，不管怎么写，都还是倾向于自我的情绪。

所以古人说："诗，人之性情也"，这是相当有道理的。著名的现代诗人兼诗评家敬文东认为："抒情是可能的。因为个人语境总是抒情的，或总是倾向于抒情的。"为什么会这样呢？著名诗评家陈仲义在论及郑单衣这个抒情诗人时这样说过："在抵御工具理性、改善指令化生存，她所葆有的感性、湿润、情愫，多少还能为人心提供某些慰藉、舒解与升华。"

抒情，或多或少能给内心些许的慰藉、舒解与升华。这可能是从抒情诞生的那天起，它一直承担的任务吧。其实，对于诗人来说，"语言不再是一种单纯的意义容器，而是诗人生命体验中的唯一事实"。这是著名诗人兼诗评家陈超的话。其实，情感，也是诗人生命体验中的事实。不过这种事实，可能会被稍微夸张。

"玉楼春"，词牌名。又名《木兰花》《东令妙》《西湖曲》《玉楼春令》《春晓曲》《惜春容》《梦相亲》《归风便》《转调木兰花》等。"玉楼"，装饰华美之楼。"春"，我个人觉得，当指的是美女。所以，这个词牌从诞生的那天起，就跟美丽的女子和情思有关。

"尊前拟把归期说，未语春容先惨咽。人生自是有情痴，此恨不关风与月"，上阕，先从酒席写起，然后紧接着抒情。

"尊"，通"樽"，指的是酒杯。"拟"，打算。"归期"，离开洛阳，回归东京的时间。"春容"，女子美丽的容颜。"惨咽"，非常悲痛地哽咽。"风与月"，估计就是"风月"一词。《幽梦影》中说："若无花月美人，不愿生此世界。""风月"是什么呢？无非就是男女之间缠绵的情事。

欧阳修于1031年三月去洛阳任职，在洛阳整整待了三年。邱少华教授认为这首词是欧阳修离开洛阳的时候写下的。此说可从。欧阳修离开洛阳的时候，一定有朋友相送了，古人很重视离别前的相送，常常会设下酒宴，为远行的朋友饯行。欧阳修就从这离别时的酒席写起。

酒席之上，不免要喝酒。欧阳修端起酒杯，打算告诉那个女子他要离开洛阳的消息。一个"拟"字，可以看出欧阳修的心态，他想说，但又不忍心告诉这个美丽的女子他要离开洛阳，离开她。这对她来说是相当坏的消息。

"未语春容先惨咽"，这句最值得玩味。"未语"，应该是欧阳修还没有来得及说话。欧阳修还没有说出来要离开的消息，这个女子美丽的容颜已经改变了，她已经在那里独自哽咽，面容凄惨。从这句我们可以看出这是一个极善于观察、心细如发的女子。

此时这个女子到底是怎样的心态呢？我们可以从一首诗中找到答案。诗是这样写的："天鹅与芦苇相好，就想多缠绵一会。但湖面已被冰层覆盖，让我心中充满绝望。"天鹅、冰封的湖面，构成优美和坚硬的两极，而脆弱的芦苇系于中间，摇曳出聚散依依的意味，令人感慨顿生。对于这番感叹，可以做两层意思的解读：关乎爱情，隐含着别离在即的黯然神伤；关乎自己，似可理解为一种身不由己的无奈。世界就是一个隐喻，诗歌是一个美丽的发现，是可以摸着过河的石头。

而这个女子这样的悲痛，不是基于爱情的深浅，而是基于无法改变现实的无力。她不能做到无视离别从她心尖之上悄然走过，她更不能做到"花期已经过去，玉蜂没有惆怅。情人离开了我，我也不必过于悲伤"这样的豁达和洞彻，她有的只是对爱情的无法把握，或者是对别离的无可奈何。

春天不管花开花落，独自流逝。而在花开花落的轮回中，面对别离，我们除了自我感知到疼痛之外，还能做些什么呢？此时，我想告诉你的是，我只能选择沉默。在面对女子这样的困境时，我们的困扰在于，无法亲身体验她心中埋藏着的永远不为我们所知、也是不应为我们所知的痛苦和无力感。

"人生自是有情痴，此恨不关风与月"，这两句堪称经典。"情痴"，痴迷于情、沉醉于情的人。我以为，从古至今，能称得上"痴于情"的人屈指可数。在这个名单上，我只能列出这么几个人：晏几道、柳永、纳兰容若、黄景仁、项莲生。

怎么才算痴与情呢？大家去读读晏几道的《小山词》、纳兰容若的《饮水词》和项莲生的《忆云词》，读了之后，应该就能找到答案了。冯梦华在《宋六十一家词选序》中这样说："淮海、小山，古之伤心人也。其淡语皆有味，浅语皆有致。"晏几道，字小山。晏几道著有《小山词》，他的词真切缠绵，意境幽婉，善于写情。宁萱女士认为："有情之人方能作有情之文字，深情之人方能做深情之文字"，她是相当懂得抒情到底需要什么人的。

晏几道为什么要选择词呢？宁萱选用了查礼的《榕巢词话》中的一段话来解释："情有文不能达、诗不能道者，而独于长短句中可以委婉形容之。"是啊，晏几道非常用心地爱着那些地位低下的歌女，但却不能和她们"执子之手，与子偕老"，这同样也是柳永最深最疼的伤痛吧。

欧阳修说：此次我离开你，心里也是十分的不情愿，十分的悲痛，这恨不同于一般的风月之地的那种离情。从这两句，我们可以看出，欧阳修对这个女子是真心的。当我们失去一个人的时候，如果常常在问，我从她那里得到了什么，若是这样，那其实不是真爱。如果真爱一个人，当我们失去的时候，我们会问自己，我和她在一起的时候，是不是非常用心，并彼此真心相待呢？至少，我自己一直在这样问着自己。

欧阳修要说的是，我是真心爱你，不像青楼的风月之地发生的那些浅薄而势利的爱情。当我们被爱的时候，能得到那个人的真心是多么的可贵！如果得到了那个人的真心，就算我们日后万分悲痛，日日夜夜背负着回忆的沉痛，也是值得的。也许很多人会问，你为什么会这样想呢？

道理很简单，吴从先在《小窗自纪》中这样说过："买笑易，买心难。"有些人爱你，并不是真心爱你，而只是想得到你的身体。这个世界，还有多少男人能像叶芝那样："当你老了，两鬓白了，睡意渐沉，倦坐在火炉边，翻开你的回忆这本书，慢慢地读着，追想你当年的眼神，那轻柔的光和深沉的影。很多人爱过你青春的靓影，爱你的美，或以虚意，或以真情，唯我一个爱你如一个朝圣者，爱你哀戚的脸上那岁月走过的痕迹！"

叶芝以这样的爱，爱着那个名叫茅德·冈的女子，可惜，这个女子一直都没接受他的爱，在叶芝死后，她甚至拒绝出席他的葬礼，她的无情可谓到了极致。爱，太过用力地爱，伤的一定是自己。

这个世界，哪里还有这样痴情的男人？没有，没有了。

"离歌且莫翻新阕，一曲能教肠寸结。直须看尽洛城花，始共东风容易别"，下阕，是对这个女子的劝慰。

"离歌"，离别时唱的歌。"新阕"，新的一首歌。"阕"，量词，一阕即一首。"寸结"，形容非常疼痛难过。"寸"指心。一寸离肠千万结，一结一疼，一疼一念。"直"，一直，或一直等到。"东风"，春风。

"洛城花"，指的是牡丹花。这是洛阳的名产。欧阳修有《洛阳牡丹记》一文，文中对牡丹花的品种等所记甚详。我最感兴趣的是这段："洛阳之俗，大抵好花。春时城中无贵贱皆插花，虽负担者亦然。花开时，士庶竞为游遨，往往于古寺废宅有池台处为市，并张幄帟，笙歌之声相闻……"

"离歌且莫翻新阕，一曲能教肠寸结"，这句是欧阳修贴心贴意地劝慰。欧阳修对这个女子说：你现在别唱送别之歌了，你唱的时候，会让我们的心都疼痛难忍。这话是多么深情啊！其实，真正爱一个人的时候，我们就不再是我们自己，而是我们所爱的那个人。所以，在爱一个人的时候，心里只有自己的人，不配去爱。

信乐团唱过一首《离歌》，歌词是这样的："一开始我只相信，伟大的是感情。最后无力地看清，强悍的是命运……你说爱本就是梦境，跟你借的幸福，我只能还你。想留不能留，才最寂寞。没说完温柔，只剩离歌。"这里的"想留不能留，才最寂寞"，清晰地写出了用心去爱，最后却又不得不离开之人的心态。欧阳修这首词中的女子，估计也有这些感触吧。

"直须看尽洛城花，始共东风容易别"这两句，是欧阳修的决定。意译一下，它的意思应该是：你放心，虽然我要离开洛阳了，但我现在不会马上走，我一定会陪你看尽洛阳花，才肯和春风一起和你告别。

如今对于他们两人来说，也只能如此。再不舍，也终将离开。这不仅仅是欧阳修和这个女子所面临的沉重和悲痛，也是我们如今将要，或已经面对的沉重和悲痛。这句话算是欧阳修对这个女孩子的承诺吧。但承诺到底有没有实现，如今的我们已经不得而知。

通过这些话，我们知道，他们彼此爱着的心是那么的不忍分离。当欧阳修说出这些话的时候，她的脸上是不是露出了微笑？我觉得应该很难。短暂的聚合过后，便是长久的分隔。这样的结果，让她怎么可能不悲从中来？

肉身沉重，而自己倾心给予的人却无法带走，这是多少人的悲哀。如今，让我们还是换种活法吧。刘小枫说："我活在此时此刻，既不是献身给建设人间天堂的道德事业，也不是随无常的风，把我这片落叶般的身子任意吹到一个恶心的地方，而是在挚爱、忍耐和温情中，拥有我此时此刻的生命。"

不论怎样选择,他们今后都是隔山隔海无法再次亲近。而或许这个女子会变成一弯新月,再也不会圆满。说到底,他们及我们的一生都没有圆满。所谓的圆满,不过就是一种谎言。

对此,我能看见的只是一张脸。一张布满泪水的脸。

头白鸳鸯失伴飞

重过阊门万事非,同来何事不同归?梧桐半死清霜后,头白鸳鸯失伴飞。 原上草,露初晞。旧栖新垅两依依。空床卧听南窗雨,谁复挑灯夜补衣?

——贺铸《半死桐》

这是一首悼亡词。自古以来,悼亡词都是一种情真意切的悲泣和呜咽。这首词的词牌,不过是贺铸形容自己的情态。而这个词牌很可能取自枚乘的《七发》:"龙门有桐,其根半死半生,斫以制琴,声音为天下之至悲。"梧桐,在宋词当中,无非就是孤独、寂寞、悲凉和悼亡的代指。"雨打梧桐"或"敲窗雨",都是堪称经典的意象营造。

《半死桐》,词牌名,又名《鹧鸪天》《思佳客》《思越人》等。在详解这首词之前,我们先来了解一下贺铸。贺铸,字方回,号庆湖遗老。祖籍今浙江绍兴,生在今河南辉县。贺铸出身于一个已经没落的贵族之家,文武全修,为人刚直不阿,所以一生只做了个小官。贺铸常以一柄长剑、一匹马和一身青衫憔悴而落魄地游走江湖。著有词集《东山词》和诗集《庆湖遗老诗集》。

头白鸳鸯失伴飞

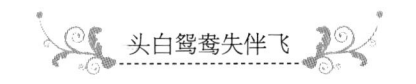

贺铸和晏几道一样,都是一个痴人。在我看来,痴人就是一个真人,一个情真意切的人。程俱在《北山小集》中这样评价贺方回:"余谓方回之为人,盖有不可解者:方回少时侠气盖一座,驰马走狗,饮酒如长鲸,然遇空无有时,埋首北窗下,作牛毛小楷,雌黄不去手,反如寒苦一书生。方回仪观甚伟,如羽人剑客,然戏为长短句,皆雍容妙丽,极幽闲思怨之情。方回慷慨多感激,其言理财治剧之方,亹亹有绪,似非无意于世者,然遇轩裳角逐之会,常如怯夫处女。余谓不可解者,此也。"

晏几道有"四痴",贺铸有"三不解",可谓是文坛佳话。著名的词评家陈廷焯这样评价贺铸:"方回词,胸中眼中,另有一种伤心说不出处。"说不出的伤心,才是真的伤心。疼痛,能写到纸上,就会浅薄很多。贺铸和黄庭坚是好友,不知道贺铸和晏几道认不认识。如果他们认识的话,我想可以做心灵相通、惺惺相惜的朋友。

晏几道的"四痴"和贺铸的"三不解",其实,都是对这个世间人情尔虞我诈的一种控诉。夏承焘在贺铸的年谱中说他"与人语不少隐色词,喜面刺人过,遇贵势不肯从谀"。这样的人,注定只能是一个寂寞的独行者。

贺铸的妻子赵氏,是一个大家闺秀,嫁给贺铸以后,持家有道,温柔贤淑,所以夫妻关系很好。而贺铸一直沦于下位,薪俸并不多,赵氏默默地陪伴着他同甘共苦,堪称女子德行的楷模。

"重过阊门万事非,同来何事不同归?梧桐半死清霜后,头白鸳鸯失伴飞",上阕写重过之悲。

"阊门",苏州城西门。重过苏州城西门之时,贺铸的内心无比悲痛。想当年,她和他一起路过这里,那时她还满脸笑容,可是如今,当他再次路过这里的时候,已经物是人非。此时,贺铸内心的情感世界,难道就不像李清照那样:物是人非事事休,欲语泪先流?一个诗人这样写过:你在我心里走过的地方,寸草未生。

是啊,物事依旧,可是人去了哪里?这种刻骨的荒凉,萦绕在贺铸的心头,很疼,很痛。还没说出来,泪水已经汹涌地流了下来,只能凝噎。可是,如果可以说了,又能说些什么呢?内心的绝望和悲痛,当真能说得出来?

"重过阊门万事非",这句颇有苏轼那首《江城子》的气息:"十年生死两茫茫,不思量,自难忘。千里孤坟,无处话凄凉。纵使相逢应不识,尘满面,鬓如霜……""重过"两字,其实也交代了一个时间段,就是经过数年之后,再次经过这里。

再次经过苏州西门的时候,万事都已经不再和从前一样。万物依旧,只是因为那个人不在了,所以觉得万事都与从前不一样了。在他的心里,妻子比什么都重要,可惜,他纵想珍惜也无从着手了。

"同来何事不同归"这句,是对其妻的追问。我们曾经一同来到这里,你为什么不能再次和我一起回来?这样的追问,就像李煜的那句"春花秋月何时了"一样,简直就是"奇语劈空而下"。这句问得多么沉痛,多么深情啊!

我徘徊在回忆里,轻轻地翻越着记忆的栅栏,听花落花开,听自己心尖之上舞动的怀念,梦醒之后,找不到你的那种疼痛,是多么强烈。你一转身,便是今生无缘一见了。那些曾经"结发为夫妻,恩爱两不疑",那些曾经"愿得一心人,白首不相离"的誓言,此时犹如轻烟一缕,多么容易消散。

死别,就是此时贺铸内心痛楚的根源所在。因为此时他面对的是一个无法再次亲近的人,但又无法忘掉,如今除了回忆和怀念,他还能做些什么呢?就像一首歌唱的那样:"夜是不是有些醉,心是不是有些累,城市最晚熄的灯,在等待谁?……你的誓言,忽隐忽现,你的双眼,仿佛在诉说着永远……"

世间最温暖的地方,莫过于家了。因为无论多晚你回来,都有一扇打开的窗户,窗内都亮着一盏灯,灯下有一个等待你的人。可是,对于贺铸来说,这种幸福已经失去。贺铸此时的心情,可能跟一首名为《最后一夜》的歌一样:"……踩不完恼人舞步,喝不尽醉人醇酒,长夜有谁为我留?耳边语轻柔……我也曾陶醉两相悦,哭倒在露湿台阶……"

"梧桐半死清霜后,头白鸳鸯失伴飞",这两句写得尤其伤痛。有专家认为这两句明显是化用了徐月英的诗:"惆怅人间万事违,两人同去一人归。生憎平望亭前水,忍照鸳鸯相背飞。"

这句"梧桐半死清霜后",总是让我想到黄景仁的"为谁风露立中宵"。在这个秋天,失去了你的我,像一棵半死的梧桐。站在渐渐冷下来的天气里,无比地怀念过去的温存。

也许有人会说这里的"半死"太过夸张了些,但我要提醒大家的是,她曾经是他的妻子。对于"妻子"这个词,我们该怎么理解呢?想当年,上帝创造万物之后,先造了一个男人叫亚当,后来看他一个人孤独,于是就让他沉睡,从他身上抽出了一根肋骨又造了女人。让我们来看看《圣经》上怎么说的吧:"那人说:'这是我骨中的骨,肉中的肉,可以称她为女人,因为她是从男人身上取出来的。'因此,人要离开父母与妻子连合,二人成为一体。"

我非常喜欢这段话。虽然这段话有另外的深层含义,但上帝告诉我们的是,让我们好好对待自己的妻子。如果每个男人都能把自己的妻子视为自己的骨中之骨，肉中之肉，还忍心去打她骂她？贺铸的妻子走后，就等于抽走了贺铸身上的骨头，带走了他的肉，他怎么能不疼不痛？

"头白鸳鸯失伴飞"这句，最让人为他悲痛。"鸳鸯"，鸟名，这种鸟以成双成对生活在一起而闻名。我们家乡有句俗话是这样说的：老年丧子，中年丧妻，这是人世间的两大悲痛。"头白鸳鸯失伴飞"，让我情不自禁地想到了唐朝著名才女、美丽的道士鱼玄机。我记得鱼玄机《送别》诗中有这样的句子："惆怅春风楚江暮，鸳鸯一只失群飞。"

鱼玄机这首诗，是爱情诗，当是李亿前去看她，李亿走时或走后写的。所以，无论是鱼玄机这里的"一只鸳鸯失群飞"，还是贺铸这里的"头白鸳鸯失伴飞"，写的都是一种被强行折断的悲痛。本来两个人无比恩爱，但现实却强行隔断了他们彼此的温存，抛下一只鸳鸯，在夜里无比凄凉地哀鸣："一生一代一双人，争教两处销魂？相思相望不相亲，天为谁春。"

人生有的时候就是这么残酷，这么悲凉。亲持钿合梦中来，不信鸳鸯不白头！可是，十分好月，偏不照今生的圆满。如今，贺铸像一只鸟，孤独地飞过岁月，飞过他自己的沧海桑田，没入时光的深处。千山暮雪，只影向谁去？又为谁辛苦为谁忙？

"原上草，露初晞。旧栖新垅两依依。空床卧听南窗雨，谁复挑灯夜补衣"，下阕，以景物的描写来反衬内心的悲痛。

"原上草，露初晞"，化用了《薤露》一诗："薤上露，何易晞？露晞明朝更复落，人死一去何时归？"这首诗，明显就是悼亡诗。"露初晞"，露水刚刚干去。"原上草"，喻人生短暂，转眼成空。而"露初晞"这句，我觉得，也可以理解为他的泪水刚刚干去，他们的情缘刚刚散去。

"旧栖新垅两依依"这句描绘的，是贺铸妻子的坟墓。"旧栖"，应该

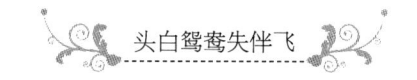

指的是其妻的坟;"新垅",指的应该是新的高丘。这里其实有一种物是人非的刻骨的悲凉。"两依依",写的是依依不舍的情态。

埋你的地方,已经是旧的了,但这个时候,我失去你的悲伤,仍然像我崭新的伤口,在我的心里滴着血。

"空床卧听南窗雨,谁复挑灯夜补衣",这两句,是全词中最纯朴而有神彩之处,这种自然的刻画,最让人感动。

"空床",写的直接而明了。他独自一个人睡在床上,听着雨打南窗的声音。滴滴敲窗之雨,像一个人的泪水般有情有义。如果,如果她没有离开的话,那么这个时候,她自然会睡在他的身边,她温暖的身体,告诉他幸福。有的时候想一想,有一个温暖的身体在自己的身边贴着,这个夜晚该是多么的温暖。

仅此"谁复挑灯夜补衣"一句,贺铸妻子温柔贤淑的形象便呼之欲出。纳兰在妻子逝后,也跟贺铸一样,常常想起妻子挑灯补衣的情景,他这样写道:"丁宁休曝旧罗衣,忆素手为予缝绽。"他又写道:"青衫湿遍,凭伊慰我,忍便相忘。半月前头扶病,剪刀声、犹在银釭……"

你走了,谁能在微弱的灯烛之下,为我补衣直到深夜呢?这样充满了深情的追问里面,隐藏着巨大的悲痛和遥不可及的距离。此时,聂鲁达说:当我攀上最可怕最寒冷的峰顶,我的心紧闭如夜间的花朵。

是啊,这朵花其实在一瓣一瓣地凋零,带着自己的深情枯萎成真理。

断肠院落,一帘风絮

　　章台路,还见褪粉梅梢,试花桃树。愔愔坊陌人家,定巢燕子,归来旧处。黯凝伫,因记个人痴小,乍窥门户。侵晨浅约宫黄,障风映袖,盈盈笑语。　前度刘郎重到,访邻寻里,同时歌舞。惟有旧家秋娘,声价如故。吟笺赋笔,犹记燕台句。知谁伴,名园露饮,东城闲步?事与孤鸿去,探春尽是,伤离意绪。官柳低金缕,归骑晚、纤纤池塘飞雨。断肠院落,一帘风絮。

——周邦彦《瑞龙吟》

　　这首词,可以说是周邦彦的代表作品。有很多专家认为这首词是周邦彦词集的压卷之作,所以当不是他早年的作品,而是他中晚期的作品。对这首词,很多专家评价很高,但周济却不以为然,他这样评价说:"此不过'桃花''人面',旧曲翻新耳。看其由无情入,结归无情,层层脱换,笔笔往复处。"虽然很多专家认为周济说得过重了一些,但从某种程度上讲,周说也相当有见地。

　　那么,"桃花人面"到底指的是什么呢?是崔护的《题都城南庄》一诗。这首诗是这样写的:"去年今日此门中,人面桃花相映红。人面不知何处去,桃花依旧笑春风。"大家要想读懂周邦彦这首词,就必须要知道崔护这首诗中的一个美丽的爱情故事。唐德宗时,有一个书生叫崔护,出身于书香门第,天资聪颖,极有才华,平日里就待在自己的书房里,用心读书,准备考取功名。

有一年清明时节,天气晴朗,崔护也走出自己的书房去踏春。此时天气已经回暖,他走了一段路,感觉有些口渴和乏倦,于是在南郊的一户农家门口,敲开了这家的大门,想讨碗水喝。门吱呀一声开了,探出门的,竟然是一张灼灼其华的少女的脸。两个人四目相对,凝视良久,一种温柔的情愫便在这两颗尚未被打开的心上生了出来。

这个姑娘叫绛娘,自幼丧母,随同父亲居住于此。崔护就坐在她家里喝水并休息。崔护看着这两颊晕红的姑娘,怦然心动。姑娘也对一表人才的书生崔护心生敬仰。两个人就这样一见钟情了。

两个人聊得相当愉快,不知不觉就到了黄昏,崔护只能起身告别。那个美丽的少女站在门外望着这个渐行渐远的背影,心中充满了牵念,而崔护也一步一回头地望着那个渐渐模糊而娇小的身影。

第二年的春天,崔护再次踏上了前往寻找绛娘的道路,可是这一次他到达房前的时候,大门却紧紧锁着,于是,崔护在大门上提笔写下了这首《题都城南庄》,表达自己对绛娘的思念,以及未能见到她的遗憾。题完诗,崔护无奈地摇了摇头,无比失落地离开了。

没过几天,他再次来到这个农家,却听到了一个老者的哭声,他赶紧走进屋子,看见一位老者正站在那个姑娘的身边哭。原来绛娘在清明时去走亲戚,回来之后看到崔护的题诗,无比悲痛,以为此生和他无缘再见,结果忧郁成疾,已经气息奄奄了。

崔护悲痛万分,大声地呼喊着她的名字,姑娘奇迹般地活了过来。后来，两人结成了美满姻缘。再后来，崔护高中进士做了高官，而绛娘是一个贤淑的妻子，执家有道，孝顺公婆，对待友人十分和善，让人十分羡慕。

不过，周邦彦虽然和崔护一样有才，却没有崔护幸运，没有他这样的美满结局。

"章台路，还见褪粉梅梢，试花桃树。愔愔坊陌人家，定巢燕子，归来旧处。黯凝伫，因记个人痴小，乍窥门户。侵晨浅约宫黄，障风映袖，盈盈笑语"，上阕，写回忆中的美好。

一夜风急，吹落了多少花朵。这是时光之风，一夜间又白了多少少年头？坐在时光里，往事像潮水一样漫上心堤，那么轻那么轻地漫过心尖，带着若隐若现的你，隔断了我们今生的相依。午夜，为谁风露立中宵？

"章台路，还见褪粉梅梢，试花桃树"，点明了时节，也点明了地点。"章台"，秦朝时就有章台，到了汉朝，章台便成了青楼妓馆的所在地，甚是繁华。"章台路"，当指的是通向青楼妓馆的道路。这让我想到了那个"忍把浮名，换了浅酌低唱"的柳永。

"试花"，花刚开之意。陈匪石这样理解："'章台''坊陌'，即'个人'所在之地。'梅''桃'点出时令，亦'桃花依旧'之意。"是啊，这里，就是崔护诗的另外一种翻写。

"章台路，还见褪粉梅梢，试花桃树"，应该是周邦彦重回故地时内心的一些悲叹。他又重新回到她从前的居住之地，但已物是人非。良辰美景奈何天，赏心乐事谁家院？梅花刚落，桃花灼灼而开，可是那在桃花之下的人，到哪里去了？

"愔愔坊陌人家，定巢燕子，归来旧处"，紧接着上几句，所表达的是对这个女子那铭心刻骨的思念。思念，就是自己的一半不在自己的身边。

也就是说，人生最苦的就是两地相隔，一心相牵。周邦彦对此深有体会，他曾经这样写过："大都世间，最苦唯聚散。"

人去楼空之叹，才是这句的真正意义所在。纳兰曾经这样写过："怕见人去楼空。"晏几道曾经这样写过："醉别西楼醒不记，春梦秋云，聚散真容易。"燕子楼空，佳人何在？一些人在千山万水之外，退出我们的情感世界。到现在，不过也就是林黛玉所写的那样："花谢花飞花满天，红消香断有谁怜？"花落了，再怎么用心，爱情的春天已经过去，剩下的，就只能是凋落。

从前花事付沧桑啊！

"愔愔"，幽静的样子。"坊陌"，应该指的是那个女子的所居之处。"定巢燕子，归来旧处"这两句，有去年的燕子都在，而你不在之意。写到这里我想到一首诗："昔时无偶去，今年还独归。故人恩义重，不忍复双飞。"周邦彦在这个时候，我觉得，也有"故人恩义重，不忍复双飞"之深情。

"黯凝伫，因记个人痴小，乍窥门户"，写的是一片痴情，一往情深。从这几句，我们才隐约看到这个女子的身影。"黯凝伫"这句，是写他孤独地站在她曾经居住过的房子前回忆、感叹。这三个字组合在一起，就像一个名字楔在我的心上，怎么用力也拔不出来。

这个时候，周邦彦就像一棵早已扎根的树，无法从对她的思念中抽身而出。黯然神伤的身影，不过是他一个人的剧情，所有的努力，不过是被时光剪辑过后的一点尚温的深情，而这片深情却被时间遗失在生命之外。不说相思，偏又心生思量。虽然岁月静好，但周邦彦自己的心，早已一片荒芜。

"因记个人痴小，乍窥门户"这两句，是写那个女子的服饰以及当时的情态。这里估计是幻想出来的。有专家认为这是周邦彦在做白日梦，这样的理解相当透彻。因为太想念一个人了，满脑子都是她，所以，梦到她，或她在自己的眼前浮现，也不是什么稀奇的事。纳兰容若就是这样，妻子卢氏死后，他就很多次幻想她就站在自己的眼前。有词为证："梦冷蘅芜，却望姗姗，是耶非耶？"

到底他们为什么会这样呢？弗洛伊德说：梦是现实当中未能完成的愿望的达成。也就是说，也只能通过这样的方式，他们才能接近自己所爱的女子，可见他们的深情和执着。对此，弗洛伊德说得非常清楚："幸福的人从不幻想，只有感到不满意的人才幻想。未能满足的愿望，是幻想产生的动力。每个幻想包含着一个愿望的实现，并且使令人不满意的现实好转。"

我在微信发过一张图片，图片之上我这样写过："一杯茶，一本书，一个人，有些时间退了回来，我遇到了你。"这句话，其实，现在想想，仿佛就是为周邦彦量身打造的。这个时候对于周邦彦，时间是往后退的，一直退到他记忆的深处。只有时间往后退，他才能遇到她。

"侵晨浅约宫黄，障风映袖，盈盈笑语"这三句，仍然是回忆中的美好。这是他内心的暖，可以抵挡时光的侵袭。

"宫黄"，宫中之人用来涂额的黄色之粉，这在花间词中屡见不鲜。温庭筠有一首《菩萨蛮》中这样写道："小山重叠金明灭，鬓云欲度香腮雪……"这首词中的"金明灭"就是这里的"宫黄"。这是六朝以来妇女容妆中已经形成的习尚。而这里的"宫黄"，我个人觉得，应该指的是梅花妆。

"梅花妆"到底是怎样的妆饰，源自哪里呢？让我们来看一下《杂五行书》到底是怎么记载的："宋武帝女寿阳公主日卧于含章殿檐下，梅花落公主额上,成五出花,拂之不去。皇后留之,看得几时。经三日,洗之乃落。宫女奇其异,竞效之,今梅花妆是也。"看来,这种妆饰可能就是用黄粉在额上涂一个五瓣花形的印迹。

这三句可以这样解释:那天清晨,她化了淡淡的妆,是那么清丽妩媚。她扬起了雪白的手臂,抬起自己宽大的袖子挡住了晨风,脸上充满了阳光般灿烂的笑容。这样的美好,多半都是初见的美丽吧。就像我第一次见到你的脸,我的心就停止了跳动,直到你说出话的时刻。

"盈盈",端丽貌,是形容这个女子既端庄又美丽,可见她仪态之美好。《古诗十九首》中有一首诗这样写道:"盈盈楼上女,皎皎当窗牖",写的也是一个美丽的女子。

"前度刘郎重到,访邻寻里,同时歌舞。惟有旧家秋娘,声价如故。吟笺赋笔,犹记燕台句。知谁伴,名园露饮,东城闲步?事与孤鸿去,探春尽是,伤离意绪。官柳低金缕,归骑晚、纤纤池塘飞雨。断肠院落,一帘风絮",下阕,仍然是触景伤情。

"前度刘郎重到"这句中的"刘郎",在唐诗宋词中有两个。一个指的是唐代著名诗人刘禹锡。他重游玄都观,写了一首《再游玄都观》。诗是这样写的:"百亩庭中半是苔,桃花净尽菜花开。种桃道士归何处,前度刘郎今又来。"

第二个指的是刘晨。《幽明录》中载:"汉明帝永平五年,剡县刘晨、阮肇共入天台取谷皮,迷不得返,经十余日,粮食乏尽,饥馁殆死。遥望山上有一桃树,大有子实,而绝岩邃涧,了无登路。攀葛乃得至,啖数枚,而饥止体充,复下山持杯取水,欲盥漱,见芜菁叶从山腹流出,甚鲜新,复一杯流出,有胡麻糁。相谓曰:'此处去人径不远。'度山出一大溪,溪边有二女子，姿质妙绝，见二人持杯出，便笑曰：'刘、阮二郎捉向所失流杯来。'晨、肇既不识之，二女便呼其姓，如似有旧，相见忻喜，问来何晚耶？因要还家，家筒瓦屋，南壁及东壁下各有一大床，皆施绛罗帐，角悬铃，上金银交错，床头各十侍婢。便敕云，刘、阮二郎，经涉山阻，向虽得琼实，犹尚虚弊，可速作食。有胡麻饭、山羊脯，甚美。食毕行酒，有群女来，各持三五桃子，笑而言贺汝婿来。酒酣作乐，刘、阮忻怖交并。至暮，令各就一帐宿，女往就之，言声清婉，令人忘忧。至十日后，欲求还去。女云：'君已来，是宿缘所牵，何复欲还耶？'遂留半年，气候草木是春时，百鸟鸣呼，更怀土，求归甚苦。女曰：'当如何？'遂呼前来女子有三四十人集会奏乐，共送刘、阮，指示还路。既出，亲旧零落，邑屋全异，无复相识。问得七世孙，传闻上世入山，迷不得归。"

这首词中的"刘郎"，估计是两个人的综合体。周邦彦心目中的女子，不仅像灼灼其华的桃花，更像是一个神采飞扬的仙女。"前度刘郎重到"可理解为：我今天再次回到这里，可是，你却已经不在。就像我的朋友胭脂写的："若曾巧笑倩兮，必定刻骨铭心。呼吸互致的清淡，灵魂相亲的执着。夙愿归命。并不曾后悔，静待花开的因，盛放荼蘼的愿，所有和他这一生一次的相见。"

春花秋月，必归荒凉。那些清歌缓唱的美好，到如今，一定是痴心妄想的亲近。一刹那，该失去的就已失去，成为他自己一个人的地老天荒。那些曾经的风花雪月，只是叨念的变幻无常。那些和她把酒吟诗的时光，芬芳在时光的深处。这样的细致入微，却是这烟火人间，最销魂的暖。

"访邻寻里，同时歌舞，惟有旧家秋娘，声价如故"这几句，陈匪石这样评价说："……而'访邻寻里'，与'个人''同时歌舞'者，惟'旧家秋娘'，其'声价'为'如故'，反剔'个人'不见。"这样的评价相当深刻。其实，这就像词人着力描写景物一样，都是为了反衬内心的情感。

"秋娘"，应该指的是杜秋娘。杜秋娘是相当有名的歌妓，杜牧也见过她，并为她写了诗，不过，杜牧见到她的时候，她已经人老色衰，相当穷困可怜了。杜秋娘写过一首《金缕曲》："劝君莫惜金缕衣，劝君惜取少年时。花开堪折直须折，莫待无花空折枝。"这首诗所讲的不过是及时行乐，但秋娘的欢乐又有多少呢？

时光之风吹袭着一颗深情的心，对她的爱情，如今在想起的时候，已经成为刻骨铭心的痛楚。如今，他内心的伤感拖着长长的尾巴，缺席了这场美好的人间因缘。在泪流成河之前，该离开的，却仍然没有离开。

"吟笺赋笔，犹记燕台句"，这是写两人灵魂上的交流。看来，这个女子虽然说不上是周邦彦的知音，但我个人认为，到底是懂他的。"吟笺赋笔"，这里当指的是周邦彦自己的才华。"燕台"，黄金台，故址在今河北省易县东南，燕昭王所筑，置千金于台上招纳贤士，故名。李商隐写有《燕台诗》四首。

"燕台"这句，我觉得化用了李商隐的诗。李商隐在《赠柳枝》一诗中这样写道："长吟远下燕台句，惟在花香染未消。"这里周邦彦到底在表达什么意思，让我们先来看看李商隐为他这首诗写的序吧："柳枝，洛中里娘也。……与从昆让山，比柳枝居为近。他日春曾阴，让山下马柳枝南柳下，咏余《燕台诗》，柳枝惊问：'谁人有此？谁人为是？'让山谓曰：'此吾里中少年叔耳。'柳枝手断长带，结让山为赠叔乞诗。明日，余比马出其巷，柳枝、丫环毕妆，抱立扇下，风鄣一袖，指曰：'若叔是？后三日，邻当去溅裙水上，以博山香待，与郎俱过。'余诺之。会所友偕当诣京师者，戏盗余卧装以先，不果留。雪中让山至，且曰：'为东诸侯娶去矣。'明年，让山复东，相背于戏上，因寓诗以墨其故处云。"

从这个序我们可以看出，柳枝欣赏李商隐的才华，喜欢上他了，但他最终错过了她，柳枝被另一个人娶走了。周邦彦显然知道这个典故，他是借用李商隐和柳枝有情有缘却未能走到一起的悲剧，来表达自己和这个女子的伤情。

"知谁伴，名园露饮，东城闲步"，这几句怀人，感叹她的离去给他带来的伤痛。"露饮"，饮酒时脱掉帽子露顶饮酒。这几句可以这样意译：你不在了，还有谁陪着我在名园露顶饮酒，还有谁能陪我在东城散步呢？如今，你在远方还好吗？荒凉的尘世，繁花一定会开谢四季，春花秋月何时了？过去心，现在心，都一样无力，也都还一样深情。

太多的希望渐次熄灭，留存下来的记忆，因为你，总有千丝万缕的不舍。自知情缘短，如何笑别离？此时，周邦彦在现实和记忆中徘徊，我想他可以听到时光一点一点流逝的声音，如同一朵花瓣悄然坠落于地的声音，悠长、细碎而持久。

"事与孤鸿去，探春尽是，伤离意绪"这几句，化用了杜牧的诗。杜牧在《题安州浮云寺楼寄湖州张郎中》一诗中这样写道："去夏疏雨余，同倚朱栏语。当时楼下水，今日到何处。恨如春草多，事与孤鸿去。楚岸柳何穷，别愁纷若絮。"杜牧这里，写的也是离情，而周邦彦化用得相当巧妙。

"事与孤鸿去，探春尽是，伤离意绪"，陈匪石这样评价："至'事与孤鸿去'，则一笔揭穿。'探春'八字，点出作意。极老辣，极沉痛。盖有前之摩空作势，然后奋然一击为有力也。由'探春'而'伤离'，因'伤离'而归去，故又转到'归骑'。"这几句确实写得相当沉痛。一个"孤"字写出了周邦彦对她的深情。你像一只鸟，独自飞走了，而我还留在原地，在回忆里苦苦徘徊，在现实当中荒凉而寂寞地想你。

断肠院落，一帘风絮

走在春天深处，春花灿烂，春风轻柔，可是在我的心里，却是一片悲伤的情绪。你不在我的身边了，我是多么想你，我是多么想你！我是多么想亲近你，我又有多少深情的话儿要说给你，可是我却不知道你在哪里，更不知从何说起。网上有一句话说得好：不是你忘了带我走，而是时间没有等我。

春花若梦，清泪如尘。那个让我夜夜无眠的人，是不是还会想起我的付出？那个心心念念的人，是不是还会吟起我的诗？是不是还会在想我的时候，唱起我为她而写下的歌？这一生，也许是奢望太深，深得就连今生的记忆，都无法在你的生命里停留太久。而那些尚有余温的爱恋，该在哪里落脚？

"官柳低金缕，归骑晚、纤纤池塘飞雨。断肠院落，一帘风絮"这几句，以景衬情，妙在不说破，让读者自己去回味、去揣摩、去亲近。

"官柳"，从字面理解，应该是古代官府种植的柳树。后来，大道或河堤上的柳树，也被诗人们统称为"官柳"。"低金缕"，形容柳枝下垂，像一条条的金线。"归骑"，指周邦彦回去所骑之马。一个"晚"字，写出了周邦彦内心的不舍。因为不舍，所以他站在她从前居住过的地方，站了很久很久，直到天色昏暗下来，下起了雨，他才不得不怀着悲痛的心情离开。

"归骑晚"三字，让我想到了晏几道。晏几道在《木兰花》中这样写道："秋千院落重帘幕，彩笔闲来题绣户。墙头丹杏雨余花，门外绿杨风后絮。 朝云信断知何处？应作襄王春梦去。紫骝认得旧游踪，嘶过画桥东畔路。"这"归骑晚"和晏几道的"紫骝认得旧游踪，嘶过画桥东畔路"，都一样一往情深，让人感动。

沈谦这样说过："填词结句，或以动荡见奇，或以迷离称隽，著一实语，败矣。……晏叔原'紫骝认得旧游踪，嘶过画桥东畔路'；秦少游

'放花无语对斜晖，此恨谁知'，深得此法。"晏几道和周邦彦都没有直接写自己不舍得离开，而是拿马来说事，用马来衬托自己内心的情绪。

马都舍不得离开，人又怎么能舍得呢？马都这样有情，这样深情，何况骑马之人？这种不舍，更多的是精神上的磨难。纪伯伦这样写过："我至死不离开此地，因它是永恒避难所，是记忆的故乡，又是你来访时的灵魂寄宿之地。我不会离开……我将留下……因为即使你身不在，我也能看见你……不管我愿意不愿意，你走时，我的灵魂总要哭泣。"

情之深者，是我至死都不离开，我都将留下。

那在雨水之中的一枝枝柳条，有被清洗的味道，而这些柳枝，实在是周邦彦内心的不舍和怀念。"柳"，乃"留"的谐音。他多想把美好的过去挽留下来，可是，时光已经过去，无法回头重新来过。我知道，如果可以回头重来一次，让他付出怎样的代价，他都会心甘情愿。

"断肠院落，一帘风絮"，写得很无情，却衬托出词人的有情，甚至是深情。这里的"景语"，皆是周邦彦自己无法向人说的"情语"。就像纳兰说道："就中冷暖和谁道？"是啊，个中冷暖，和谁说呢？即使说出来，她又真能感同身受地体会到吗？也许，只能是如鱼饮水，冷暖自知吧。

在宋词当中，没有美女的院落，就像没有灵魂的人一样，荒凉而寂寞。这个时候的周邦彦就真的能放下这段感情？恐怕不能。

他在细雨中，在暮色里，回过头去凝望着她的住所，那个让他肠断的院落，没有了她，只有一帘风絮，轻轻地飞舞着，似乎等待着尘埃落定的一天。此生，看来终不能如愿以偿，终不能有缘有份。而周邦彦就是一滴在我们这些有情男女脸上所悬挂的清泪，无声无息地掉落在时光的长河里，当我们安静的时候，可以听到其坠落的声音，似乎轻柔，却疼在我们心里。

我分明看见回过头来的周邦彦，轻轻地用衣袖抹去自己脸上的泪水。

他仿佛在自言自语：不论我怎么爱你，怎么想念你，在你的生命里，我都将是一个彻头彻尾的局外人，再也和你无关。写到这里的时候，我自己悄然落泪。亲爱的姑娘，就让我和周邦彦的泪水，在你幸福的角落里，留下深情的韵脚吧。

雨一直下着，一直下着，将下到一个人的天荒地老，海枯石烂。

犹恐相逢是梦中

彩袖殷勤捧玉钟,当年拚却醉颜红。舞低杨柳楼心月,歌尽桃花扇底风。 从别后,忆相逢,几番魂梦与君同。今宵剩把银釭照,犹恐相逢是梦中。

——晏几道《鹧鸪天》

我们先来认识一下晏几道吧。晏几道,字叔原,号小山。晏殊暮年所生之子。著有《小山词》一卷。晏几道一生落魄,只做过芝麻粒大的小官。他沉迷于诗酒,是一个痴人。

晏几道的"号"也很有意思。小山,有一说是指女孩子的眉,又有一说是指女孩子头上的发髻,还有一说是指屏风。我不知道,晏几道为什么把自己的"号"起作"小山"。但我想,这不会是碰巧。如果不是碰巧,他这样做一定有独特的意义和他赋予这两个字的价值和使命。

对于以上三种说法,我更偏向于前两种解释。因为前两种解释,才符合晏几道的性格。那么晏几道通过自己的这个号——小山,想告诉我们什么呢?他是要告诉我们,他愿意成为自己心爱的女孩脸上那可以点缀她的美丽的眉,要和她一起喜怒哀乐吗?是要告诉我们,他愿意是自己深爱的

犹恐相逢是梦中

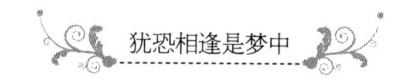

少女头上那一把发髻,形影不离地终生陪伴着她,不离不弃吗?

此心此念,情深一片。是的,我很喜欢这个心地澄澈的男人。这是一个骨子里和我流着相同血液的男人。我说过,一个内心不真的人,不会写出打动人心的文字,文字从来都欺骗不了自己的心。

这首词是小山词集中的经典之作,所写的仍然是对歌女的情感。这首词中的女主人公到底是谁呢?我们已经无法从历史中获得确切的答案。我们只能猜测。我个人觉得,这里面的女主人公应该是小苹。陈君龙家的四个歌女,我个人觉得,晏几道还是对小苹更爱一些。小苹,到底是怎样一个女子,从这首词中我们可以窥见一二。

《词林纪事》一书是这样评价那首"梦后楼台高锁"的《临江仙》的:"此词当是追忆苹、云而作。又按《小山词》尚有[玉楼春]两阕,一云'小苹若解愁春',一云'小莲未解论心素',其人之娟姿艳态,一座皆倾,可想见矣。"

小山第一次见到小苹是怎样的呢?会不会和庞培认识那个姑娘一样呢?庞培说:"我第一次认识她……我第一次认识她一定在某种花香里……某种雨天的花草香气,雨伞的颜色或在我们居所的周围摆放或搬弄什么东西的声音里,瓦砾,木梯,瓷瓶,针箍,花坛上养育兰草的瓦盆,人们生病时的呻吟,大雪天猫咪叫的声音,一枚夏日的镍币声音或板壁的声音,水缸里水的声音,月亮落入树丛的黎明之声……整个上午寂静的房子里都充盈着这只胖胖的小蜜蜂带来的甜蜜而惶恐的飞翔声音——正如多年以后我的心房,充盈着爱上她了的喜悦。仿佛那只蜜蜂滴下的不是蜜,而是她的美丽,她澄澈的眼神。"

不管小山跟小苹的相见是怎样的,但我觉得,那一定是美好的。

思念，或怀念，是那么多的柔情和温暖，为什么不能够抵达你深不可测的世界？小山以不改变的姿势等待着，这种等待其实就是一种心甘情愿的放纵，也是一种无力自拔的坠落。原谅他吧，是他一直都忘不了你。真正付出自己的心去爱一个人，怎么可能会马上忘记呢？求之不得，怎么可能不梦寐思之呢？

回忆过去的每一个细节，那些和她一起走过的点点滴滴，此时，他虽然不愿放手，但他所做的努力，在现实面前，不过就是一点微弱的火光，告诉这个冰冷的世界，他的爱是长久的燃烧。她是否还能记着他，光阴里，很快，便已物是人非。

他是不是该恨？但是，他不能。彼此相爱的时间，在记忆里，只能截取那么一小段，除了一些温存和快乐之外，剩下的全部是刻在心里的疼痛，以及那永无止境的寂寞和孤独。只是，她却是真的把他孤独地留在了原地，一动不能动。孤独，是一种无可救药的深情，熄灭了最后一点希望。

此时，陷入回忆，小山的心，其实就是一个容器，盛满了无能为力、无法挣脱的悲痛和心酸。所有的时光可以在回忆中极速地回流，但人只能站在原地，远远地观望着那些曾经温暖的人事。留不住的，原来是时光，是快乐，是幸福。急速流逝的时光、快乐和幸福，我觉得，真的让他疼痛莫名。

"彩袖殷勤捧玉钟，当年拚却醉颜红。舞低杨柳楼心月，歌尽桃花扇底风"，上阕整个写的是回忆。回忆从前和她在宴席上的一点一滴，回忆她的歌声之妙，她的舞姿之美。

他们见面了。就像庞培写的那样："……两人会面，四目相望，无言的企盼和温存，甚至不知道对方的姓名之前那一种可以跟整个世界相拥相爱的热望和激情。不！没有活着的别的异性可以替代，她代表了我生命中缺失的一切！这种灵魂的饥渴，就像识字者突然捧住、找回一部词典，那上面的条目全是来自我们自己，我们对于世界秘密的恋情！"

小山是深情的，因为，用情不深的人是无论如何也写不出深情的文字的。文字这个东西，就是这么有灵性。特别是那些把文字视为"自我存在的价值"的人，他们都能真切地抒情。抒情，是一种宿命吧，是我们怎么也无法抗拒的宿命。就算不付诸文字，我们每一个对所念之人的微笑，我们为所念之人流下的每一滴泪水，我们给所念之人的每一个拥抱，不都是一种抒情吗？

"彩袖"，色彩艳丽的衣袖。这里有专家认为是以袖代衣，由衣及人，同时，袖口见手，亦有由手及人之意。这种说法可从。在我看来，在这首词里，"彩袖"代指美女。"殷勤"，在这里，肯定不是巴结讨好的意思，而是频繁反复的意思。王双启在《晏几道词新释辑评》一书中跟我的想法类似："有了前两句的'殷勤''拚却'，情意相投，这两个极力描摹酣歌畅舞的工巧对句，才不显得突兀……""玉钟"，从字面理解，应该指的是用玉制作的酒杯或酒盅。但这里，应该解释为制作精美的酒杯或酒盅。

"彩袖殷勤捧玉钟，当年拚却醉颜红"这两句，写得相当深情。"拚却"，心甘情愿地。有人认为"当年拚却醉颜红"指的是晏几道自己，这两句应该是小苹用纤纤玉手一次次为他斟满酒，并把酒端给他，为了让小苹开心，他总是一饮而尽，终于醉了。我并不这样认为。

我认为，"当年拚却醉颜红"写的是两方，即小苹和晏几道两个人都有些醉意了，但更侧重写小苹。"醉颜红"这句，如果用来形容一个美女，那是多么让人心驰神往的美好啊！女子本来脸上就有胭脂，再加上一些娇羞和淡淡的醉意，那真的是无比的美丽。如果这个词用来形容一个男子，真的是索然无味。

"彩袖殷勤捧玉钟"这句，有人认为这个女子就是青楼妓院的平常女子，已经习惯并擅长劝酒，对人并没有真情，我也不这样看。我觉得这里的"殷勤"是有感情的，是有心意的。当年，小苹总是这样殷勤地劝酒，那是因为，她可能知道小山内心的寂寞和孤独，所以有的时候，让他喝醉，也是一种好办法。这样的举动，在我看来，才是对小山真正的关爱和抚慰。

安慰一个人，其实，并不需要很多的言语，只需要一个细微的动作，或设身处地站在这个人的立场上想想，真心实意地去做他渴望的事就可以了。从这句来看，我认为小苹是一个极其聪明的女子，她是真的懂得小山的。因为，她这样做才真正地安慰了小山。

"当年拚却醉颜红"这句，明显就是回忆中的事情。当年，她是爱小山的，所以，不惜为他一醉，只是为了安慰他。这句，颇有那种"拚今生，对花对酒，为伊泪落"似的执着，和柳永似的"衣带渐宽终不悔，为伊消得人憔悴"，以及朱淑真的"拚瘦损，无妨为伊"的心甘情愿和无怨无悔。我们活着，爱一个人容易，但无怨无悔地去爱一个人相当困难。不论她怎样对我们，我们都站在远方默默地爱着她，这样的境界，天下男人还有几个拥有？

此时，小山跟随自己的记忆去追寻她的一切，就像庞培说的那样："我有时仍能从她身子的变动转身上辨认我当初爱她的痕迹：她早晨起床后往卫生间去的一路小跑，她侧转过身时前额、脸蛋的饱满小巧。某种柔和的轮廓（胸部），某种轻盈（她把头发绾起来）。有一次，她正在我面前穿好一只鞋，弯下腰身去拨另一只鞋，从上到下有一种孩子气。⋯⋯这时候，我会陶醉在和她相爱的最初的那阵奇迹里⋯⋯"

如果爱一个人，她在我们的眼里就是全部。这个道理，当初为什么就不懂呢？

"舞低杨柳楼心月，歌尽桃花扇底风"这两句，宁萱这样评价："……此种对时间、功名和金钱皆不屑一顾的、疏朗开阔的态度，也只有贵为宰相家公子的小山方能具备。"她又说："真正醉人的不是酒，而是人，是歌，是舞。'舞低'对'歌尽'、'杨柳'对'桃花'、'楼心月'对'扇底风'，简直比绝句还要工整和妥帖。其实，月亮是不会被舞蹈所跳低的，只不过是那位观赏这优美的舞姿的人，因为太投入了，所以才没有觉察到月亮越来越低，夜也越来越深；微风也是不会被歌曲所唱完的，只不过那位倾听这悦耳的歌曲的人，因为太专注了，所以才忘却了扇子所扇起的微风，而时光如流沙，已经在沙漏中悄悄流逝。"这样的评价真的是太了解小山了。

晁补之这样评价这两句："晏叔原不蹈袭人语，风度闲雅，自是一家。如'舞低杨柳楼心月，歌尽桃花扇底风'，知此人必不生于三家村者。"什么是"三家村者"？用现在的话说，就是贫穷人家或农村。黄苏在《蓼园词话》中评得更加切情达意："'舞低'二句，比白香山'笙歌归院落，灯火下楼台'，更觉浓至。惟愈浓情愈深，今昔之感，更觉凄然。"

"歌尽桃花扇底风"这句，我总是会想到纳兰。扇子一般在古诗词当中，有怨恨、失宠的喻指。纳兰在《木兰花令》一词中这样写道："人生若只如初见，何事秋风悲画扇。等闲变却故人心，却道故人心易变。 骊山语罢清宵半，泪雨霖铃终不怨。何如薄幸锦衣郎，比翼连枝当日愿。"

这首词被很多女子喜欢。其实，如果真的读懂了这首词，我们会为纳兰心生悲悯，会怜惜他那颗情深一往的破碎的心。"人生若只如初见，何事秋风悲画扇"，人生如果一直像我们当初相识时那样，该多好。那时，你是那样的纯净、那样的清澈、那样的温婉，犹如一朵荷花，亭亭玉立，清纯可人。我们的情也是那样的清新、温润。可是，为什么会这样，为什么会像秋扇一样，用的时候就紧抓不放，用不着了就弃之不理，相爱相知的人转眼间就成陌路？

汉代有一个才貌双全的极品女子班婕妤，是汉成帝的妃子，深得皇帝宠爱。后来，汉成帝遇到赵飞燕，见她体轻如燕、倾国倾城，一双媚眼带着一种若即若离的勾魂之光，不禁神摇意夺，当即就把她带回宫里。此后，班婕妤渐渐受到冷落。她很是伤感，写下了一首《怨歌行》："新裂齐纨素，皎洁如霜雪。裁成合欢扇，团团似明月。出入君怀袖，动摇微风发。常恐秋节至，凉飙夺炎热。弃捐箧笥中，恩情中道绝。"

用洁白的细绢剪裁的团扇，形如满月，皎洁如霜，天热时与主人形影不离，秋凉了，就被闲置在箱子里。后人便以"秋凉团扇"作为女子失宠的典故。

晏几道这里的"扇底风"，恐怕也有抱怨失去爱的隐喻吧。

"从别后，忆相逢，几番魂梦与君同。今宵剩把银釭照，犹恐相逢是梦中"，下阕，写的是离别之后的回忆，以及内心对她的思念。

著名词评家陈廷焯在《白雨斋词话》中这样评价："下半阕曲折深婉，自有艳词，更不得不让伊独步……"

王双启这样评价："下片……由欢乐相聚一下子变成了离别相思，而词人却一直在回忆之中找寻慰藉，在企盼之中寄托希望。'从别后，忆相逢'，是追怀当初在一起时的美好日子；'几回魂梦与君同'，是怨尤之词，意谓：梦虽经常做，但能有几回梦到你呢？不能在现实生活中真的重逢，不得已而求其次，能在梦中相逢也是好的，然而这样的美梦又能做成几回呢？太少了，梦也难求啊！这几句，语似浅近，而其内涵却也是细密曲

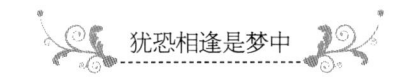

折的。"

上阕又是美女啊,又是酒呀,又是歌呀,又是舞呀,是相当的热闹,在我看来,上阕这样写,不过是为了反衬下阕的凄凉和悲哀。以乐衬哀,或以哀衬乐,这是诗人或词家常用的手段之一。王国维在《人间词话》中说:"一切景语皆情语也。"这话的意思就是,一切的景语不过都是为了抒情而存在的。

其实,不论是诗也好,词也罢,都不可强成。古人云,诗有三不可:不可强作、徒作、苟作。强作则无意,徒作则无益,苟作则无功。能在技巧和真切抒情之间找到一个平衡点,这才是一个高手。

这首词中,其实有两个时间段,上阕是从前,下阕是如今。这两者的时间之差,应该是很多年。宁萱认为,这上下阕之间,至少有超过十年以上的时间间隔。所见甚是。

只要有爱情,就必定有孤独存在。不能不说,孤独似乎是每个还没有爱、正在爱或已经失去爱的人的宿命。

"从别后,忆相逢"这两句,就像庞培说的那样:等我有一天孤独一人,在此抵达荒凉……而真正的荒凉,总是像歌声。幸福的刹那于人生而言是多么的短暂,而悲痛却是多么漫长。

从和你分别以后,我总是在想着你。我总是站在这里,默默地想着你。看来,对于小山来说,黑夜是一片死灰,回忆则欣欣向荣。其实,小山一直活在失去她的阴影里,这种阴影更多的是无可奈何,更多的是无力选择。他就这样站在原地,一直在等待着,这种等待不再具有任何意义。

他只是生怕一不回忆,就会和她断了全部联络。于是,他任性地在自己的文字里,在自己的回忆里,执着下去,不肯离开。在他的生命世界里,她不过就是一阵春风,虽然让他温暖过,但转眼就会刮过,给他留下的,

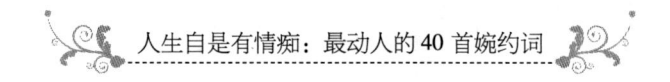

只是无能为力的伤口。就像一朵烟花，那美丽只是瞬间，而疼痛却到永远。

我的朋友胭脂说：爱情到了极致，甜蜜都会成伤痛。哎，小山此时的爱情，已经到了极致，所以，只剩下伤痛还在提醒着他，时光不再，快乐已走，青春已逝。

"几番魂梦与君同"这句，甚是哀凄。能有几回你能梦到我，像我梦到你一样呢？宁萱说："所谓'魂牵梦绕'，日有所思，夜有所梦，如果不是爱到骨髓里的人，又怎么会'几回魂梦与君同'呢？"

"今宵剩把银釭照，犹恐相逢是梦中"这两句，我觉得，应该是两人重逢了。所以，王双启这样说："这最后两句，描写当时的感觉与心理——乍见还疑，恍如梦寐；梦想成真，疑真是梦。""银釭"，装饰华丽的灯。

"今宵剩把银釭照，犹恐相逢是梦中"，总是让我想到周邦彦的《少年游》："并刀如水，吴盐胜雪，纤手破新橙。锦幄初温，兽香不断，相对坐调笙。 低声问、向谁行宿，城上已三更。马滑霜浓，不如休去，直是少人行。"

有人说，这首词是李师师在挽留宋徽宗，但我不这么看。我认为是李师师留周邦彦过夜时的一些情绪和动作。他们两人，和晏几道与小蘋一样，在昏暗的灯下，执手相看，无尽温存。那无数的情话，已经化作一个个深情的爱抚，或者一个个温暖的拥抱。

在灯下，她的脸仍然还是那么美丽，一如初见时的美好。只是，她很怀疑这一切不是真的，把灯拿过去，看个仔细。用自己的手放在他的脸上，感受他的体温。这一看一摸的动作，包含了多深的情啊！

此时，小山恐怕已经是泪流满面了吧？就像我此时一样。这样知他爱他的女子，怎能不让他心疼，并深爱一生呢？如果我遇到了这样的女子，我会付出一切，不计代价，认真而默默地去爱着她，直到自己停止呼吸。

她向他走了过来，就像庞培写的那样："当她朝我走近时，我感到了那份清静……下午的清静，远方花园般的清静，和沉寂世俗的街衢般的清静——我感受到了我命运中最后的归宿般的清静，宛如……乌云停在房顶上，花丛中的蓓蕾期待飞来的蜜蜂那一阵最初的吮吸……我感到了某种程度上甚至是狂乱式的清静……我手足无措，从自己的声音中跌落。我不再歌唱，或者说，忘记了歌唱——"

小苹和小山，此时，估计像蓝蓝写的那样：我和他互相凝望着，怀着深情的爱和悲伤，默默望着对方，一言不发。是啊，还能说些什么呢？万般心绪，还是由此时的温存去说吧。

这个时候的灯，是温暖的，它已经闭上了自己的眼睛，让两个相爱的人去用自己的动作和体温，表达积蓄了那么久的思念和渴望给对方的温暖。

可是，庞培说：人生，有时不过是偷尝之后丢弃的禁果。

人在深深处

欲减罗衣寒未去,不卷珠帘,人在深深处。残杏枝头花几许?啼红正恨清明雨。 尽日沉香烟一缕,宿酒醒迟,恼破春情绪。远信还因归燕误,小屏风上西江路。

——晏几道《蝶恋花》

这首词《乐府雅词》和《小山词》中均有收录,两处文字有些差异。《乐府雅词》中题为赵令畤所作,显然是弄错了,我以为,这首词真正的作者是晏几道。

晏几道这首词是写给谁的?我怀疑是写给"莲、鸿、云、苹"四歌女中的小苹的。为什么这么说呢?后面慢慢分解。这首词,是一首闺情词。在我看来,闺情词,要么是寂寞和思念,要么就是抱怨和怀念。而这里的女主人公,应该也在寂寞中思念着那个远行之人,而且这种思念,让她的这颗心越陷越深,情不自禁。

汤显祖在《牡丹亭》中这样写道:情不知所起,一往而深。其实,两个人在茫茫人海中,就这样奇迹般地遇到了一起,慢慢想起来,在不在一起,都是一件需要感恩的事情。因为,有太多的人和我们擦肩而过,甚至

人在深深处

终生都不会有什么交集。只是,遇见了之后,必然是疯狂地爱恋。就像一团火,肆意地燃烧自己。

但晏殊却告诉我们说:"昨夜西风凋碧树。独上高楼,望尽天涯路。欲寄彩笺兼尺素,天长水阔知何处?"热烈相爱过后,昨夜的西风就凋了碧树,蓦然回首,那个人虽然身在灯火阑珊处,却已经和我们无关。

所以,顺子在那里不动声色地唱着:人也许会变,是因为经过了时间。聚和散之间,学会了收藏依恋。偶尔想起你的脸,还嗅到淡淡的伤悲。你好吗?快乐吗?当你闭上眼,什么感觉?梦里面,什么画面?是否偶尔也想起从前?我们都发现,爱只是一种试炼,热烈爱过了,然后又回到原点,往往心中最爱的那个人,最后却离自己最远……

这首词中的女主人公,我觉得,也一直在问着自己。她也是,最爱的那个人最后却离自己最远。其实,最远的不是肉体上的距离,而是心灵的距离,转身即天涯海角。

"欲减罗衣寒未去,不卷珠帘,人在深深处。残杏枝头花几许?啼红正恨清明雨",上阕,以景起,以情止。

"欲减",在我看来,应该是将要脱去的意思。"罗衣",丝织的衣服,这里,估计是春装。在这首词中有一个时间点,那就是在冬末春初之际,如果不明白这点,对我们理解这首词是相当不利的。

"欲减罗衣寒未去",这句首先交代时间。然后,写自己内心的百无聊赖。这个"欲减"的动作,李清照和朱淑真也用过,唯一不同的是李清照是在秋天的时候脱掉罗衣的。李清照在《一剪梅》中这样写道:"红藕香残玉簟秋,轻解罗裳,独上兰舟。云中谁寄锦书来?雁字回时,月满西楼。花自飘零水自流,一种相思,两处闲愁。此情无计可消除,才下眉头,却上心头。"

而朱淑真在《浣溪沙》一词中这样写道:"春巷夭桃吐绛英,春衣初试薄罗轻。风和烟暖燕巢成。 小院湘帘闲不卷,曲房朱户闷长扃。恼人光景又清明。"

在宋词里,闺怨是表达得最多的题材,但大多出于男人之手,远没有女人自己写的细腻。

子非鱼,安知鱼之乐?你不是女人,也许,你永远也理解不了女人心灵深处那最隐秘的渴望和忧伤。那些迷茫、那些踌躇、那些柔弱、那些渗透骨节的寂寞,一切的一切,唯有女人自己清楚。愁到深处,红笺无色。

不论是这首词里的"欲减罗衣寒未去",还是李清照的"红藕香残玉簟秋,轻解罗裳,独上兰舟",或是朱淑真的"春巷夭桃吐绛英,春衣初试薄罗轻",都是一种无可奈何,更是一种刻骨铭心的寂寞和孤独,都是"此情无计可消除"的写照。

冰雪消融,凝望处,春回大地。年年岁岁花相似。可是,人还是从前的那个人吗?又春来,又春归。那些清香浅红,那些繁花似锦,在大地之上,仿佛我初见你时,你那脸上的灿烂笑容。庭院深深深几许?在时光的深处,亲爱的,请原谅我过于沉迷,你留给我的,是纯粹而温暖的记忆。

海枯石烂心不变。变却的,只是容颜。

记得从前,月光纯粹,春花灿烂,我的眸子如花绽放。轻风缓缓地吹送着,你的情话绵绵。一字一心,一心一意,沧海桑田。此时,窗外有月,月光薄薄,凉至心底。万般执意,只是抵不过我心底,深藏的那一缕缕你曾经给我的温情。此时,终于知道,和你的遇见,也是一种花开。

回忆缠在心尖,是那不舍的眷恋。

"不卷珠帘",就是不把门帘或窗帘卷起来。其实,就是前面朱淑真词中的"小院湘帘闲不卷"。为什么她不把珠帘卷起来呢？我在解读朱淑真这首词的时候这样写过："'小院湘帘闲不卷'一句，所写出的仍然还是她寂寞无聊的情绪。"读到这句的时候，我还情不自禁地想到李煜。李煜站在北方的风中，不停地落泪。他的泪水，比朱淑真要悲痛、绝望得多。李煜在《浪淘沙》中写道："往事只堪哀，对景难排。秋风庭院藓侵阶，一任珠帘闲不卷，终日谁来？　金锁已沉埋，壮气蒿莱。晚凉天静月华开，想得玉楼瑶殿影，空照秦淮。"

一任朱帘闲不卷，终日谁来？是啊，有谁会来呢？

女人最深的寂寞不是无人相伴，而是没有人惦记，被忽视或者遗忘，一颗芳心浪萍无驻。

所以，无论是李清照还是朱淑真，甚至是这首词中的女主人公，她们的心，其实都是一座空城，就像如今微信、QQ、陌陌上，都流行这样一句话：一个人，一座城，一生心疼。是啊，如今的她们，内心空空荡荡，仿佛刚刚被洗劫一空。

生命的杀手不是时光，不是夜里脆生生的更鼓，而是愈来愈深的寂寞和孤独。

"人在深深处"，我觉得这里化用了冯延巳的《蝶恋花》："庭院深深深几许？杨柳堆烟，帘幕无重数。玉勒雕鞍游冶处，楼高不见章台路。"因为，人在幽深的院子里，我怎么能看到你？

这里的"人"，是指谁呢？我觉得，应当指的是词中的女主人公。她在幽深的房间之内，一颗心却早已长了翅膀，飞到了很远很远的地方，就是他所在的地方去了。其实，这个时候的她还算幸运，因为有很多的女子，她们根本不知道自己的心要安放到哪里，或飞到哪里。

深深的房间，可以锁住肉体，但无法锁住这颗思念的心。这才是这个女子内心的纠结所在。越是把肉体锁住，心灵越是自由地向他飞去。越是肉体不能和他在一起，心灵越是亲近他。

"残杏枝头花几许"，这句写得相当平淡，没有宋祁在《玉楼春》中的"绿杨烟外晓寒轻，红杏枝头春意闹"写得出色。这个"闹"字，甚是出彩出神。王国维说："'红杏枝头春意闹'，著一'闹'字而境界全出。"因为这句，宋祁又被人称之为"红杏尚书"。

虽然是"欲减罗衣寒未去，不卷珠帘，人在深深处"，但是"满园春色关不住，一枝红杏出墙来"。这枝红杏是那么鲜艳，那么娇美，那么楚楚可怜，也是那么孤独和寂寞。其实，这枝红杏叫思念或怀念。

"啼红正恨清明雨"，这句既是抒情，也是实写窗外的花儿。把"残杏枝头花几许，啼红正恨清明雨"放在一起的话，可以这样意译：如今，那些在枝头盛开的红杏还有多少？我独自伤心流泪，只恨清明的无情风雨，打落了多少春花的梦。其实，这句不过是她的自怜而已。

"啼红"，指的是泪痕。在以色列的历史上，有一个为自己同胞日夜流泪的先知，叫耶利米。他写了《耶利米哀歌》，其中写道："她夜间痛哭，泪流满腮，在一切所亲爱的中间没有一个安慰她的。"为什么这样呢？因为，与这首词中的女主人公一样，只有一个人的怀抱能将其安慰。

真的是，雨过云横千万缕，一缕痴云，一缕相思绪。

"尽日沉香烟一缕，宿酒醒迟，恼破春情绪。远信还因归燕误，小屏风上西江路"，下阕，开始抒发离情别意。

"尽日"，整天，或一天的意思。"沉香"，名贵的香料，又名沉水香。纳兰容若在给顾贞观的词中这样写过："分明小像沉香缕，一片伤心欲画难。"这两句的意思是：你的小像在缕缕沉香的轻烟里历历可见，但那伤情却是无从画出的。

"尽日沉香烟一缕"这句，我觉得有纳兰《梦江南》词中"心字已成灰"之意。"心字"，指的是心字形的香料。纳兰词中"心字已成灰"，明显化用了李商隐的"春心莫共花争发，一寸相思一寸灰"的诗意。这里的女主人公，估计也是这样的状态。心里有多少思念，就会有多少灰烬。

一缕缕向上升腾的烟，难道不是她内心的愁绪？

"宿酒"，夜晚喝醉了酒，到第二天仍然还没有完全醒过来。这个词跟"中酒""病酒"的意义差不多，都指的是喝多了酒，身体不舒服。

"恼破春情绪"这句，写得很伤心。这一"破"字，用得相当出彩，在我看来，作动词用，更加完美。"破"，有四溅之意，也就是说，等这个女子醒来的时候，窗外到处是被风雨打落的花瓣，让她触目伤心。你要知道，在所有的伤春伤秋的诗词当中，其实伤的都是自己，怜春怜秋，其实怜惜的都是自己。

"远信"，在远方的他的消息。"小屏"，指的是屏风，在我看来，这里是谐音，当指的是小苹姑娘。"西江"，指的是一个地方，在这里，我怀疑是小苹的故乡。

"远信还因归燕误，小屏风上西江路"这两句，让我们看看专家是怎么解释的。王双启教授这样说："眼看着燕子双双归来而行人却无消息，焦灼浮躁的心情怎能平静呢？最后，终于停滞在床边的屏风上了。原来屏风上面的山水画很像是西江一带的风景，而那地方正是行人如今所在之处。仔细从那画上找找看，是不是有他的影子呢？这个结尾，看似荒唐，其实是相当凄苦的。"

王双启教授的理解相当到位，只是，他把这个"小屏"，仅仅看成是屏风了。而最后这句在我看来，应该是：小苹如今是不是像一阵风一样通过了去往西江的水路呢？虽然小苹离开了晏几道，但他却从未忘记她，仍然把她放在心里，深情地念着，念着。

《草堂诗余正集》这样评价这两句："末路情景，若近若远，低徊不能去。"这话深得我心。晏几道，他就一直徘徊在对于她们的回忆里，像一匹识途的老马，顺着回忆的点滴线索步入一种越来越重的虚无。

小苹，最后到底去了哪里？如今，我们已经不得而知。我们能知道的是，她无论最后去了哪里，她其实都没能走出晏几道的心——这么一个只有方寸大小的空间。写到这里，朴树仿佛在替晏几道唱着："有些故事还没讲完那就算了吧，那些心情在岁月中已经难辨真假。如今这里荒草丛生没有了鲜花，好在曾经拥有你们的春秋和冬夏。她们都老了吧？她们在哪里呀？我们就这样，各自奔天涯。"

如今，正如几米所表达的那样：一个向左走，一个向右走，终将永远错过。她最终被时光之尘淹没，而晏几道当时像张爱玲爱着胡兰成那样，把自己的头低到尘埃里。晏几道常常"梦入江南烟水路，行尽江南，不与离人遇"般的寻找和痴情，曾经感动了我，我希望也能感动很多人，我更希望能以这样的文字，柔软更多人的心。

泪弹不尽临窗滴

红叶黄花秋意晚,千里念行客。飞云过尽,归鸿无信,何处寄书得? 泪弹不尽临窗滴,就砚旋研墨。渐写到别来,此情深处,红笺为无色。

——晏几道《思远人》

我个人觉得,这首词是晏小山最为经典的作品。很喜欢这个词牌,词牌名和词意很吻合。这个词牌很少见,我怀疑是晏小山自度的曲子。自度曲子的词人,代不乏人,比如宋代的柳永、周邦彦、姜夔,清朝的纳兰容若和顾贞观,他们都自度过曲子,填过很经典的词。

这是一首标准的伤秋念远的词,给人一种空旷而阔大的悲痛感。我读这首词的时候,不知道为什么,脑海中总是要浮现出柳永的那首《八声甘州》:"对潇潇暮雨洒江天,一番洗清秋。渐霜风凄紧,关河冷落,残照当楼。是处红衰翠减,苒苒物华休。惟有长江水,无语东流。 不忍登高临远,望故乡渺邈,归思难收。叹年来踪迹,何事苦淹留?想佳人妆楼颙望,误几回、天际识归舟?争知我,倚栏杆处,正恁凝愁。"

这首传颂千古的名作,融写景、抒情为一体,通过描写羁旅行役之苦,表达了强烈的思念情绪，以"浅语"写一往情深，是柳永同类作品中艺术成就最高的一首。苏轼虽然不喜欢柳永的词，但也赞许说这首词中的句子"不减唐人高处"。

柳永和晏小山一样，都是从心里爱着那些地位低下的歌女，这是因为他们都有一颗愿意把自己完全捧给她们的心。柳永的意义，可能就是晏小山的意义。两个人的命运，都同归到一个点上。虽然没能在政治上建功立业，但却在词史上留下了最为辉煌的一笔。

在这首词中，晏小山思念的人到底是谁呢？我们无法找到答案。我只知道，这个人一直在他的心里。其实，每个人都是一个孤独的人、漂泊的人。晏小山无家可归的灵魂和内心，流亡的情感生活，要到什么时候才能结束呢？

晏小山，把自己的词集命名为《乐府补亡》，我想一定有他的理由。乐府诗中，有很多优秀的诗篇，都是属于思念远人的。这些诗一直是情真意切的呜咽和悲歌。

晏小山触到了真正的诗核。所以，正如黄庭坚说的那样："论文自有体，不肯一作新进士语，此又一痴也。"他选择用词的形式，来表达古乐府诗中的诗核，抒发自己的情感。

在我这个写了很多很多诗，却还算不上诗人的人看来，抒情，从来都是诗歌最主要的道路，虽然抒情正在被人们淡忘，但它永远都不会消亡。抒情是一种定命。所以，晏小山独自背负着这种定命，苦苦地在自己的情感当中跋涉。

一个诗人说："以心为界，我想握住你的手，但在你的面前，我的姿态就是一种惨败。"红尘太过阔大，一旦我们走失，便再也无法相见。所以,《颜氏家训》中这样告诫我们:"别易会难,古人所重。江南饯送,下言泣离。"流着泪,晏小山在自己的心里为她们疼着。这是一种伤秋念远的情绪,是一种积蓄的疼。晏小山一直是一个朝圣者。不过他朝的,是爱情。他的神,是那些美丽而深情的女子。

在遇到她们之前,或在她们离开之后,他仍旧是漂泊,如同一片浮萍。是什么在指引着他走近自己的内心?是诗,是爱情,是少女,还是生活带给他的疼?

晏小山的幸福来得太晚,他只能偶尔看他自己眼中一闪而过的泪水,泪水之上,有她们美丽身影的反光。一闪而过的,是不是仍然是他心中的牵念?

我深信,她们一定是晏小山心中的渴望。一定是。晏小山的心里,仍旧烙着她们的血记,永远无法消失。

小山,已经习惯了她们的一切。这是对她们的一种从灵魂上的认同和依恋。这种依恋,也是让小山悲痛的根源。

"红叶黄花秋意晚"句,首先为我们点明了时间。小山因为秋天渐渐临近而心生一种悲痛的情绪。他的心开始在落花飘飘的时候,怀念那远去的身影,那在远方的存在。晏小山,用他的笔为我们勾画了一幅风景画。首先被他画上的是红叶,然后是黄花,坚持在秋风中站着的黄花。而它们本身也是一种隐喻。

秋天的凉意,因为一个"晚"字,清晰地为我们道了出来。这个"晚"可以说是神来之笔,写活了季节,更写出了小山内心的状态和境况。一切都太晚了。晚得无法再次亲近她们,晚得无法再次牵她们的手。由此可见,小山和心爱的姑娘已经分开很久了。而此时,小山执着地想起,顽固地记着,其实,这只是他自己一厢情愿的痴。

"千里念行客"句,证明两个人之间的距离是何等的远。也许不是一天两天、一个月两个月、一年两年可以缩短的。这种距离,有可能耗尽小山一生的执着和努力,用尽他一生的深情,都无法抵达。她始终回荡在他的心上。她是幸运的女子。一个"念"字,指出了距离的遥远,写出了小山内心深重的无奈。

心事重重的晏小山,在纷纷的落叶之下,在秋风渐冷当中,一直念念不忘他的爱情。"行行重行行,与君生别离。相去万余里,各在天一涯。道路阻且长,会面安可知。胡马依北风,越鸟巢南枝。相去日已远,衣带日已缓。浮云蔽白日,游子不顾反。思君令人老,岁月忽已晚。弃捐勿复道,努力加餐饭。"

这是《古乐府》中的诗。晏小山把自己的词集取名为《乐府补亡》,可见他对乐府诗情有独钟。晏小山的词深得乐府诗的精髓,所以,他词中的别离是悲痛的,是难以挽留的。走啊走啊,晏小山又何尝不是在自己的内心,在自己的思念当中,踽踽而行呢?他走得很苦,一步一个深深的脚印。但他坚持走着。他能走到哪里呢?

行行重行行,与君生别离。相去万余里,各在天一涯。那心呢?有没有各在天一涯?

"飞云过尽,归鸿无信,何处寄书得?"人生不过就是一片行云。爱情也是。她们的身影也是。飞云过尽了,在他的心头,沧桑难尽,心痛难言,只能默默地忍。古代的通信相当不发达,很缓慢,所以,寄一封书信,很久很久以后才能到达对方,且邮资很贵,一般人是寄不起的。小山的生活过得相当穷困,所以,有的时候,寄信也成了他的奢望。

秋风萧瑟。站在秋风当中的人,无比伤心。

泪弹不尽临窗滴

写到这里,我总是会想到纳兰容若。想到那个和小山一样伤心,一样思念,一样深情,一样落寞,一样悲痛的纳兰容若。确实,纳兰容若和小山有很多相似的地方。也许,痴人,都有着某种相同的气质。纳兰有一首《采桑子》是这样写的:"拨灯书尽红笺也,依旧无聊。玉漏迢迢,梦里寒花隔玉箫。 几竿修竹三更雨,叶叶萧萧。分付秋潮,莫误双鱼到谢桥。"

这是一颗百无聊赖的心。在这种寂寞而孤独的生活背后,汹涌着无数的思念和期待。不过这种期待和思念,不停地被现实熄灭。纳兰,也是很想给卢氏写信的。"莫误双鱼到谢桥"中的"双鱼",可不是吃的鱼,而是指书信。晏小山的词中,也常常写到鱼,鱼是书信的代指。小山曾经说:"深意托双鱼,小剪蛮笺细字书。"

双鱼代指书信,是从古乐府诗开始的:"青青河畔草,绵绵思远道。远道不可思,宿昔梦见之。梦见在我傍,忽觉在他乡。他乡各异县,辗转不相见。枯桑知天风,海水知天寒。入门各自媚,谁肯相为言。客从远方来,遗我双鲤鱼。呼儿烹鲤鱼,中有尺素书。长跪读素书,其中意何如。上言加餐饭,下言长相忆。"

"泪弹不尽临窗滴,就砚旋研墨。"站在窗前,看那些身影渐渐远去的大雁,没有得到她一丁点的消息。此时,她到底身在何处?过得是否幸福?他走到桌前摊开信纸,摆好砚台,准备研墨。心中的疼痛和悲伤击中了他,泪水情不自禁地落了下来,已经来不及擦了,泪水就落在砚台当中。

于是,干脆就用泪水研墨吧。泪水研出来的墨,到底是什么颜色,什么味道,我想,除了晏小山知道,还有谁能知道呢?也许,这样能让她品到他泪水的味道,也许,这样能让她从这些文字当中,触到他的思念。他为她燃烧尚未熄灭的深情,让她知道,给她的深情,是何等的迫切和热烈。

但这是一封无法寄出的情书，因为早已没有了她的地址。明知道无法寄出，却还是要写，写出自己内心的疼，写出自己内心的思念。

这让我想到了一个男子，他叫没有尾巴的鱼，曾经给自己爱过却早已失去的姑娘，天天写信，却不再寄出。他一天写一封，直到五年后才停止。因为他觉得，没有什么东西可写了，所有的深情，都已经被完全写了出来。他在她走后就为她写诗，一直在诗中想起她，他写了几千首诗。他还给她写生日贺卡，写了一百张，这是希望她幸福百年。

想一想，这是一种怎样的深情，怎样的痴，现今的男子和女子们，又有几个人可以懂得？其实，读晏小山的时候，我们也是在读这条没有尾巴的鱼。因为，他们骨子里流淌着同样的深情。他们不会放任时光从他们的心里，把那个姑娘的名字和身影带走。所以，他们选择了暗暗铭记。他们虽然记得很辛苦，但他们知道，忘记比记着更辛苦。

这条没有尾巴的鱼，或许就是昔日的晏小山。

同心而离居，忧伤以终老。看来，晏小山只能这样。情感，或者文字，让他在一些特定的记忆中，感受到他自己的疼。而这种疼，是他灵魂深处唯一流泪的理由。泪水在他的心里，残留着有限的温情。诗人孙磊说："昨天，从没有真正成为过去。过去/属于一个人的熄灭。谁是灰烬中焕然一新的/那人，谁就还活在愿望里。像我，一天/要到三个地方才栖息：黑土、雪地、海洋。//如果有什么在我身上死去，它一定死得光荣/一定是有光不断指引我弃绝自己。/并假如我参与了一种弃绝，树木和灌草/都会顺着垂幕的方向斜身和哭泣……"

提起笔来，又能给她写些什么呢？除了内心对她的思念，除了因想她而产生的孤独、空洞和寂寞，还有什么值得他倾心呢？可是，写出来的文字，它们是不是可以自己飞翔，到达她的身边，流入她的心里？晏小山打

泪弹不尽临窗滴

开信纸时就知道,他写的这封信无边无尽,即使用尽他的一生,也无法写完。因为没有目的地。

蓝蓝说:"今夜,我感到,这颗忧郁的心,在为你着想。或者幸福,或者悲伤。秋天过去了。去年的秋天也是这样。"看来,一些人失去了,就永远失去了。一些人错过,就终生不得相见。

今夕已欢别,合会在何时?明灯照空局,悠然未有期。时光过去了,只是那个男子,还在伫立等待。

"渐写到别来,此情深处,红笺为无色",一个"渐"字,无比婉转,内心却汹涌着剧烈的疼。"渐写到别来,此情深处,红笺为无色",这几句写得很沉痛。墨中纸上,都同样是泪,都同样是他心中的疼。让人分不清,到底墨在哪里,泪在哪里。"红笺"有人说是"薛涛笺",我觉得这种说法不尽合理。

薛涛何许人也?她是唐朝和鱼玄机、李季兰并称的著名女诗人,人称"女校书",才华横溢,诗意芬芳。薛涛喜欢和当时的一些著名诗人唱和,所以,就发明了一种很贵且很漂亮的信纸,后人称为"薛涛笺"。"红笺",应该是精美的信纸。情到深处,红笺为无色,显然,是被泪水洗去了色彩。

花事年年依旧,只是容颜败。

如今,秋风吹过满是伤痕的心,徐徐而落的,是一身尘埃,怎么都拂不去。我想起了李煜的词:"砌下落梅如雪乱,拂了一身还满。"这是何等的寂寞,又有几个人可以懂得?那落在眉尖心上的忧伤,任凭它们坠落,可是,它们绵绵不绝,不知要落到什么时候。秋光瘦尽。难道,瘦尽的,只有秋光?

那个曾经站在花前月下,和我一起海誓山盟的人呢?如今,花开花谢,

129

燕去燕来，却没有在似水的流年当中，找到她半点痕迹。如今的江南，还有什么是她没有忘记的？究竟是什么在秋风中，黯然落去？老去的思念，稍纵即逝的人，在我的心里呈现出昙花一现的惊艳。今夜凉薄的月光，照着当年的如花美眷，也照着我霜染的头发。

笔端流情，此情不尽，寂寞的是心。千寻往事，百般纠缠，不过是一阵轻风而已。如今的霜冷月凉，也不过是内心的一种境况。千般繁华，万般牵念，都只能成为笔下的情语，作了浅吟低唱。人生若只如初见，何事秋风悲画扇？曾经的在水一方，如今已咫尺天涯，无法接近。

北岛在《雨夜》中这样说："即使明天早上／枪口和血淋淋的太阳／让我交出自由、青春和笔／我也决不交出这个夜晚／我决不交出你／让墙壁堵住我的嘴吧／让铁条分割我的天空吧／只要心还在跳动，就有血的潮汐／而你的微笑将印在红色的月亮上／每夜升起在我的小窗前，唤醒记忆。"这是一种血淋淋的疼。晏小山，又何尝不是这样执着？

缠绵悱恻的，也许，只是现今的荒凉。

无处话凄凉

十年生死两茫茫。不思量,自难忘。千里孤坟,无处话凄凉。纵使相逢应不识,尘满面,鬓如霜。　夜来幽梦忽还乡,小轩窗,正梳妆。相顾无言,惟有泪千行。料得年年肠断处:明月夜,短松冈。

——苏轼《江城子·乙卯正月二十夜记梦》

这是一首悼亡词,悼念的是苏轼的妻子王弗。这首悼亡词的艺术成就之高,我想,可能只有贺铸的一首悼亡词,以及后来的伤心人纳兰容若的悼亡词可以与之比肩。其实,苏轼虽然以豪放词著称,但他写起婉约词来也是大家。就我个人的阅读口味,相对于他的豪放词,我更喜欢他的婉约词。正如颜中其所说的那样:"豪放固然是苏词的本色,然而苏东坡在描写爱情的题材上,如《江城子·悼亡》,它的婉约凝重,它的挚情深意,它的回肠荡气,它的感人肺腑,却又可与婉约派中任何力作抗衡。"

写这首词时,苏轼正在密州做官。此时,苏轼已经四十岁了。王弗十六岁的时候嫁给苏轼,两个人相敬如宾,无比恩爱。而苏轼写这首词的时候,王弗已经去世十年之久了。有的时候,时间早已过去,但心还停留在原地，不停地触摸着过去的人，以及过去的温暖。

也许有人会问，王弗到底是怎样一个女子，让苏轼一直在心里默默地念着她。就目前的一些史料来看，王弗是一个聪颖贤惠、温柔善良、美丽并知书达理的女子。和苏轼结婚后，两人感情一直很好。据我所知，苏轼和王弗的婚姻并不是传统的"媒妁之言，父母之命"，而是自由恋爱，两个人是彼此心灵的选择。

苏轼早年曾经在华藏寺等地读过书，这些地方离王弗住的王家庄并不远，两个年轻人在机缘巧合下相见，随即一见钟情。一见钟情的美好，从此把彼此的容颜和彼此的名字印了彼此的心上。两个人相识了，相爱了，最后为我们上演了有情人终成眷属的美丽故事。

朱靖华为我们记载了苏轼和王弗之间的一个故事："王弗父亲王方，是一位乡贡进士，颇有声望，他要为自己的家乡奇景（山壁下有一自然鱼池，游人拍手，鱼即相聚跳跃而出）命名，同时也想借此暗中择婿，便请来了当地有名的青年才子为奇景题名。结果，许多人都落选了，只有苏轼所题的'唤鱼池'耐人寻味。谁知躲在帘后的王弗也题名为'唤鱼池'，二人如此心心相印，堪称奇缘。王弗之父母因此选中了苏轼为乘龙快婿，二人婚后形影不离。"

孔凡礼也认为苏轼和王弗是自主恋爱的，他这样说："苏东坡和王弗的结合，自主因素起了决定性的作用。这在当时，是十分不寻常的。"细细想一想，苏轼一直是一个洒脱的人，自由恋爱，倒是符合他豪放不羁的个性。

爱情，是从此时开始生长起来的吗？也许正如唐朝大诗人李商隐说的那样："身无彩凤双飞翼，心有灵犀一点通。"不过，王弗却在二十七岁时，在汴京抛下了苏轼，独自撒手而去。二十七岁，在我们看来，正是大好的年华，这无疑是对苏轼最为沉重的打击。

王弗死时，遗有一子，才六岁。王弗死后，苏洵对苏轼说："汝妻嫁后随汝至今，未及见汝有成，共享安乐。汝当于汝母坟茔旁葬之。"这句话，其实是苏洵对这个已经过世的儿媳的肯定。从苏洵这句话来看，王弗生前应该是很孝顺的，所以，苏洵让苏轼把她葬在苏轼母亲的坟边。

苏轼虽然以豪放词著称于世，但我觉得，这首词，堪称婉约词中的上品。这首抒情词，婉约凝重，情真意切，从肺腑流出，回肠荡气，感人至深。苏轼的所谓豪放词，没有把我打动过，但这首词，读在嘴里，能让人的心一点一点柔软下来。

这首词通篇没有用典，只是平铺直叙来抒发自己的感情，字字血泪。就像张燕瑾所说的那样："苏轼的这首为悼念原配妻子王弗而写的悼亡词，表现了诗人深挚的感情。全篇采用白描的手法，出语平淡朴实，处处如家常话语，却字字是从肺腑流出，能够震撼读者的心弦。"古人说，诗，人之性情也。这话说得相当有见地，只有真情才能打动人。

王水照这样评论此词："……十年生离死别，'不思量，自难忘'，'不'和'自'看似矛盾，却深一层写出永不能忘的夫妇爱情。对相逢不识的设想，对梦中相对无言的描述，在在表现出难以排遣的悲苦。"这首词，含悲带泪，字字真情，将满腔思念倾注笔端，创造了一个缠绵悱恻、深挚悲凉的感人意境。

"十年生死两茫茫。不思量，自难忘。"起句就写得相当沉痛。这其中汹涌着一种无法触摸的绝望。生死相隔，转眼已是十年。十年一梦，沧桑世事，暗暗心伤。苏轼在这起句中，为我们交代了时间，流逝的时间，无法回头再过的时间，带走爱情、让他无法选择的时间。

十年，这是一个怎样的悲痛的时间呢？苏轼没有杜牧那种"落魄江湖载酒行，楚腰纤细掌中轻。十年一觉扬州梦，赢得青楼薄幸名"的放纵。在清初的断肠人纳兰容若的词里，也经常出现一个"十年之期"。纳兰的这个"十年"和苏轼的这个"十年"，其实都是一种锥心刻骨的疼痛。不过，纳兰痛惜的是失去美好的初恋，而苏轼却是痛惜爱妻的逝去。

填词有一套约定俗成的规则，那就是开始写景，然后再去言情。正如沈雄在《古今词话》中说的那样："起句言景者多，言情者少，叙事者更少。"苏轼却选择了与之偏离的道路，一边抒情，一边叙事。他一直在回忆着十年以前的事情。十年以前，那时她的笑容在他的心里美好而纯净，在他的心里如花般明艳地开着。苏轼如今的思念，只是这种盛开过后的灰烬。

苏轼曾含泪写下亡妻的墓志铭："治平二年五月丁亥，赵郡苏轼之妻王氏，卒于京师。六月甲午，殡于京城之西。其明年六月壬午，葬于眉之东北彭山县安镇乡可龙里先君、先夫人墓之西北八步。轼铭其墓曰：

君讳弗，眉之青神人，乡贡进士方之女。生十有六年，而归于轼。有子迈。君之未嫁，事父母，既嫁，事吾先君、先夫人，皆以谨肃闻。其始，未尝自言其知书也。见轼读书，则终日不去，亦不知其能通也。其后轼有所忘，君辄能记之。问其他书，则皆略知之。由是始知其敏而静也。从轼官于凤翔，轼有所为于外，君未尝不问知其详。曰：'子去亲远，不可以不慎。'日以先君之所以戒轼者相语也。轼与客言于外，君立屏间听之，退必反复其言曰：'某人也，言辄持两端，惟子意之所向，子何用与是人言。'有来求与轼亲厚甚者，君曰：'恐不能久。其与人锐，其去人必速。'已而果然。将死之岁，其言多可听，类有识者。其死也，盖年二十有七而已。始死，先君命轼曰：'妇从汝于艰难，不可忘也。他日汝必葬诸其姑之侧。'未期年而先君没，轼谨以遗令葬之。铭曰：君得从先夫人于九原，余不能。呜呼哀哉！余永无所依怙。君虽没，其有与为妇何伤乎？呜呼哀哉！"

十年了，这是多么难熬的十年啊！只是却又仿佛一阵轻风，从指尖悄然流走。满腔的悲痛，在苏轼的笔尖上悄然流露出来。这样的悲痛，是一种无法言说的、渐渐浓积于心头的伤。十年了，生死相隔，阴阳两地，只是，仍然没能忘记。此时，她在那里还好吗？十年了，那些内心的话语，怎么才能向她倾诉呢？

"十年生死两茫茫"，初吟此句便觉如梦之冉冉惊觉，如茗之久久回甘。十年的生死隔绝，十年的魂梦牵萦，苏轼之于王弗深情可表，宛然可见。这份深婉情思是已然深入骨髓的，要不，怎能"不思量，自难忘"？"不思量"，如何难忘？唯其情深方可达到不用去思念，但思念却无处不在的境地！在这十年间，他定然曾"升天入地求之遍"，无奈是"上穷碧落下黄泉，两处茫茫皆不见"。

十年前那个"敏而静"、与苏子鹣鲽情深的妻，如今早已埋入千里之外茕茕孑立的荒冢，十年以来的拳拳思量要向谁去诉说呢？隔着十年的生死，隔着千里的艰途，满腹凄凉又要向谁诉说？

夏渐消逝，人随秋老。十年以后，纵使人鬼不再殊途，弗仍会是十年前那个丰姿绰约、娴静惠敏的伊人吗？而自己呢？十年的光阴更迭，十年的风霜侵蚀，早已颜容衰老，两鬓染霜。纵使十年后仍能相逢，弗恐怕也已不识得这个垂垂老者便是当年那个与之琴瑟和鸣的东坡了吧？念及此处，苏子该会有何等的恸？

十年的生死茫茫，几回回梦里又见"小轩窗"下，青铜镜前，弗轻提罗裙，慢抬酥手，绾一把青丝，抿一回鬓角，描一描蛾黛，点一点朱唇。

东坡原应卷一册书立侍左右，或吟咏诗词或窥视娇妻，甚或也替妻描画蛾眉，深情缱绻。但怎的，梦里的相会却"相顾无言"，"惟有泪千行"，滴湿了罗裙，滴湿了青衫，也滴醒了十年的相思梦境。唯其"相顾无言"，才更显内心痛楚；唯其"相顾无言"，才令梦境更为凄凉；亦唯其"相顾无言"，才更见"无声胜有声"！

午夜梦回，沉沉夜色中依旧是十年后的那个鬓发如霜的人，依旧是"生死两茫茫"的凄凉。

"天长地久有时尽，此恨绵绵无绝期"，苏子早已黯然神伤。忆及梦境，恍如隔世，恍惚间，只看见千里之外那个皓月高悬的夜，那个孤寂幽静的冈，一丘荒冢茕茕孑立。

读完全词，我有着骨鲠在喉的痛。如此绵绵情思，字字血泪，仿佛于肺腑处镂刻一般，真切而明晰。

苏轼的这首词千百年来不知感动了多少有情人。《倚天屠龙记》中赵敏总是让张无忌背这首词，张无忌深情款款："十年生死两茫茫。不思量，自难忘……"他们四目相对，赵敏含泪微笑，月光如水，晚风习习，这对痴男怨女用苏轼的情感一次次坚定他们自己的情感。一时间他们仿佛是在苏轼凝思的窗前和那矮松的山冈间来回，凄婉动人的爱像空气一样拥抱着他们。

苏轼十年间也经历了很多政治上的变故，因与变法派意见不合，他从开封到杭州再到密州任职，颠沛流离，容颜早衰。人总是很容易在失意和落魄的时候缅怀过去，而且是不经意地想起某人某事。而想起的一定是在心中最重要、最难忘的那个人。

人的爱和恨可以骗得了任何人，唯独骗不了自己的心。爱得最深最疼的人总是在心灵最脆弱的时候出现在思绪里,哪怕那人已经不在人间十年了,依然是魂牵梦绕。常听人说爱情都是要回报的,爱你是为了让你更爱我,爱是互相的,是互动的。这一观点在这首词中没有体现。对一个已经不存在的人付出再多的爱也是永远不会有回应的,更别说回报了。爱就是爱,是由心发出,既爱了就此生不变,不为她知道,不为她回报。

真爱就是付出,爱一个人就是爱她的全部,哪怕她的全部都已成为过去。不管她在哪里,就算再也听不到她的声音,看不到她的容颜,得不到她一点消息,还是会爱的,她会在梦里与他相约,也会在梦醒时惹他拭泪。这爱远胜于她活着的时候对她说什么海枯石烂、地久天长,因为爱不是誓言,是事实!

这也是第一首让我感动到落泪的词,无数个夜里,它的忧伤从九百多年前的那个夜晚传来,和着月色进入我的胸膛;一切虚浮淡去,沉淀在心底柔软又易伤的东西隐隐浮现。小路在月色中伸展,惝恍伸展向远方,是荒草还是昨日的足迹去充填落寞的冬夜?冰凉潮湿的心绪,从身体的每一个孔窍中释放出来,与我不期而遇的是她吗?

日日思君不见君

我住长江头，君住长江尾。日日思君不见君，共饮长江水。此水几时休，此恨何时已。只愿君心似我心，定不负相思意。

——李之仪《卜算子》

这首词，在我十七岁的时候就已经感动过我。现在回头来看，心里有一种说不出的疼。当我回头，青春已经不在，而你也已不在我的身边，和我一起分享渐渐泛黄的时光。如今，你不会站在我渐老的容颜面前，和我一起回顾青春时的那种悸动的情绪。此时，那些相思，已在风中散去，留下了一些回味的余温，久远而悠长。

让我们先来认识一下李之仪吧。李之仪，北宋词人。字端叔，自号姑溪居士、姑溪老农。沧州无棣人。哲宗元祐初为枢密院编修官，通判原州。元祐末从苏轼于定州幕府，朝夕唱酬。元符中监内香药库，御史石豫参劾他曾为苏轼幕僚，不可以任京官，被停职。徽宗崇宁初提举河东常平。后因得罪权贵蔡京，除名编管太平州（今安徽当涂），后遇赦复官，晚年卜居当涂。著有《姑溪词》一卷、《姑溪居士前集》五十卷和《姑溪题跋》二卷。

李之仪有以下好友：秦观、贺铸、黄庭坚。这些人的词都以清丽婉约闻名于世，而李之仪的词风，与他们相去不远。虽然他立意造语学民歌与古乐府，即景生情，即事喻理，但成就却不及这三人。就像清人冯煦评论他说的那样："姑溪词长调近柳，短调近秦，而均有未至。"

古来，写相思的诗篇很多，从《诗经》的"关关雎鸠，在河之洲。窈窕淑女，君子好逑"和"蒹葭苍苍，白露为霜。所谓伊人，在水一方"开始，众多的诗人就一直围绕着水、距离、寂寞、姑娘和思念做着文章。很多女性也在插花、刺绣之余，加入了这个歌唱的队伍，给这个队伍增添了一些鲜艳的色彩。

"我住长江头，君住长江尾。日日思君不见君，共饮长江水。 此水几时休，此恨何时已。只愿君心似我心，定不负相思意"，写对一个人的思念。李之仪这首词，在我看来，应该是代闺中人立言。当我们爱上一个人的时候，其实，那颗心就不再是我们的，而是属于对方所有的。不过，这种所有更多的是带着孤独、寂寞和思念的。

思念到底是怎样的呢？没有思念过的人，又怎么可能明白？当我们思念一个人的时候，这个人又离我们无比遥远，那么，这颗疼痛的心，在尘世之上，显得特别的孤独。词人没有交代，她和他是怎么遇见的，只是在开头就告诉我们，她爱着一个人，一直爱着这个人。

"我住长江头，君住长江尾"，一个住在长江的源头，一个住在长江的尾巴，表面上看是写两个人相距的距离之远，但之后接着写"共饮一江水"，这反而又可以看作是一种距离上的近。

身体的距离虽远，但我们都饮的是一江之水。共饮一江水的两个人，最怕的不是身体的距离，而是心灵的距离。我不知道，这里的男子此时有没有爱上这个女子，但这个女子的深情，一直深埋在词语当中。她对世人吟唱着自己对这个男子的爱慕，不会因为世事的变迁和时光的流逝而褪色。

"我住长江头，君住长江尾"，写两个人分隔两地。就像一首唐诗中写的那样："树头树底觅残红，一片西飞一片东。"一片在西，一片在东，流水天涯，心虽相近，肉体的温存却被距离隔断。这里也有晏小山的感叹："离多最是，东西流水，终解两相逢。浅情终似，行云无定，犹到梦魂中。 可怜人意，薄于云水，佳会更难重。细想从来，断肠多处，不与这番同。"

日日思君不见君，到底是什么样的一种状态？我们可以从一首诗中找到答案。诗里说："静坐观想佛的尊容，心中却看不到。没有去想的情人的脸颊，偏在心头荡漾。"

这样的诗句，和这首词中的句子一样，专注于情，不事雕琢，情真意切到了极致，有阳光灿烂的气息。

只要在殿中静坐观想，总是无法从心中想象到自己所要修的佛的形象，再聚精会神，心弦一动，自动浮上来的，还是那张美丽、姣好而动人的脸颊，如雪一样白净，又如春花一样灿烂。但这张脸越是白净，越是灿烂，就越让诗人心痛而无力。因为光阴在其中悄悄积存着漫长恼人的幽凉和孤寂。

心痛而寂寞，但幸好，这个女子没有绝望，因为在她心里，她认为至少他们还能共饮一江水，在共饮一江水的时候，可以因此亲近他。一片痴心如画描。我们不能拥有爱情，但我们却拥有回忆、怀念和生活。在时光的长河中，一个人，总是一个人独自在回忆和怀念中慢慢前行。

当我们走进这样简单的抒情当中，我们会发现，古人不仅在爱，而且比我们爱得要真、要深。他们用自己的一颗完整的心去坚守自己的爱情，直到真爱的来临。他们的爱情像露水一样纯净，但这种纯净也许不会维持太久，但至少这一刻的纯净，对于如今的我们来说，也是最为难得的存在。

"此水几时休，此恨何时已"，以水喻愁、喻情是很旧的题材了。远了不说了，就从南唐说起吧。南唐后主李煜这样写过："问君能有几多愁，恰似一江春水向东流""自是人生长恨水长东"，到秦观的"落红万点愁如海"，贺方回的"试问闲愁都几许，一川烟草，满城风絮，梅子黄时雨"，再到欧阳修"离愁渐远渐无穷，迢迢不断如春水"，等等。

"此水"，就是这个女子对他的情。因为她爱着，所以，这因爱而凝成的水，到底什么时候会停止流动呢？这个女子其实怀着一种痛苦，仔细端详了自己的内心，重温所有铭记于心的那些细节，重建对未来的期望。她再次渴望那个男子热烈而满怀柔情的拥抱和意味深长的吻。

"此恨何时已"，此恨何时才能停止呢？这里的"恨"，是生离之苦，但有的时候，也会表示死别之疼。纳兰容若，他在其妻死后，怀着愧疚的心这样写道："此恨何时已？滴空阶、寒更雨歇，葬花天气。三载悠悠魂梦杳，是梦久应醒矣。料也觉、人间无味。不及夜台尘土隔，冷清清、一片埋愁地。钗钿约，竟抛弃！　重泉若有双鱼寄，好知他、年来苦乐，与谁相倚？我自终宵成转侧，忍听湘弦重理？待结个、他生知己。还怕两人俱薄命，再缘悭、剩月零风里。清泪尽，纸灰起。"

生离死别之恨，只要有人的存在，就不会停止，它会带着一代又一代人继续前行。让我们忘了，又谈何容易？

拥有思念，必然也会拥有孤独和寂寞。拥有温存，必将拥有荒凉和沉寂。这个女子在爱情的道路上，除了思念，就无所适从。她正在思念中迷失。既有坚持、深情和执着，也有困惑、怀疑和不安。亲近是一个如此艰难的选择，一旦做出了选择，就没有回头的余地。但这个女子却坚定地说：只要君心似我心，定不负相思意。

"只愿君心似我心，定不负相思意"，这两句可以这样意译：如果你的心，像我这样热烈地爱你一样爱我，我一定不会辜负你的心。多么坚定而有力，颇有"上邪！我欲与君相知，长命无绝衰。山无陵，江水为竭，冬雷震震，夏雨雪，天地合，乃敢与君绝"这样果敢的风格。

"只愿君心似我心，定不负相思意"，这样的想法，有的时候，过于幼稚。这个世界，没有比人心更加变幻莫测的了。还有什么比人心变化更快的吗？他真的能像这个女子爱他一样爱她？我看未必。就像晏小山写的那样："可怜人意，薄于云水""旧香残粉似当初，人情恨不如。"

有的时候，爱情是相当不平等的。在爱情的天平上，不是我们把一颗心给了对方，对方就非要把自己的一颗心给我们。所以我说，爱情是失衡的，是我们自己的事情，跟别人无关。有情的人往往会遇到无情的人。有时，我们牵肠挂肚的人，无时无刻不在思念的人，不一定会把我们放在心上，就像我自己这样念着一个人，那个人也许已经把我遗忘。人世，就是如此凉薄，让人不忍去碰。

时间之磨，总是会轻易地把厚重的爱情研成粉末。虽然我们认为这过于残酷，但这确实是现实，让我们无法回避。

就像刘小枫在《肉身沉重》中写到的："我活在此时此刻，既不是献身给建设人间的道德事业，也不是随无常的风，把我这片落叶般的身子任意吹到一个恶心的地方。而是在挚爱、忍耐和温情中，拥有我此时此刻的生命。"

爱着，就是拥有自我或者抛弃自我的一种方式。

柔情似水，佳期如梦

纤云弄巧，飞星传恨，银汉迢迢暗度。金风玉露一相逢，便胜却人间无数。　柔情似水，佳期如梦，忍顾鹊桥归路。两情若是久长时，又岂在朝朝暮暮。

——秦观《鹊桥仙》

这首词可谓流传千古，被很多有情男女深情地唱过。可是，又有谁真正懂得这首词中秦观的伤痛呢？有人认为，这首词描写了牛郎和织女的神话传说，借以歌颂美丽的爱情。

牛郎织女的故事，在中国家喻户晓。这首词，是一首写七夕的词。在当下的中国，如果提起2月14日，有很多年轻人知道，但如果提起七夕，又有几个人知道呢？中国人把自己的爱情节都忘了，这是多么可悲的事情啊！

自古写七夕的词很多，但正如夏闰庵所说的那样："七夕词最难作，宋人赋此者，佳作极少，惟少游一词可观，晏小山《蝶恋花》赋七夕尤佳。"晏小山，即晏几道，晏殊暮年所生的儿子。晏小山的这首《蝶恋花》是这样写的："喜鹊桥成催凤驾，天为欢迟，乞与初凉夜。乞巧双蛾加意画,玉钩斜傍西南挂。 分钿擘钗凉叶下,香袖凭肩,谁记当时话。路隔银河犹可借,世间离恨何年罢?"

"纤云弄巧,飞星传恨,银汉迢迢暗度。金风玉露一相逢,便胜却人间无数",上阕,借景抒情,感叹相见之难。

"纤云弄巧"这句,个人觉得,脱胎于《古诗十九首》"迢迢牵牛星,皎皎河汉女。纤纤擢素手,札札弄机杼。终日不成章,泣涕零如雨。河汉清且浅,相去复几许?盈盈一水间,脉脉不得语"中的"纤纤擢素手,札札弄机杼"。据说,天上的云彩,是织女用手织出来的。

孟元老有一本《东京梦华录》,书中特别有一篇《七夕》,这样写道:"七月七日,潘楼街东宋门外瓦子,州西梁门外瓦子,北门外、南雀门外街及马行街内,皆卖磨喝乐,乃小塑土偶耳。……至初六日、七日晚,贵家多结彩楼于庭,谓之'乞巧楼'。铺陈磨喝乐、花瓜、酒炙、笔砚、针线,或儿童裁诗,女郎呈巧,焚香列拜,谓之'乞巧'。女望月穿针……"

从这里的记载看,古人把织女视为心灵手巧的女子。那么,这句"纤云弄巧",在我看来,一定是写她的巧手。人间的女子,在地上都在乞求着织女能给她们一双巧手,而织女似乎正在自己的心里渴望着和自己思念的人相聚。

"飞星",流星。这里用来借指牵牛星,在银河南面。"银汉",指的是银河。这个词,对于李商隐来说也并不陌生。他多次在写给宋华阳的爱情诗中用到这个词。这个词到了后来,就是一种距离、思念和孤独,甚至是心痛的代名词。

"迢迢",遥远或难以企及之意。"纤云弄巧,飞星传恨,银汉迢迢暗度",可以这样意译:秋天的云充满了变幻,而牵牛星在天空中异常明亮,

柔情似水，佳期如梦

它的光芒似乎飞过了银河，向织女所在的地方飞去，向织女表达着自己的思念。那在天空中划出的痕迹，应该是一种对离情别恨的控诉吧。银河是那么宽阔，把两个人隔得那么遥远，让他们无法亲近。可是此时，他们都已踏上了鹊桥，正准备相会。

徐培均和罗立刚两位教授这样解释这几句："所以少游用'银汉迢迢'，形容阔别之久，离恨之深，而在字面上绝不露出'恨'字，只是以物象启发人们的思维，这就是含蓄蕴藉。在此四字后着以'暗度'，亦颇饶韵味。'暗度'，义近幽会，然更为切题，更为雅致。如此良夜，期盼多时的情侣，踏上鹊桥，踽踽而行，月暗星稀，景象凄迷。"

"金风玉露一相逢，便胜却人间无数"，有专家这样评价："相逢胜人间，会心之语。两情不在朝暮，破格之谈。"我个人认为，这句化用了李商隐的《辛未七夕》："恐是仙家好离别，故教迢递作佳期。由来碧落银河畔，可要金风玉露时。清漏渐移相望久，微云未接归来迟。岂能无意酬乌鹊，惟与蜘蛛乞巧丝。"

晏几道在《采桑子》中也用过这个词："金凤玉露初凉夜，秋草窗前。浅醉闲眠，一枕江风梦不圆。长情短恨难凭寄，枉费红笺。试拂幺弦，却恐琴心可暗传。"

"金风"，乃秋风，秋属金，故名"金风"。"玉露"，形容露珠晶莹如玉。秋风应该代指牛郎，而玉露应该代指织女，那么两个人相逢之后，会存留多久呢？秋风一吹，渐生凉意，而露水慢慢就会散去，这是一种聚少离多的写照，也是一种幸福和快乐不能长久的叹息。

如果能够相聚，便胜却人间那些永远都不能相见的人。这里，与其说秦观写牛郎和织女之间的离情，倒不如说是写他自己和心爱的女子的离愁别恨。尘缘如水，只是，无法和心爱的人聚合。就像有句歌词写的那样：

无缘到面前,与君分杯水。这是多么可悲的事情啊!只是在今生,我怎么都无缘到你的面前,和你过那平淡的生活。写到这里,我的心止不住地疼!

流年易逝,总是会绿了芭蕉,红了樱桃。物是人非之后,谁还能记得谁呢?留不住的,是光阴带走的背影。这个背影之上,沾满了自己多少思念和泪水。在急急奔走的时光面前,我想秦观也跟我一样止不住地疼痛,又会莫名地绝望!

奢望着地老天荒的温存和执子之手的永远,其实,并没有什么错。错就错在,我忘了时间没有等我。那些过去的温存,如沙一样,从自己的指缝悄然滑落,滑落在一片情感的荒原。

"柔情似水,佳期如梦,忍顾鹊桥归路。两情若是久长时,又岂在朝朝暮暮",下阕感叹相别之难,继续在抒情的路上高歌猛进。秦观要将抒情进行到底。

为什么相见了之后,离别会如此之难呢?我想李商隐也许可以回答这个问题。李商隐在《无题》中这样写道:"相见时难别亦难,东风无力百花残。春蚕到死丝方尽,蜡炬成灰泪始干。晓镜但愁云鬓改,夜吟应觉月光寒。蓬山此去无多路,青鸟殷勤为探看。"

《唐诗鼓吹评注》这样评价这首诗:"此言别之难因相见之难。而风软花残,则有如天若有情天亦瘦也。自别之后,思未尽而泪未干,唯有镜容易改,吟兴难穷耳。犹幸与君所居相去不远,青鸟殷勤,试一探看,或有望于别而再见也。"

这个评论,深得我心。这首诗,就诗意来看,应该是李商隐写给自己初恋的女子的。这个女子,多半是宫中之人。这首诗,是爱情熄灭的灰烬,是情感远去的孤独。

柔情似水，佳期如梦

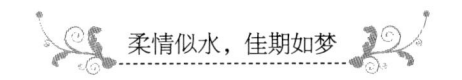

这首诗，情感真切，沉哀入骨；这首诗，行文的时候，带有斑驳的泪和孤独的伤。有人推测这首诗写于李商隐学道的那段时间。如果是这样的话，那么应该是写给一个女道士的。

李商隐初恋的这个女子，到底是怎样的女子呢？她又叫什么名字呢？她到底长得是什么样子呢？这个女道士，应该是宋真人宋华阳。她可能是宫中侍候公主的一个侍女，跟着自己的主人学道。在唐朝，道教很是流行。有的女子如果想离婚的话，只要进入道观就行。道观，在那个时候，仿佛已经成了女子的避难所。

"相见时难别亦难"句，起得异常沉重。江淹在《别赋》中这样说："黯然销魂者，惟别而已。"他的意思是，让人黯然神伤、暗暗流泪和疼痛的，只有生离死别。这种沉重中蕴含了无力和疼痛，更有一种逝去的时光的霉味。

秦观和李商隐一样绝望。此时，对于他们来说，和自己心爱的女子见上一面是艰难的，因为，两两相隔，咫尺天涯。而一有机会相见，离别更是艰难的。因为人有情，所以，会眷恋，会不舍，会疼痛。自古以来，对于两个有情人而言，最苦不过是相思。在相思中，最苦、最痛、最疼的，不过就是离别。因为古代的交通并不发达，所以，古人对相见和别离都是异常重视的，送别的时候，通常都会送出很远，然后折柳和泪而别。所以，《颜氏家训》中这样说："别易会难，古人所重。"

柔情似水一样，却无法流过银河，到达彼此的世界。这样的悲哀，岂是一两句话可以说清的？

"佳期如梦"这句的境界，总是会让我想到晏小山的"梦后楼台高锁，酒醒帘幕低垂"。说白了，就是春梦了无痕，易逝而又无处找寻。短暂的相见过后，一切都将归于冷清、孤独和寂寞，可见拥抱过后会是蔓延的空虚和孤独。

"忍顾鹊桥归路"这句，最让我疼痛。一个"忍"字，写出了分别时的那种伤痛、哀愁和怨恨。这种看不见的情绪，经过诗人的想象，为读者清晰地刻画出来。这句如果用散文的方式来写，应该是这样的：即将离别了，你让我怎么忍心看你流着泪水、无比伤痛地从我的面前离开？我又怎么舍得让你离开？我每向前走一步，就是心碎一次，就是疼痛一次。

别离，是一个让人惆怅和迷失的经历。野草苍茫，长亭更短亭，渡口清寒，驿马嘶鸣，总会有一场别离正在进行。黯然销魂的时刻，别去的人在视线中越走越远，留下的心也从回忆中越退越远。我们都知道那一瞬间的心情无以言述。我们知道离别是一种循环不已的姿态，但其中的滋味如此复杂，难以言说。

生命中，我们常常怀有身无所据的恐惧，因为我们和每一天、每一句话、每一行文字、每一丛草木、每一条街道、每一个亲朋好友都在别离的过程中，每一瞬间的印象逐渐充满心灵，令我们的生命充满不安。

就像日升月落一样，别离不动声色地存在着。有人说离别就是肉体的影子，谁放弃了肉体，谁就舍弃了离别。有人说离别不可尽数，因为一个人在清晨醒来，同时就是和美丽的、古怪的或是恐惧的梦境告别；一个人进入宁静的秋天，同时必失去这年的夏天；一个人依稀看见一张面孔，就是和顷刻前的孤独告别。

我们都在离别，我们也正在目睹着离别。更为常见的情况下，它往往附着于一个渐行渐远的背影、一双暗暗垂泪的眼睛。唯有记忆被诗句保存下来，意犹未尽的悲伤，被那一步一回头的伤心捕到。

高空的流云，清寒的冷风，被载走的情人，翻涌的记忆，被默然无声的别离定格在一起。昔日,爱情,对天许下的誓言,满心欢喜的依偎,如河水的流动,一去不回头……

"两情若是久长时,又岂在朝朝暮暮。"有人这样评价:"七夕以双星会少别多为恨,独少游此词谓'两情若是久长'二句,最能醒人心目。"

吴梅在他的著作《词学通论》中这样说:"《鹊桥仙》云:'两情若是久长时,又岂在朝朝暮暮。'《千秋岁》云:'春去也,飞红万点愁如海。'《浣溪沙》云:'自在飞花轻似梦,无边丝雨细如愁。'此等句,皆思路沉着,极刻画之工,非如苏词之纵笔直书也。北宋词家以缜密之思,得遒劲之致者,惟方回与少游耳。"

如果我在自己的心里长长久久地思念着你,这一次的相聚,可以敌得过无数个夜晚,敌得过那汹涌的孤独和寂寞。可是,永远到底有多远?

如果可以这样,那么今生的努力,终将获得它的意义。如果相反,那么,所有的相爱,终将敌不过时间。

独自凄凉人不问

　　天涯旧恨,独自凄凉人不问。欲见回肠,断尽金炉小篆香。　黛蛾长敛,任是春风吹不展。困倚危楼,过尽飞鸿字字愁。

——秦观《减字木兰花》

　　这是一首闺怨词,所表达的仍然是离愁别绪。人在这里,心在彼岸,无法靠近。那曾经握在手里的温暖,此时已经渐渐冷却,留在心里的,都是无边无际的寂寞。

　　在这个看似繁华的世间,内心却无比荒凉。那从身边掠过的人,一转身,就已消失不见。此时,是否还能记得,那看着她的眼睛,曾经是多么的深情。也许,她已经不再记得,也许她还记得。用一辈子去忘,用一生寻找,这样的心酸,到底有谁会懂?就像舒婷早年写的那样:与其在悬崖上展览千年,不如在爱人肩头痛哭一晚。

　　从这首词来看,词中的女主人公,不过就是那只飞不过沧海的蝴蝶,困在了自己的怀念当中,独自伤痛不已。那颗一直未眠的心,多像一块冰,在如水的尘缘中,融化在爱情的杯中。这是一种多么疲惫不堪的努力。

　　这个女子的心里是困惑的,她不知道,自己爱过的人,经历岁月之后,是该想念还是该遗忘?我无法替她回答这个问题。想对往事中的自己挥一挥衣袖，不带走一片云彩，站在那里会心地微笑，很多人都说很容易，可是我却觉得非常之难。它会耗尽我们一生的努力和热情。

虽然可以渐渐安静地面对别离的结局，但那些在寂静中的等待和期盼，难道也跟着学会了沉默？读这首词的时候，我自己有一种怅然若失的感觉，我感觉，不是这个女子在别离中悄然失去了，而是我在悄然失去自己心爱的人。于是，跟着这个女子，我也无比思念一个人，一个已然远离了的人。

这个女子一直在试图抓住回忆，抓住那一闪而逝的温存。可是，她被思念牵拖的心，是那样的疲倦。就像一首歌中唱的那样：就算是完美，怎么牵拖都不对。不愿看你那么辛苦，我能为你做的，只有默默地祝你幸福。

"天涯旧恨，独自凄凉人不问。欲见回肠，断尽金炉小篆香"，上阕描写深重的离愁和别恨。

"天涯"，指的是遥远的地方。在宋词当中，这个词背后一直站着一个孤独而落寞的身影。这里的"天涯"，总让我想起晏殊的那首《蝶恋花》："槛菊愁烟兰泣露，罗幕轻寒，燕子双飞去。明月不谙离恨苦，斜光到晓穿朱户。　昨夜西风凋碧树，独上高楼，望尽天涯路。欲寄彩笺兼尺素，山长水阔知何处。"

这里的"天涯旧恨"，其实就是晏殊词里的"独上高楼，望尽天涯路"。那远在他乡的人，让自己如此的思念，又如此的放不下，所以，因他心生悲痛。这种"望尽天涯路"，是一种痛彻心扉的感觉，如同月中的幻影，让人无法捕捉。不过这种思念的姿势，在我的心里，却是如此的绝望和沧桑，让我有悲痛欲绝之感。

"旧恨"，过去的离恨。那远在他方的人，其实是自己内心的旧恨新愁。这种旧恨，就像一种暗藏于心的朽烂，一点一点地烂去。这是一种无法相守的悲痛,更是一种"如果相见不会太晚,我们就不会悲伤,和你堂堂地手牵手,过得好简单"的奢望之后的绝望。

晏殊说,离别常多会面难,此情须问天。

"独自凄凉人不问"这句,甚是让人心痛。这句总是让我想到黄景仁的"一星如月看多时"和经典的"似此星辰非昨夜,为谁风露立中宵"。这些诗句所表达的,不过都是一种刻骨铭心的寂寞和孤独,更是一种无人分享的绝望。人世间,没有人分享自己的孤独和寂寞,那是一种让人灰心的无助。

其实,每一场爱情的开始和幻灭,都大同小异。开始的时候,总是旁若无人般灿烂地怒放,结束时都沉痛而安静地告别,其后则是痛彻心扉。那些爱过的,或者思念过的,都会在时间的长河里,渐渐远去。那些曾经美丽的容颜,在时光里苍白,再也无法触及,成为一种永恒的心痛。

再美的爱情,在我看来,都不过是一束仓促的烟花,虽然无比灿烂,但最终会在一瞬之后寂灭。也许这个世界本来就是如此的凉薄,如此的空虚而短暂,总是让我觉得心痛,让我无法全身而退。秦观词中的这个女子,又何尝不跟我一样,虽然明白,但也无法放弃,无法全身而退。

通过这首词,我看到了一个神情落寞而又无比憔悴的女子。自己那么深爱的人,如今,无法再爱,这是多么悲痛的事,让她无法接受,但她又不能不接受。这样的结局,也一直硌疼着我的心,让我在呼吸的时候常心痛似绞。因为,我和这个女孩子一样,找不到自己在对方爱情中的痕迹。

"回肠",心中挥之不去的愁绪。这种愁绪,就像李清照说的那样,"才下眉头,却上心头",是无法挥去的。那颗心,在现实中被一针针刺透,独自在那儿痛着,无人关心无人问。我看着这个女子冷淡的表情,心都碎了。我多想伸出手去,触摸她脸上悄然坠落的泪珠,告诉她,我就是一场雪,在她的四周飘着。

我的朋友胭脂这样写道:"……想你,那么多的柔情和温暖,要怎么样才能够抵达你深不可测的世界?我在以不可更改的姿势沦落,是宿命的代价吧。原谅我,一直都忘记不了你,即使我是如此的努力。……那些激情和痛楚让我窒息,所谓的爱恨情仇,到了终点,我是不是应该恨你?或者是恨我自己。但是,不能。因为,我们彼此的时间,只有那么一小段,太少,除却了沧桑给我们的痕迹,是永无止境的孤独。"

"金炉",制作精美或名贵的香炉。"篆香",是一种具有记录时辰功能的香。据洪刍《香谱》记载:"近世尚奇者作香,篆其文,准十二辰,分一百刻,凡燃一昼夜而已。"过去,贵族家的女子,很注重物质生活享受,总是会用一些香料来净化屋内的空气,或用香料来熏衣被等。

这句"欲见回肠,断尽金炉小篆香",总是让我想到纳兰容若的那首《梦江南》:"昏鸦尽,小立恨因谁?急雪乍翻香阁絮,轻风吹到胆瓶梅,心字已成灰。"

最后一句"心字已成灰"一语双关。明代文学家、博物学家杨慎在《词品·心字香》中记录:"所谓心字香者,以香末萦篆成心字也。"古人喜欢将熏香做成心字形,熏香如同心意,燃过之后最终成为灰烬。心香成灰,虚实两致,不仅是实景,而且还有深刻的喻意,表面上姑且可以看作篆香燃尽,事实上是凭栏人心如死灰。

这里的"断尽金炉小篆香",恐怕也是用燃完的香料暗示人去楼空吧。"欲见回肠,断尽金炉小篆香",徐培均和罗立刚教授这样解释:"由于这种香盘曲犹如回肠,所以,词中写这个孤寂中的女子,原本是想看一看那回肠形的小篆香的,却不料它已经燃尽,只有那断成一段一段的香烬散落在金炉之中。这里,词人用一昼夜一盘篆香燃尽,暗示女子独处无奈'人不问'的时间之久，以见其枯寂索寞情怀。"

"断尽金炉小篆香"这句中的"断尽"二字，清晰地把这个女子的伤心勾画了出来。在这里，"断尽"的不仅是小篆香，还有那颗思念的心。就像纳兰的那句"心字已成灰"一样，都有着一语双关的效果。

"黛蛾长敛，任是春风吹不展。困倚危楼，过尽飞鸿字字愁"，下阕描写女主人公站在楼上远望的伤心。

"黛蛾"，指的是女子的眉。过去的女子，很重视眉毛的修饰，她们先把眉毛剃去，然后用一种叫作"黛"的东西来描绘眉毛的形态。在《诗经》和《楚辞》当中，我们经常可以看到一个词叫"蛾眉"，这里的"蛾眉"就是一种女子的眉形。

据说有一本专门教女子画眉的书叫《眉谱》，里面有不下十几种眉形，其中有一种眉形叫"小山眉"，我在解读晏几道词的时候，就曾经怀疑晏几道之所以字"小山"，是他想做一个女孩子额上的眉，形影不离地陪伴她。

隋炀帝有一个爱妃叫吴绛仙，非常擅长画眉。她用波斯等地进口的颜料"螺子黛"来画眉，这种颜料非常昂贵，不是一般的宫女可以享用的。

"黛蛾长敛"，到底是一种怎样的神态呢？让我们一起来读读欧阳修的那首词吧："清晨帘幕卷轻霜。呵手试梅妆。都缘自有离恨，故画作远山长。　思往事，惜流芳，易成伤。拟歌先敛，欲笑还颦，最断人肠。"

欧阳修词中的这个女子的"最断人肠"，在我看来，就是秦观这首词中这个"黛蛾长敛"的女子的伤情。这样的伤情，李清照应该也深有体会，她在《一剪梅》中这样写过："红藕香残玉簟秋，轻解罗裳，独上兰舟。云中谁寄锦书来？雁字回时，月满西楼。　花自飘零水自流。一种相思，两处闲愁。此情无计可消除，才下眉头，却上心头。"

"黛蛾长敛，任是春风吹不展"，徐培均和罗立刚教授这样解释："东风拂面而黛蛾不展。东风也就是春风，春风一拂，百花齐放，正是一年中最好的光景，但是，对这位独处的女子而言，这拂面的东风，反而使她愁肠百结。也许，春风让她回忆起昔日双栖双飞的欢乐；也许，春风再来，让她生出美人迟暮之感；也许，春风给万物乃至众人带来欢乐，使她更感觉到自己的孤独和无人存问。所以，任凭东风不断吹拂，也吹不去她脸上的愁容，心头的恨意。"

"困倚危楼"，危楼指的是高楼。思念有的时候，确实让人乏力，让人困倦。这里的"困倚危楼"，其实就是晏殊词中"独上高楼，望尽天涯路"的悲伤情态。从"困"字来看，她应该是站在楼上远望很久了，都觉得累了，可是她还在坚持站着，那种内心百无聊赖的空洞和思念，清晰显现出来。

"飞鸿"，即大雁。"字"，指的是大雁排出的人形阵。"过尽飞鸿字字愁"，从"字字"两字来看，我们可以知道，她站的时间很久了，已经有很多大雁排队飞过她的头顶，而每一队大雁都给她带来了无尽的愁绪。

大雁都飞去了，你什么时候才能回来呢？

多少事，欲说还休

香冷金猊，被翻红浪，起来慵自梳头。任宝奁尘满，日上帘钩。生怕离怀别苦，多少事、欲说还休。新来瘦，非干病酒，不是悲秋。　休休。这回去也，千万遍《阳关》，也则难留。念武陵人远，烟锁秦楼。唯有楼前流水，应念我、终日凝眸。凝眸处，从今又添，一段新愁。

——李清照《凤凰台上忆吹箫》

这是一首闺怨词，写于何时有两种说法。著名的李清照研究专家陈祖美认为，作于李清照偕丈夫"屏居乡里十年结束"之后，赵明诚得返仕途之际。而王英志认为，写于大观三年秋，也就是1109年秋。王英志认为，大观三年，赵明诚不顾李清照的挽留，为搜集金石碑刻，执意出游长清，为此词人郁结了沉重的离情别恨乃以此词宣泄。我个人觉得，还是陈祖美的说法较为可信。

《凤凰台上忆吹箫》，词牌名，又叫《忆吹箫》，跟弄玉和萧史有关。刘向《列仙传》中这样记载："萧史者，秦穆公时人也，善吹箫，能致孔雀、白鹤于庭。穆公有女字弄玉，好之。公遂以女妻焉。日教弄玉作凤鸣，居数年，吹似凤声，凤凰来止其屋。公为作凤台，夫妇止其上，不下数年，一旦皆随凤凰飞去。故秦人为作凤女祠于雍宫中，时有箫声而已。"

这首词，是李清照的名篇。茅映在《词的》一书中这样评价："出自然，无一字不佳。"李攀龙在《草堂诗余隽》中这样评价："非病酒，不悲秋，都为苦别瘦。……水无情于人，人却有情于水。……写出一腔临别心神，而新瘦新愁，真如秦女楼头，声声有和鸣之奏。"李廷机在《草堂诗余评林》中这样评价："宛转见离情别意，思致巧成。"竹溪主人在《风韵情词》一书中这样评价："雨洗梨花，泪痕犹在；风吹柳絮，愁思成团。易安此词似之。"沈际飞在《草堂诗余正集》一书中这样评价："懒说出，妙。瘦为甚的，尤妙。'千万遍'，痛甚。转转折折，忓合万状。清风朗月，陡化为楚雨巫云；阿阁洞房，立变为离亭别墅。至文也。"

这年秋天，赵明诚赴任远去，把李清照独自留在青州。这个时候，赵明诚对她的爱已经渐渐冷却，命运之手，悄然无声地带走了旧时的温存。此时李清照的内心世界，矛盾加剧，一些不安尤为强烈。这是他对她的无情，纵然她没有抱怨过，但她的心已经彻底冷了。

"香冷金猊，被翻红浪，起来慵自梳头。任宝奁尘满，日上帘钩。生怕离怀别苦，多少事、欲说还休。新来瘦，非干病酒，不是悲秋"，上阕写得相当伤情。

"香冷"，应该指的是香料燃尽了。"金猊"，狮子形状的香炉。陆容在《菽园杂记》中这样记载："金猊，其形似狮，性好火烟，故立于香炉盖上。"

"香冷金猊，被翻红浪，起来慵自梳头"，写她的居处以及她的寂寞和孤独。香料已经燃尽了，没有心思再添；被子胡乱地堆在床上，没有去整理；自己起来，也没有去梳妆打扮。一个女子百无聊赖的样子清晰地显现了出来。

也许，很多读者会问，李清照为什么会这样呢？让我们看看陈祖美是怎么说的。他说："此时作者的心情之所以不胜悲苦，问题在于，此时不管赵明诚到哪里做官，均可携眷前往。在作者看来，她和丈夫也应像弄玉、萧史一样随凤飞升，但他却偏偏要她独自留在青州。为此，她可能不止一次地祈求将她带上，而他却不肯答应。她便心灰意冷，什么也不想干了——炉香熄灭了她不管，被子也不叠，太阳老高才起床。起床后，头也懒得梳，贵重的首饰匣上已经落满了灰尘。她口头上说最害怕的是'离怀别苦'，实际上还有更担心的事，话到嘴角又说不出口。她近来这么消瘦，并不是因为饮酒过多沉醉如病，也不是因为悲秋，而是因为作者有难以启齿的隐衷。"

"慵"，懒洋洋的意思。"被翻红浪"，指的是床上那胡乱放在一边的红色锦被，像一层被风吹动的波浪。"起来慵自梳头"，起床后，也不想梳妆。这是为什么呢？恐怕，还是因为赵明诚吧。女为悦己者容，赵明诚不在她的身边，她打扮得再漂亮又有什么用呢？一个女子的痴情和深情，从这么一个简单的动作，就完全地表现了出来。

"宝奁"，贵重而华丽的首饰盒子。太阳升到老高她才起来，而起来后，就坐在那里发呆，头也没梳，妆也没化，屋子也没有整理，这是一幅自我放弃的画面。那装有美丽首饰的盒子上，已经落满了灰尘，有多少事情，三言两语怎么能说得清楚？

此时，李清照似乎让自己放纵在孤独和寂寞当中，她决定，放任自己，带着一种消极而绝望的态度，来面对这种生离。但这种放任，我相信，绝不会太久。此时的李清照，是陷入绝望当中的女子，和其他的女子没有什

多少事，欲说还休

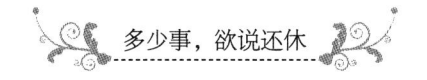

么不同。她柔软的内心，正被现实一刀一刀地扎入。

人生，最苦不过就是别离。而这种生离，最为让人孤独和寂寞。她无法确认，他还是当初的那个一心一意深爱自己的男子吗？这种无力感，其实才是伤她最深的。她知道，他把她独自留下，任她百般哀求也没有带上她，这其中一定有什么难言之隐。

她一直是聪慧而敏感的女子，所以她才这样不安。她可能已经预感到了他们之间的爱情之花，正在被风吹雨打，如果可以熬得住风雨的洗礼，它必将开得更加艳丽灿烂，如果经受不住，就要慢慢地枯萎。是的，枯萎和熄灭，必将准时到来，怎么也无法抵御。

她似乎想告诉他些心里的话，只是，她最终忍住了，没有说出口。说出口，又有什么用？心不在，留不留都是痛。

"多少事，欲说还休"，是多么的无奈啊！光阴的指缝中，有很多东西已经悄然流逝。李清照虽然仍选择莫失莫忘，可是赵明诚已经选择了遗忘。这个时候的李清照，似乎已经意识到了什么，所以，这首词有一种走到山穷水尽的悲哀，让她觉得，一切似乎都是过眼云烟。

物是人非，任谁都再也无法回到过去。欲言又止，若即若离，恐怕是李清照目前唯一能做的事情了。落花飘飞的窗外，岁月消瘦了容颜，依稀可以听到李清照心里的那首歌。此时，歌声响起，有寂寞满地，有孤独飘舞，有泪水滑落在人世间，让一盏瘦小的灯渐渐微弱。

曾经许下一生一世的誓言，此时看来，竟如此易碎。此时，李清照可能会觉得，从前那些天荒地老、海枯石烂、不离不弃的情话，其实在时光的消磨之下，都已残破不堪。或许，能够相爱十年，可能都太过奢侈。所谓的永远，所谓的唯一，就像一朵彼岸之花，异常美丽，却让我们无法触及。

在这个深秋的夜晚,一个女子的泪眼如同群星闪烁,她把很多记忆中的细节、枝枝蔓蔓,都刻进了自己的心里,融入了自己的词语中。生命中曾经的沧海,此时就要变成桑田,淡淡褪色的不仅只有青春,还有那些曾经缠绵悱恻的爱。江南江北都是梦,此生却无法回去。

斑驳而支离的,在李清照的心里,仍然是思念。刻骨铭心的爱情,在每一个孤独而寂寞的夜晚,辗转反侧的夜晚,让她始终难以逃避。

"新来",近来、最近的意思。"非干",是和什么无关的意思。"病酒",因为喝多酒而导致身体上的不适。有专家认为,"非干病酒",是从冯延巳《鹊踏枝》词"日日花前常病酒,不辞镜里朱颜瘦"中化出。这种说法可从。不论是冯延巳的也好,还是李清照的也罢,不过都是闺怨的叹息。

"新来瘦",最近变瘦的意思。著名词评家陈廷焯这样评价:"'新来瘦'三语,婉转曲折,煞是妙绝。笔致绝佳,余韵尤胜。"

此时,她已经无比消瘦。而她的消瘦,不是因为过量饮酒,不是因为悲秋,而是因为离情别苦。这种伤痛带着蔓延开来的黑暗,渐渐占领李清照的一颗心,但一直到走完人生的终点,她都在努力抵抗。

有的时候,抵抗是必要的,但不一定会有什么结果。风生凉意,适合怀念。此时,她的深情敌不过赵明诚的绝情。一个男人的心如果改变了方向,纵然这个女子非常努力地去挽回,也很难再回到原点,我不知道,李清照此时是不是明白这个道理。就像纳兰说的那样:"人生若只如初见,何事秋风悲画扇?等闲变却故人心,却道故人心易变。 骊山语罢清宵半,泪雨霖铃终不怨。何如薄幸锦衣郎,比翼连枝当日愿。"

此时的李清照,就是这个在秋天被弃的扇子,沉陷在无边的绝望中。此时的赵明诚,跟莫失莫忘的李清照相比,有一点丑陋。

"休休。这回去也,千万遍《阳关》,也则难留。念武陵人远,烟锁秦楼。唯有楼前流水,应念我、终日凝眸。凝眸处,从今又添,一段新愁。"

"休休",是罢了、算了的意思。《阳关》,古代送别时的曲调,又叫《阳关三叠》。一叠据说要唱三遍。这个曲调从王维的诗"劝君更尽一杯酒,西出阳关无故人"开始出名,并流传于世,成了凄哀送别时的曲子。

从"休休"两字可以看出,赵明诚是铁了心要走,李清照百般挽留也没有用。为了留住他,李清照把《阳关三叠》唱了很多遍,一叠是三遍,千万遍又该是重复多少回呢?这里虽然有夸张的成分,但李清照内心的凄伤是清晰可见的。

"休休。这回去也,千万遍《阳关》,也则难留",这几句的意思是:算了算了,这次他是铁了心要走,即使我把《阳关三叠》唱千万遍,也没有用了。一个女子内心的无奈、无力和无助,甚至是绝望,在词语中汹涌翻滚着。

"念武陵人远"这句,《宋词赏析》一书的作者这样说:"'武陵',在宋词、元曲中有两个含义:一是指陶渊明《桃花源记》中的渔夫故事;一是指刘义庆《幽明录》中的刘、阮故事。"

陈祖美是这样认为的:"因为'武陵'和'天台'都与'桃花'有关,而'桃花'在我国古典诗词中又是代表美女的特定意象。此词'念武陵人远'的寓意,说白了就是作者担心丈夫有'天台''崔护'之遇,也就是类似于今天所说的外遇或'桃花运'。"陈老的说法,很有见地。

看来,李清照似乎已经觉察到了什么,这真的是一个太过敏感的女子。不过,李清照这里的担心,不是毫无根据的,也不是无的放矢。这样的担心,过了一段时间后,就被验证了。

"烟锁秦楼"这句,写的是李清照自己。这里的"烟",我个人觉得是愁绪,是寂寞,是绝望。"秦楼",指的是秦穆公为他的女儿弄玉和女婿萧史所建的楼。这里,当然指的是李清照自己居住的地方。

"唯有楼前流水,应念我、终日凝眸",把自己内心的情感,写得异常凄凉。王又华在《古今词论》中这样说:"张祖望曰:'词虽小道,每一要辨雅俗。结构天成,而中有艳语、隽语、奇语、豪语、苦语、痴语、没要紧语,如巧匠运斤,毫无痕迹,方为妙手。'古词中如……'唯有楼前流水,应念我、终日凝眸'……痴语也……"

此时,赵明诚如此决绝,唯有楼前的流水,记得她凝眸远望的悲切。季节交替,从赵明诚走后,李清照的心开始变得乏倦。冷却的心,虽然仍有万种风情,又与何人说?转眼间,繁花落尽,自己内心里的那些星光,已经暗成一片。此时的李清照,跟李煜一样绝望而无可奈何:"砌下落梅如雪乱,拂了一身还满。"拂不去的不是落梅,是寂寞,是怀念,是绝望。

这里的流水是有情的,不过是用来反衬赵明诚的无情而已。李清照仿佛是要告诉我们:这楼前的流水,都知道心疼我远望你时那颗疼痛的心,而你却对我不管不顾。

虽然李清照有一颗强大的心,但有些东西,她是力不从心,而又无可奈何的。她可能已经预料到,赵明诚对她会渐渐冷淡。这才是她心中一直无法接受的事实。

人世间,因爱而恨,怎么能摆得脱?爱却别离,确实是一种考验,只要两颗心都用力,我想也不是无法克服的困难。可惜,李清照执守如一,而赵明诚却改变了方向。

"凝眸处,从今又添,一段新愁。"这段新愁,在李清照心里,反复滋生。

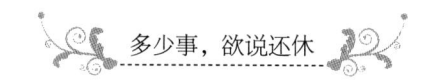

为何新愁年年有,此情此心难到达。我的朋友胭脂说:"世事得失,往往开始时一目了然,走着走着,不由自主。过程和结果,退到了千山万水之外。……海誓山盟的,彼一时便分道扬镳;恍惚中的似是故人来,到最后往往花落人亡两不知。

这世间,我悄悄掩藏在布置好的棋局中,看着看着,我是喜欢的,也是厌倦的。

沉吟了,掩卷。"

而李清照此时,什么是她心头持久的温暖和抚慰?曾经的静好,只能换作今日的消瘦,今日的悲凉。

人比黄花瘦

薄雾浓云愁永昼，瑞脑销金兽。佳节又重阳，玉枕纱厨，半夜凉初透。　东篱把酒黄昏后，有暗香盈袖。莫道不消魂，帘卷西风，人比黄花瘦。

——李清照《醉花阴》

这首词，当作于李清照受到"党争"牵连，被迫回到自己的故乡之后。李清照的词，很多都是宋词中的精品。如果让我选两个最有影响力的词人，女词人我会选李清照，男词人我会选李煜。二李都是擅长情真意切地表达"自我"情感的词人。

婉约词浩瀚的天空中，如果少了这两颗闪亮的明星，那么整个婉约词的天空，就失去了美丽的光彩，就会黯淡很多。

这是一首伤秋念远的词，但又不能单纯地把此词看成是伤秋念远。一首词的情感，其实是很复杂的。

据元伊士珍《琅嬛记》记载："易安以《重阳·醉花阴》词函致明诚。明诚叹赏，自愧弗逮，务欲胜之。一切谢客，忘食忘寝者三日夜，得五十阕，杂易安作，以示友人陆德夫。德夫玩之再三，曰：'只三句绝佳。'明诚诘之。曰:'莫道不消魂,帘卷西风,人比黄花瘦。'正易安作也。"

《琅嬛记》所记之事,不可尽信。如果书中记载的这件事是真的,那么,我倒为李清照感到高兴。因为至少证明,赵明诚心里,还深深地刻着她的名字。赵明诚对她的爱,还没有移开。但是,事实可能是相当的残酷。李清照写下这首词时,赵明诚对她的那颗心,似乎已经有离开的迹象。

有人这样评论此词:"幽情凄清,声情双绝。凄语,怨而不怒。"

"薄雾浓云愁永昼,瑞脑销金兽",这两句,有别本作"薄雾浓雾愁永昼"。"雾"通"氛",是雾气的意思。杨慎在《词品》中这样说:"李易安《九日》词,今俗本改'雾'作'云'。"况周颐随后在《珠花簃词话》中这样说:"中山王《文木赋》:'奔电腾云,薄雾浓雾。'易安《醉花阴》首句用此。俗本改'雾'作'云',陋甚,升庵杨氏尝辨之。且即付之歌喉,'云'字殊不入律,不如'雾'字起调,可谓知者道耳。"

杨慎说的话,也不是句句都是真理,句句都对。如今,我们可以根据自己的喜好,去自由选择此字到底为何。

"瑞脑",一种香料,又叫龙脑。"金兽",金属制成的兽形的香炉。

天空阴沉,天空之上的云朵,仿佛她的眉,紧锁着难以言状的愁绪。这时,一天的时光,对于她来说,仿佛如一生那么漫长。度日如年。内心在一种孤独和寂寞的氛围当中,等待着来自远方的那颗心的认领和温暖。

十年修得同船渡,百年修得共枕眠。只是,此时分明是两两相隔,千山万水之间。她一直主动地爱,被动地疼。在她主动去爱他的时候,在她的心里,始终有一个疑问。这种疑问,不会再得到什么答案。无端饮下相思之酒,那满溢于心的,只是思念的煎熬。

幻觉如梦，总不能入梦。李清照在自己的心里所等待、所需要的，也许只是一种相依为命的平淡。她要的也许是当她默默落泪的时候，可以有一个温暖的怀抱，有一个宽厚的肩膀。她要的也许是，当她孤独和寂寞的时候，可以有一句轻柔的、温暖的话语。

孤独的人，迫切地需要这些。只是，赵明诚无法给予她这样的理解和亲近。于是，她在思念的同时，选择了沉默。无情的心，不过是一种渐渐远去的距离。她不怕他的肉体远在天涯，她怕的是他的心远在天涯，让她无法找寻，更无法亲近。

他在哪里，什么时候能重新把他的心安放在她的生命当中？

房内点燃的瑞脑之香，已经散了，从那金色的兽形香炉当中，袅袅飘出的是最后的一些残香。飘出来之后，在空气中，迅速散去。此时，她的内心，早已被悲痛充满。因为，除了悲痛，她没有别的感觉。她是一个不会无缘无故悲痛的女子，也是一个可以无缘无故悲痛的女子。我想，只有爱，才能让她如此。

今天，是重阳节。重阳，其实是一个团聚的日子。这是秋天里一个盛大的节日。很多的亲人聚在一起，去采茱萸，去登高，去游玩。王维在《九月九日忆山东兄弟》中写道："独在异乡为异客，每逢佳节倍思亲。遥知兄弟登高处，遍插茱萸少一人。"

这首诗是王维在重阳节这天因思念家乡的兄弟而作。重阳节，有登高的风俗。登高时佩戴茱萸囊，据说可以消灾避祸。茱萸，一名越椒，一种有香气的植物。王维家居蒲州（今山西永济），在华山之东，所以这首诗的标题是"九月九日忆山东兄弟"。写这首诗时，他大概十七岁左右。此时，王维正在长安谋取功名。对于一个从穷乡僻壤的乡下来到帝都长安的书生，繁华的京城，也许带给他很多好奇和惊喜，也许会让很多年轻的读书人，陶醉于这样的繁华当中，乐而忘返。但是，对王维来说，在他心里念念不忘的是他的故乡，以及那身在故乡的兄弟。他如同韦庄一样思念着故乡。韦庄说："人人尽说江南好，游人只合江南老。春水碧于天，画船听雨眠。垆边人似月，皓腕凝霜雪。未老莫还乡，还乡须断肠。"

对于一个少年游子来说，在这举目无亲的"异乡"，心里自然觉得异常孤独和寂寞。而且越是繁华热闹，越会让那远在他乡的人显得孤独无依。

李清照和王维一样思念着自己心中的亲人——赵明诚。我一直在强调，爱情也是一种亲情。不过，这种亲情不太稳定。赵明诚同样带着一颗孤独的心，在思念着。在李清照的心里，赵明诚其实才是她永远的故乡，才是她的灵魂最终的归宿。不过，是赵明诚轻看了他自己在李清照心里的地位。

此时，在李清照心里凝聚的离愁是异常沉重的。在她心中郁结的，是对于远方之人遥远得无法触摸的一种无力和疼。秋天越来越深，让她可以感觉到冷。窗户，精致的席子，和一个孤独的枕头，仿佛都被冷凝固。它们带着冷，把李清照的灵魂浸透。此时的冷，来源于那颗无爱的心。

"东篱把酒黄昏后，有暗香盈袖。莫道不消魂，帘卷西风，人比黄花瘦。"

独自萧瑟无人问。这一夜，注定又是一个孤独、寂寞、漫长、失眠而怀念的夜晚。她对着一盏微弱、瘦小的灯火，对着那些窗外的秋景，顾影自怜。于是，她放纵自己在这秋风渐紧的时刻，沉溺于自己的思念之中，不愿醒来。这种沉溺，是首先放弃自己内心的自私。

斜阳如血般在她的眼里，燃烧着她受伤的情感。于是，带着酒，去东院的篱边，那自己种下菊花的地方，独自坐下啜饮。李清照，一直都和酒有着千丝万缕的联系。男人中有李白懂酒，李白懂得酒的豪放；而女子中，唯有李清照懂酒，李清照懂得酒的隐忍。李清照并不是一个好酒之人，只是此时，唯有酒可以排遣她内心那幽深的孤独和寂寞，给她暂时的温暖。

其实，我一直觉得，李清照喝的不是酒，是寂寞，是思念，是怀念，是疼痛，更是孤独。酒，不过是她用来聊寄相思的载体。就像她在湖中，"兴尽晚回舟，误入藕花深处"一样，那舟，不过是一种可以载她肉体的工具。而她内心的愁绪，很难被载走。

也许，她是想用酒来暖暖她那颗冰凉的心。没有爱，她的灵魂是空洞而冰冷的。这种冰冷，让她喘不过气来。她也许只是想利用酒来排遣自己内心的思念，让自己不至于沉溺。她知道，如果过于沉溺，对她来说，并不是一件好事。所以，她总是会利用一些其他的外部因素，来消解内心的无力和沉溺。

"有暗香盈袖"句，很多人都说是菊花的香气。这样理解，可以说只是留于表面。暗香，又何尝不是她内心对赵明诚的思念？

她在东院的篱边一个人独自饮酒，在酒精的引导下，内心的思念汹涌上来。我一直觉得，思念是一个人灵魂的香气。如果一个人不懂得如何思念，那么这个人的灵魂就会渐渐朽坏、腐烂。

此时，到底是人淡如菊，还是人情太过凉薄？我想，在秋风当中，李清照一定在寻找这个答案。其实这个答案，她应该早就知道。只是她不甘心。李清照不是在悲秋，不是在怜惜花朵，而是在怜惜自己。在朗朗的天空之下，到底，为什么人会比那朵站在秋风中的菊花更加憔悴，更加清瘦呢？

她只能轻轻地叹息。因为面对离别，她是无力的。我想这种无力感，存在于我们每一个人的心中。此时，李清照心里的滋味，我们静下心来是可以体会的。只是有一种思念,是噬心的煎熬。有一种泪水,是破碎的深情。有一个方向,是黯淡无光的黑暗。有一颗心,是孤独的伤感。有一个灵魂,是空洞的追寻。

陈廷焯这样评价此词:"无一字不秀雅,深情苦调,元人词曲往往宗之。"其实,如果李清照没有其他的名作,完全可以凭借这句"人比黄花瘦"而在词坛留下名字。有人这样评价此句:"'帘卷西风,人比黄花瘦',此语亦妇人所难到也。"

清周之琦这样评价此句:"'帘卷西风',为易安作,其实寻常语耳。"这句话说的也许有两层意思:第一,这句话,其实就是自然而然地从李清照心里流出来的,没有人为雕琢的痕迹。第二,这句话,不过就是寻常的话,没有什么奇特之处。

如果周之琦的话是第二层意思,我觉得,这个男人相当的可怜。因为,李清照的词已经经过了时光的考验,历尽千年,仍然在熠熠闪光,感动了一代又一代人,而他的词呢?

夏承焘这样评价"人比黄花瘦":"在诗词中,作为警句,一般是不轻易拿出来的。这句'人比黄花瘦'之所以能给人深刻的印象,除了它本身运用比喻,描写出鲜明的人物形象之外,句子安排得妥当,也是其中原因之一。……这里她说的'人比黄花瘦'一句,也是前人未曾说过的,有它突出的创造性。"

此词中的"人比黄花瘦",在《乐府雅词》中却是"人似黄花瘦"。陈祖美在《李清照词新释辑评》当中这样说:"所以,'帘卷西风,人似黄花瘦'二句,似可解释为:自己被迫离京而产生的离愁别恨对于'人'的折磨,犹如风霜对'黄花'的侵袭,政争的忧患给主人公所带来的体损神伤,就像'黄花'将在秋风中枯萎一样。"

可是，我个人还是倾向于"人比"二字。因为"人比黄花瘦"，是一个生动而鲜活的比喻。"人似"相对于"人比"来说，要黯淡得多。虽然这时李清照才二十一岁左右，但她和自己的丈夫赵明诚聚少离多的生活，让她身心疲惫，长久的分别，让她异常憔悴。所以，此时她的内心和灵魂，比那站在秋风当中的黄花更加消瘦，我想这才更符合词意。

在时光的河流里，李清照，仍然婉转如花。只是，她要慢慢地习惯自己青春老去的模样。也许我们可以慢慢地靠近那个正坐在秋风当中，坐在菊花旁边独自饮酒、白衣飘飘的女子。这样的靠近，让我们的知觉清醒，会有一些快乐和悲痛的感觉涌上心头。

当我们接近她时，可以坐在一边，深情地看着她闪烁的泪眼，她那还很娇美的脸庞，让一切事物自己浮现，这时，我们可以把自己留给时间，留给永恒的时间。

用心倾诉，安静地倾听，为她种下一棵叫作铭记的树。这是我们给予她的最好的纪念。纪念她，曾经来过，曾经爱过。

此生，一瞬间灿烂，犹如烟花。当曲终人散，人生的大幕缓缓拉下来之时，我们是不是可以无悔？

这次第，怎一个愁字了得

　　寻寻觅觅，冷冷清清，凄凄惨惨戚戚。乍暖还寒时候，最难将息。三杯两盏淡酒，怎敌他、晓来风急？雁过也，正伤心，却是旧时相识。　满地黄花堆积。憔悴损、有谁堪摘？守着窗儿，独自怎生得黑？梧桐更兼细雨，到黄昏、点点滴滴。这次第，怎一个愁字了得。

——李清照《声声慢》

　　这是一首伤秋之词，真是一字一泪。正像纳兰容若说的那样："泪咽却无声，只向从前悔薄情。凭仗丹青重省识，盈盈。一片伤心画不成。别语忒分明，午夜鹣鹣梦早醒。卿自早醒侬自梦，更更。泣尽风檐夜雨铃。"泪咽却无声，一片伤心画不成。因为，还没有提笔，泪水已经打湿了画纸，打湿了心灵，打湿了眼睛。

　　陈祖美认为此词应该写于赵明诚去世之前。他提出了一个证据："词中有与'玉阑干慵倚'（《念奴娇》）和'望断来时路'（《点绛唇》）等寓意相同的'守着窗儿，独自怎生得黑'的明显的'等人'语，而其等待和寻觅的不是别人，正是词人在《凤凰台上忆吹箫》中'千万遍《阳关》，也则难留'的、走'远'了的'武陵人'——赵明诚!"

　　杨慎在《词品》中这样写道:"宋人中填词,李易安亦称冠绝。使在衣冠,当与秦七、黄九争雄,不独友于闺阁也。其词名《漱玉词》,寻之未得。《声声慢》一词,最为婉妙。……山谷谓以故为新,以俗为雅者,易安先得之矣。"

　　我个人认为,这首词是她在晚年写下的。因为"守着窗儿,独自怎生得黑",只是她晚年写下的《永遇乐》:"不如向,帘儿底下,听人笑语"的一种延续。她守着窗儿,不是在等人,而是想用"听人笑语"来抵抗那来自内心的孤独的掏挖。清朝的孙原湘这样说:"易安居士,千古绝唱,当是德父亡后,无聊凄怨而作。"

　　当然,我这样的理解,也可能有偏颇之处。这些文字,本来就是一篇品读李清照的随笔。所以,有可能会凭着我主观的意愿和想法,去判定很多东西。不过,我总是想和李清照一起分享那份孤独,那份寂寞,那种空洞,那种彻骨的冷。有谁可以说,活在这个世界上不孤独,不寂寞,不空洞,不冷?

　　人生,有的时候,就是孤独、疼痛和寂寞的,甚至是空洞的。所以,很多人不愿意正视这样的现实,只是一味地逃避。而此时的李清照,并没有选择逃避。因此,她看清这些,未必不是件好事。看清这些,直面现实,用心找到自己内心和灵魂真正需要的东西,好好地珍惜活着的每一分每一秒,怜取眼前人,这才是人生真正所应具备的态度。

　　《金粟词话》这样评价此词:"李易安'被冷香消新梦觉,不许愁人不起''守着窗儿,独自怎生得黑',皆用浅俗之语,发清新之思,词意并工,闺情绝调。"吴承恩评价此词说:"易安此词首起十四叠字,超然笔墨蹊径之外。岂特闺帏，士林中不多见也。"

风越吹越凉，这个世界，仿佛都是他留下的遗物，触手冰冷。这个世界越来越冷，但更冷的，是那颗没有爱来抚慰的心。站在秋风当中，她沉默不语地忍受着来自时光的剥夺。她站在一扇窗户前，默默地望着远方，黯然泪下。一盏灯火，就是一颗等待的心，就是一双潮湿的眼睛。

她成了这个秋天，最为凄凉的风景。有渐冷的秋风，有仍没遗忘的人，有汹涌的回忆，有纠缠的疼痛，有无法倾诉的离人。站在窗前的时候，她就是一滴硕大的泪滴，悬在我的心里，即将坠落。那在她指尖的，仍是无法触及的距离，是难以消解的离愁，是如水而逝的光阴。

开始想念一个人的时候，她是肆无忌惮的。她开始慢慢变得沉静，慢慢变得怀旧。想念过去的花前月下，两两温存的依偎。想念那于她心中盛开的花朵。想念那走过她心灵的一些亲人。想念那让她"见客入来，袜刬金钗溜。和羞走，倚门回首，却把青梅嗅"的男子。想念那在青州度过的美好时光。

一个人，是从怀旧开始衰老的。

如今，这些时光已经旧了，旧得无法触摸，更旧得无法重来。风花雪月，不过是一种自我的沉醉。现实，总要比它残酷得多。如今，过去的一切，虽然还近在眼前，仿佛还很清晰，但赵明诚是否还能记得他给她的生死与共的誓言？

他的面庞，如今，有一种隔山隔水的远。

万水千山，仍是痴心一片。此时，永远到底有多远？

站在秋风当中，寻寻觅觅，冷冷清清，凄凄惨惨戚戚。因为寻寻觅觅不得，所以，在秋天的凉意当中，才感觉自己冷冷清清，凄凄惨惨戚戚。

"寻寻觅觅,冷冷清清,凄凄惨惨戚戚",起句起得相当凄凉和悲痛。罗大经在《鹤林玉露》中这样写道:"近时李易安词云:'寻寻觅觅,冷冷清清,凄凄惨惨戚戚。'起头连叠七字。以一妇人,乃能创意出奇如此。"

《词的》一书的作者也非常欣赏这连叠字:"连用十四叠字,后又四叠字,情景婉绝,真是绝唱。后人效颦,便觉不妥。"

"戚戚",憔悴的样子。这种憔悴,不是一般人可以想象的,更有一种心灵的憔悴隐含其中。

"乍暖还寒时候,最难将息。"一片伤心,尽在词语当中,等待着用心的人去阅读。此时,是春天和冬天的角力。温暖和寒冷,在寸土必争地争斗。如今,那最难将息的到底是什么?

恐怕还是那颗伤春的心吧。恐怕那在心里,最难将息的,仍然是怀念吧。

一次又一次的怀念,无非就是为了再次亲近。可是,这样的亲近,一定要付出心痛、孤独、寂寞和泪流满面的代价。

两个人的远,就是她再也无法突破的距离。

陆云龙在《词菁》中这样评价此词:"连下叠字,能手。'黑'字妙绝。"徐士俊在《古今词统》中这样说:"才一斛,愁千斛,虽六斛明珠何以易之!"陈廷焯这样评说此词:"叠字体,后人效之者甚多,且有增至二十余叠者。才气虽佳,终着痕迹,视易安风格远矣。'黑'字警。后幅一片神行,愈唱愈妙。"

她写下的一个个字,是泪,是疼,是伤。那眼角隐隐的泪光,带着一种柔弱的伤,让我看到她灵魂当中的空旷和寂寥。她一次次地把自己放在这种空旷和寂寥当中,找不到自己。此时,在她心里,疼的不是赵明诚早早地离开,而是无人关怀。

她怕的不是孤独，而是那无法触摸的往事，在她的心里给她一种纠缠不清的疼。此时，她的心还留在冬天。所以，才有了乍暖还寒的时候。最难将息的，到底是什么呢？

是回忆，更是思念。是那个只能在自己的回忆当中，在自己的心里，触摸到的人。仿佛他的体温还在她的手上，仿佛她还可以看见他额上的皱纹，头上的白发，但人已经走了很久。

所以李清照在《金石录序》中这样说："今天无意之中翻阅这本《金石录》，好像见到了早已故去的人。那些我和明诚一起生活的细节又浮上了我的脑海：明诚在静治堂上，把那些收集来的东西装订成册，插以芸签，束以缥带，每十卷作一帙。每天晚上属吏散了，他便校勘两卷，题跋一卷。这两千卷中，有题跋的就有五百零二卷啊。现在他的手迹还像新的一样，可是墓前的树木已能两手合抱了。悲伤啊！"

是的，她悲伤。这种悲伤，早已深刻在她的灵魂深处，她独自带着它前行。早春的冷，远冷不过她的心。早晨醒来，她就觉得无比的冷。所以，她开始用酒来麻醉自己，想从酒中找到些许的温暖，供她度过这漫长的一天。可是，三杯两盏淡酒，又如何敌得过早晨的冷风？她在冷风中觉得自己的体温，一点一点散失。

"三杯两盏淡酒，怎敌他、晓来风急"句，此处的"晓来风急"，在很多词本上都作"晚来风急"。据说，这个错误源自杨慎。杨慎在《词品》中引述此词的时候，就把这句写作"晚来风急"，从此以后，这个笔误就变得根深蒂固了。不过幸好，有一些名家纠正了这个错误，让我们不至于继续错下去。梁启超是这样手批这首词的："此词最得咽字诀，清真不及也。这首词写从早到晚一天的实感。那种茕独凄惶的景况，非本人不能领略，所以一字一泪，都是咬着牙根咽下。"

早晨的冷风，急急地从她的脸上吹过，是不是吹向了她的故乡？是不是吹向了她心里一直思念的人？她不知道。她只是觉得，她微小得如同一粒尘埃，风轻轻一吹，她就会飘走，她也不知道自己要飘向哪里。她此时觉得自己就是一朵已经到了秋天的花儿，剩下不多的青春，就是那仅留在其上的花瓣，正在脱落。

站在一扇越来越旧、越来越老、时光斑驳的窗前，抬头望着天边那几颗寒星，仿佛她的泪光闪烁不定。

"雁过也、正伤心，却是旧时相识？"

她又怎么会知道，那飞过她头顶的大雁，还是去年的那只呢？这是不是她内心的一种痴？时光走了，那大雁，已经不再是从前的那只。物是人非事事休，只能欲语泪先流。

是不是因为，故人恩义重，不忍复双飞？

她再也没有"东篱把酒黄昏后，有暗香盈袖"的感觉，在她心里涌动的，是一些难以言说的伤情。因为无法倾诉，所以只能保持沉默。且这种沉默，越积越多。于是，只能提起笔来，把自己的情感流淌到纸上，但还未动笔，泪水已经湿透了彩笺。而此时，她就像这张纸，早已被岁月浸透。

"满地黄花堆积。"

她再也不想到屋外，去采摘一朵菊花。因为没有了那爱她疼她的男子。于是，起身去屋外，拾起那些飘落的菊花的花瓣，把它们埋起来。我想，她此时的伤情，远比那个葬花的女子林黛玉更深。林黛玉不过只伤爱情，她还伤国家沦落、家园丧失。真正的痴人，通常没有几个人可以理解。痴人做出来的事情，真是会让世上的人觉得傻。

奴今葬花人笑痴，他年葬侬知是谁？

她对赵明诚，始终是情深义重的。她一直站在窗边，只是在等，等赵明诚带来一点消息。我想，如果赵明诚在天有灵的话，他也会为了她这样的深情而深深感动。只是，他却再也无法给予她一丁点的温暖和抚慰了。

"憔悴损、有谁堪摘"，写的难道不是她内心的无力和脆弱？憔悴损朱颜，又有谁经得起时光的采摘？此时的李清照，已经懂得了怎样表达自己内心的情感。她知道，有些事情，她是无能为力的，也许，这个时候只有文字才能进行必要的挽留和纪念。

"守着窗儿，独自怎生得黑？"

有人说，孤独的人是可耻的。如今，孤独，也应该是李清照内心最大的耻辱。到底，可耻的是孤独，还是孤独的人？

坐在窗前，一个人该怎么熬过这漫长的夜晚、无情的煎熬、汹涌的怀念、不能止息的疼呢？

"梧桐更兼细雨。"梧桐，在宋词当中一直是一个词人沉痛的伤口。读这句的时候，总让我想起李煜的那首《相见欢》："无言独上西楼，月如钩。寂寞梧桐深院锁清秋。　剪不断，理还乱，是离愁。别是一番滋味在心头。"在李煜这里，同样也出现了梧桐，出现了清秋，出现了相同的伤情。

李煜说，愁绪是剪不断的，但如果去理，却是乱如丝麻。李煜比李清照要幸运得多，在他的那个深秋，没有下雨。不过，李煜心里的雨比李清照窗外的雨更加凄苦。这细雨，在我看来，是泪水，是李煜和李清照的泪水，也是我们的泪水。一点一点、一滴一滴地，滴疼了另外一颗敏感而善良的心。

这泪，要滴到何时才能停止？

张端义在《贵耳集》中这样评价此词："且《秋词·声声慢》：'寻寻觅觅，冷冷清清，凄凄惨惨戚戚。'此乃公孙大娘舞剑手。本朝非无能文之士，未曾有一下十四叠字者，用《文选》诸赋格。后叠又云：'梧桐更兼细雨，到黄昏、点点滴滴。'又使叠字，俱无斧凿痕。更有一奇字云：'守定窗儿①，独自怎生得黑。''黑'字不许第二人押。"

一直想告诉她："我们也许会最终失去，但对于另外一个人，却是风景。在我们停留的时候，我们只要用心去爱，也许就够了。只是，这不能安慰我们的内心。"在这个孤独的夜晚，往事带着轻缓的旋律，让那个人，那些事，突然涌上心头，毫无预兆。她的天真，陪着我们的阅读，走过了山一程，水一程。她仍然如陌上花开。

李清照相信有真爱，所以，她用尽全心地爱过，无可替代地爱过。只是，如果我们要读她，那就读她那珍藏于心灵深处的深情吧。如今，她珍藏着这唯一的一缕温情，不论怎么痛苦，怎么疲倦，她都没有放弃。她在所不惜。因为爱在，生命就在。泪水在，灵魂就在。回忆在，他就在。

千般想，万般念，无奈之下把郎怨。

可是怨又有什么用呢？她多么想再看看他的背影，她多么想再看看他的脸。让她再看一眼，哪怕一眼，再让他离开。可是，她知道，这些只是奢望，只是奢望。她内心的孤独，此时脆弱得不堪一击。想一想，晏几道说得很对，他说："醉别西楼醒不记，春梦秋云，聚散真容易。"

她知道，他已经不会看到她因为这样思念他而神情憔悴、无比倦怠了。但她知道，她一次次地想他，只是想让自己得到些许的温暖。这种温暖，为我们留下了她活在这个世界的证明，以及她曾经来过、哭过、爱过、痛

---

① 当作"守着窗儿"。——编者。

过的痕迹。在时光的长河里，一定有很多人会记住她。

李清照的一生，活出了一种暗暗的清香。因为，虽然赵明诚走得早，留下她更多的时间用来面对来自回忆、来自怀念、来自时光的煎熬。但她在自己的心里庆幸着，能陪他走过一段人生旅程。陪他一起经历过，她的心就是幸福的，因为，她曾经是他生命中最美的风景。

很多的感动渐渐地沉积在心里，并没有遗忘，也没有忽略。那些属于我们的青春，就像一阵风一样，转眼散去，无迹可寻。所以，我一直想告诉那些和李清照一样为情所伤的女子，要爱自己，要爱自己为他落下的泪，要爱自己为他伤过的心，要爱他给你的残缺，以后，这些都将会成为你心中最美的风景。

"这次第，怎一个愁字了得"，这两句和李煜的"离恨恰如春草，更行更远还生""问君能有几多愁，恰似一江春水向东流"，秦观的"落红万点愁如海"，欧阳修的"离愁渐远渐无穷，迢迢不断如春水"的句意相同。她满心的愁，怎么可以用一个"愁"字就能表达清楚？

这次第，怎一个愁字了得！

在李清照面前摆着的，其实只是生命的无常和尘世的幻变。当我们知道这些的时候，我们已经陷入泪水当中，虽然悲痛，还是要做一次再次飞翔的准备，飞向爱情。

云中谁寄锦书来

红藕香残玉簟秋,轻解罗裳,独上兰舟。云中谁寄锦书来,雁字回时,月满西楼。　花自飘零水自流,一种相思,两处闲愁。此情无计可消除,才下眉头,却上心头。

——李清照《一剪梅》

这是一首爱情词,是李清照的名篇。如果要从浩瀚的宋词海洋当中选出十首精品,那么我一定会选上这首词。我认识李清照就是从这首词开始的。现在读起来,心中有一种说不出的苍凉,也有一种青春无多的疼。感觉青春从我的指尖逝去的痕迹还在,可是人却已经无法返回。早年读这首词的时候,根本读不出其中深隐的苍凉、寂寞、无力和空洞。

关于这首词,元伊士珍在《琅嬛记》中这样说:"易安结缡未久,明诚即负笈远游。易安殊不忍别,觅锦帕书《一剪梅》词以送之。"对于这样的说法,不可尽信。这首词,有一些念远伤情的情绪,当作于李清照的父亲受到"党争"牵连,她被迫回到自己的家乡,因为思念赵明诚而作。

陈廷焯这样评价此词:"起七字秀绝,真不食人间烟火者。……结更凄绝。"梁绍壬这样说:"易安《一剪梅》词起句'红藕香残玉簟秋'七字,便有吞梅嚼雪、不识人间烟火气象,其实寻常不经意语也。"这七个字,在我看来,没有任何刻意雕琢的痕迹。因为,它们是自然从心里流出来的情感,所以才能如此真切动人。

李攀龙这样评价此词:"'多情不随雁字去,空教一种上眉头。''惟锦书、雁字,不得将情传去,所以一种相思,在在难消。'"王士祯这样说:"李易安,'此情无计可消除,才下眉头,却上心头。'可谓憔悴支离矣。"

离情恼人,一字一泪。沉默的哭,明晰的疼。

古龙说:"少女恋春,怨妇恋秋,可是那一种真正深入骨髓的无可奈何的悲哀,却可惜只有一个真正的男人才能了解。"

"红藕",指的是荷花。"玉簟",制作精美的竹席。这句"红藕香残玉簟秋"写得相当苍凉。荷花谢了,而那制作精美的竹席上,泛上了些许的凉意。

伤秋的时候,必定会让人陷入思念当中,无力自拔。此时,泪水,是因为心灵的软弱,被现实击伤了,产生了一种疼。这样的疼,又刺激了泪腺。

岁月悄然无声地流逝,在她的脸上。时节不停地轮转,而人却已黯淡了容颜。此时,李清照内心的敏感,已经被她自己放大到最大限度。凡是出现于她眼里的事物,她皆能使之带上自己的感受。整个世界,如果没有爱,对于她来说,都是地狱。

人间因为有爱,所以人间温暖。在她一颦一笑之间,我们就会捕捉到她内心的情绪。"红藕香残""雁字回时""花自飘零",这些,都是属于深秋的词汇,让我们的心里有一种说不出的苍凉和悲伤。人情太薄,经不起时光的剥夺。只是,她内心对赵明诚的爱,一直都没有改变。

"轻解罗裳，独上兰舟"中的"兰舟"，谢桃坊说是床。他在解读李清照《一剪梅》词的时候这样说："若以'兰舟'为木兰舟，为何女主人公深夜还要独自坐船出游呢？而且她'独上兰舟'时，为何还要'轻解罗裳'呢？这样解释显然与整个环境是矛盾的。……两词的上片都是写女主人公秋夜在卧室里准备入睡的情形。此时她绝对不可能忽然'独自坐船出游'的。'兰舟'只能理解为床榻，'轻解罗裳，独上兰舟'，即是她解卸衣裳，独自一人上床榻准备睡眠了。"

谢桃坊可能是第一个说兰舟是床榻的人。一首诗词，一定不会停留在某个时间段上，一直不动。我怎么都觉得，这首词是李清照截取了她一天所有的活动中的一些片段。解释兰舟为床榻，我觉得有点缺乏想象力。

兰舟，其实就是木兰舟。因为木兰树材质坚硬，又有香味，所以是制造舟船的理想材料。《述异记》中这样记载："木兰洲在江中，多有木兰树，鲁班刻木兰为舟。"

她褪下单薄的夏衣，换上秋衣，独自踏上了兰舟，在曾经让她"沉醉不知归路"的湖中，泛舟散心。她一直是这样通透的女子。她知道怎样消解内心的孤独和寂寞，使它们不再积聚到让她无法背负。有的时候，活着需要适当忘却。只是，当不能忘却的时候，只能选择用其他的方式将其消解。

思念，其实是一种自我温柔的虐待。只是如今她泛舟，肯定没有当时作为少女时的欢快。留在她心里的，是沉重的孤独和思念。这是一种噬心的煎熬。只是，有思念，就会有些许的温情，将她照亮。她相信，分别是短暂的，只要两颗心思念着对方，只要努力，不管有多远，两个人始终会相见的。

看来，李清照早已知道，两颗心的距离，才是世界上最远的距离。心不在了，即使天天在身边，也是相隔最远的人。"夜，太漫长，凝结成了霜。"这九个字组合在一起，有着怎样噬心的煎熬，怎样难消的孤独和惆怅，怎样的悲凉，又有几个人可以懂得？没有经历过的人，不会理解。只有爱过、孤独过、痛过的人，也许才能明白。

"云中谁寄锦书来，雁字回时，月满西楼。"

月满西楼，其实是一个团圆的意象。宋词中有一句：十分好圆，不照人圆。如果沿着这样的解读线索去读李清照的情感，应该十分简单。李清照用满月来衬托自己的孤独，这样虽然没有在字面上提到孤独，但读者自己在仔细阅读和探索当中，可以更加清晰地看到她的情感世界。

诗词，有的时候，是省略，更是一种精华的凝聚。如果说白了，也就失去了诗意。说白了的话，那就是所谓的散文了。"西楼"，在宋词当中一直是别离的代指，是一个思念和怀念的意象，也是一个"恋人"的意象。晏几道这样写过："醉别西楼醒不记，春梦秋云，聚散真容易。"这里的西楼，就是别离的代指，也是"恋人"、"怀念"和"思念"的意象。

站在窗前，抬起自己悲伤的眼睛，可以看见那些大雁，披着浓重的夜色，从窗前掠过。只是它们却没有带给她赵明诚的消息。此时，我为李清照感到悲哀。作为一个女子，我想最深最大的悲哀就是，她一直用心爱着、用心思念的男子，不是这样爱她、思念她。没有他的温存，可以给她抚慰。

只有那薄凉的月光，冷冷地照在她的脸上，照亮她的泪水。

此时，在她和赵明诚之间，有着千山万水的距离。赵明诚淡漠的心，显得是多么无情。寂寂人心，终会醒来。可是这一醉要到何时呢？所有的记忆背后，她用尽的深情，付出的深爱，他何时才能看见、明白、理解并感动呢？她这一生的笙歌，何时能再唱给他听？此时只是秋风凛冽地吹着她的疼。

一段温存已逝，只有遥远，让她心凉。

她的灵魂是疲惫不堪的，但她从不说累。因为爱着。爱着就是一种累，温柔的累。她只是觉得冷，一寸一寸地浸透她的冷。那颗心的敏锐，甚至可以捕捉到一种刀扎进体内的疼。她整个身体的温暖，包括内心涌流的鲜血的温热，仿佛一下子全部被抽空，这分明是一种还在挣扎的执迷。

李清照是一个很重情的女子。有的时候，可以重到她所不能承受的地步。她一直是一个害怕别离的女子，因为在她的身上，受到的"党争"的伤害是沉重的，是无法抹去的。这是一把刀，扎在她的心里，伤口，是那些无言的诉说，只有用心才能听懂。她从心里珍惜那些快要消失的人事和光阴。

她就在这些伤痛中间，默默前行。

秋风有清澈的凉。她独自坐在窗前，安静地倾听窗外的一切声音，听自己内心的声音。她竟有一些恍惚。她在哪里？

她一直在等待着，想得到一个确切的回答。其实她在等一句话："不管以后会如何，我都会用心地好好地爱你，竭尽全力，在所不惜。我不说海誓山盟，海枯石烂，我只会把自己的一颗心完全给你。"这是她在自己的脑海中，不止一次地幻想着的一个男子，站在时光的河流当中，这样充满深情地对她说话。很可惜，赵明诚，并没有说出这些话。

坐在寂寞、孤独、寒冷的秋风当中，一颗心也渐渐变凉。但她会爱她所爱，尽她所能，一颗心天真地奔走在红尘之中。用一种追寻的姿势，感动那一颗深情的诗心。时间如今已经沉淀下去，内心里的回忆，静静地蔓延。一个人的怀旧，只是一种挽留，也是一种想再次亲近的痴望。

人生有味，却是清欢。她本来就是尘世间的一个平凡女子，需要爱，需要呵护，需要温存。不需要把她当成所谓的女神来看。所以，在这个孤独而寒冷的秋夜里，我们可以任凭她把自己沉溺于怀旧、回忆、孤独、寂寞和思念当中，即使她会悄然落泪，也没有关系。只要你在用心倾听她的倾诉，就是对她最好的安慰。

心，在远方，化成一缕缕念；念在心里，凝成一缕难消难解的芬芳。在心里，飘散的，都是他的模样。秋风渐凉。这凉在心里，只会尽情蔓延。于是，她看见凋谢的莲花，如同青春从她自己的身体里片片剥落。那精致的竹席，已经爬上了一些凉意。让她觉得，每个夜里，都很凉。

她坐在秋凉当中，忽然有做一件衣服的想法。拿起她已经搁置很久的针线，一针一线地，把她的深情缝了进去，把她的向往和渴望，也把她的爱缝了进去。她想寄件寒衣给他。正如纳兰说的那样："鸳瓦已新霜，欲寄寒衣转自伤。见说征夫容易瘦，端相。梦里回时仔细量。 支枕怯空房，且拭清砧就月光。已是深秋兼独夜，凄凉。月到西南更断肠。"

这是纳兰描写其妻卢氏的神态。其实，这种神态用来描写李清照又有什么不可以呢？所有的女子，内心的思念，内心的牵挂，内心的柔软，都是一样的。回忆那些往事，存在于她记忆里的得失，幸好，都在一点一点随时光成为过去。只是，她分明看见了烟花在空中绽放所留下的灰烬。

"此情无计可消除，才下眉头，却上心头"句，化用了范仲淹的词意。范仲淹在《御街行》中这样写道："纷纷坠叶飘香砌。夜寂静、寒声碎。真珠帘卷玉楼空，天淡银河垂地。年年今夜，月华如练，长是人千里。

愁肠已断无由醉。酒未到、先成泪。残灯明灭枕头欹,谙尽孤眠滋味。都来此事,眉间心上,无计相回避。"

王士禛是这样说的:"俞仲茅小词云:'轮到相思没处辞,眉间露一丝。'视易安'才下眉头,却上心头',可谓此儿善盗。然易安亦从范希文'都来此事,眉间心上,无计相回避'语脱胎,李特工耳。"李清照这句"此情无计可消除,才下眉头,却上心头",写得那么凄凉,那么寂寞,让一颗心顿时憔悴支离。

李清照和范仲淹其实都在写一种无法言说而又挥之不去的闺中愁绪。不过,范仲淹是男子,肯定在写这些愁绪的时候,没有李清照细腻。李清照是一个女性,可以从女性特有的视角去看这些愁绪,所以她才能达致"李特工耳"的效果。

我个人觉得,李清照这句,根本就是自然从心里流出来的,根本没有像这些人想象的那么复杂。因为,自然从心里流出来的句子,才能如此真切。人为的雕琢,只能是一种对真情的破坏。如果我们明白李清照一直和赵明诚是聚少离多,她这么感伤,这么悲痛,其实是可以理解的。因为思念虽然不是大病,却是心里的一种除了对方可以拯救,别无拯救的自我沉沦,更是一种自我的放逐。

李清照,就像一只飞蛾,不顾一切地扑了上去。只是,我分明看见,那悄然从她脸上滑落的泪,正在我的脸上,一滴一滴地坠下来。这些泪水有一个名字,叫疼。生离死别所带来的疼。

有些东西,她无法挥去。她将终生带着,默默前行。

泪痕红浥鲛绡透

红酥手，黄縢酒，满城春色宫墙柳。东风恶，欢情薄，一怀愁绪，几年离索。错错错。 春如旧，人空瘦，泪痕红浥鲛绡透。桃花落，闲池阁，山盟虽在，锦书难托。莫莫莫。

——陆游《钗头凤》

闲来无事，翻出了《陆游词新释辑评》一书，第一首就是这首《钗头凤》。读着读着，泪水就流了下来，内心无比悲痛。这是一个男人满含深情，无力而绝望的悲歌。这是一个男人满含血泪而又声嘶力竭的悲歌。

这首传颂千古的词描述了陆游与唐琬的这次相遇，抒发出难以言状的凄楚心情。

情伤是一把尖刀，随时都可能刺进情人的心脏。在陆游搁下笔的那一瞬间，这把刀就铸成了。

唐琬是一个深情的女子，与陆游的恩爱毁于世俗的风雨。后夫赵士程虽然重新给了她感情的抚慰，但曾经沧海难为水，她始终固守着与陆游那份刻骨铭心的情缘。自从见到了陆游，她的心就再难以平静。追忆似水的往昔，叹惜无奈的世事，感情的烈火煎熬着她。

她本可以拥有更美好的生活与回忆，如果不再重逢。

在那个春天的早上，在新雨的桃花前，如果，如果你没有抬头，我本来可以宁静地走过那条路，本来可以领略更多的柳暗花明。一袭水袖，一场繁华若梦。

如果从开始就是一种错误。那么，为什么，为什么它会错得那样的凄美？

一年后，唐琬再度来到沈园，想找寻去年的点点滴滴，抚慰伤感的心。当她缓缓走过曲折的长廊，跃入她眼帘的是粉壁上一行行熟悉的字。

别读啊，别读。那不是词，不是。那是一把伤心的刀，那是一杯要命的毒酒。唐琬走过去了，细细地读着那首《钗头凤》，读着，读着，心如刀绞。昨日情梦，今日痴怨，尽上心头。回到家里，她相思成病，日臻憔悴，在秋风萧瑟的时节化作一片落叶，随风逝去。

东风恶，欢情薄！

在陆游心里，他和唐琬的结局是永远无法愈合的伤口。他将抱憾终生，悔恨终生。一曲《钗头凤》所唱出来的难道仅仅只是辛酸？读到这首词，我们自然而然地想到了沈园，想到了唐琬——这个充满才情却不幸的女人，想到了沈园的伤心桥和那棵不再年轻、不再吹绵的柳树，想到了那次刻骨铭心的意外重逢，想到了那清丽的容颜和躲闪的眼神。

那个拥有不凡才情的唐琬，成了陆游和他母亲之间关系的牺牲品，这确实让人觉得可惜。红颜难道自古多薄命？我一直在内心问着这个问题。陆游和唐琬的凄楚结局，直到现在仍然被那些喜爱诗词的人记着。这段令人动容的故事，到底带给我们什么？宿命的无情？人性的弱点？陆游的决绝，还是唐琬的悲惨？

泪痕红浥鲛绡透

"从此萧郎是路人。"到底谁能理解这首词背后所隐藏的无力、悲痛、无助和绝望？我一直觉得，爱情其实是最为残忍的事情，不是你付出多少，对方就能回报你多少。有的时候你付出了自己的全部，得到的也许只是无边的空虚、空洞和绝望。

"红酥手，黄縢酒，满城春色宫墙柳。东风恶，欢情薄，一怀愁绪，几年离索。错错错"，上阕，是陆游对眼前人、事和景物的感叹。

"红酥手"，应该指的是一个女子的手柔软、光滑而细腻。这里的手，应该是唐琬的。"黄縢酒"，用黄纸等封住坛口的酒，这是上等的好酒。

"红酥手，黄縢酒，满城春色宫墙柳"，我个人觉得，是回忆他们两个人从前的快乐生活。这种生活，一直是陆游心里所怀念的，就像纳兰写的那样："被酒莫惊春睡重，赌书消得泼茶香。当时只道是寻常。"

他们从前的恩爱生活，就像李清照和赵明诚一样。赵明诚死后，李清照独自收拾起赵明诚留下的一些稿子，结集为《金石录》，她在后序中这样写道："余性偶强记，每饭罢，坐归来堂，烹茶，指堆积书史，言某事在某书某卷第几页第几行，以中否角胜负，为饮茶先后。中举杯大笑，至茶倾覆怀中，反不得饮而起。甘心老是乡矣。故虽处忧患困穷而志不屈。"

从这段小序中我们可以看到，李清照和赵明诚的生活，其实就是"红袖添香夜读书"的生活，就是两人有共同的志向的生活。他们两个都喜欢文学，又是自由恋爱，所以，两个人相处得相当和谐。而当初陆游和唐琬，与赵明诚和李清照两人的情感生活非常相近。早年，他俩花前月下，丽影成双，宛如一双翩跹于花丛中的彩蝶，洋溢着幸福与欢乐。

可是，好景不长。陆游和唐琬成婚以后，情爱欢谐，陆游沉醉于温柔乡中，把功名什么的都忘记了，而陆游的母亲，却是一个专横的人，她一心期盼着自己的儿子金榜题名，光宗耀祖。看到陆游沉迷于和唐琬的温存当中，她非常不满，于是命令陆游写休书把唐琬休了。陆游心如刀绞，但又无力反抗，最终一纸休书把唐琬赶出了家门。

而这首词，则是在他和唐琬相见之后，陆游题在沈园的墙壁上的。在一个繁花盛开、阳光照耀、微风拂面的春日，被迫分开多年的陆游和唐琬，竟然在沈园邂逅。命运有的时候就是这样残酷。这种相遇对两个人来说，都是苦涩而充满悲痛的。真正的痛楚是，心里有千言万语却无从说起。

陆游的内心应该是百感交集的。唐琬也是。刹那间，目光已经凝固，时光已经停止，两个人的视线虽然无比缠绵和纠结，却又要躲闪着不被赵士程发现。眼见自己终日思念的人近在眼前，亦真亦幻，却已物是人非，这对于陆游来说，才是最大的无力。

两个人的目光纠缠在一起，他们的心底都在淌血吧？两个人的心里，估计都不敢相信这是真的。唐琬的眼里，流露出的是怨、是怜、是情、是疼，陆游一时分辨不清。旧时的一切翻涌在他们各自的心头。此时他们已经分不清到底是什么滋味了。一个已经另娶，一个已经另嫁，他们再也无法走近彼此，去分享彼此的心情。这不能不说是一个巨大的悲哀。

四目相对，内心悲切而凄凉，却又不能在表情上流露出来，内心纵有千言万语也已无法说出，也已无法改变事情的结局。所以只有沉默。如今，他们不再是夫妻，不再琴瑟相和，不再是你写上句，我接下句，而是一个熟悉的陌生人。只有拱手别过，只能从礼仪上小心问候。

唐琬和赵士程把所带来的酒肴差使女送给陆游，我想陆游每吃一口菜，每喝一口酒，内心都是撕裂般的疼痛。"不是我不再爱你/只是我再也无法近距离/给你我温暖的体温。"一个诗人曾经为一个离开的女孩，含着丰足的泪水写过这样的文字。我想，这些文字也能完全表达陆游的内心世界。

陆游的心，跟着唐琬的背影，一直追寻了过去。唐琬此时，正和他的丈夫赵士程在亭中小酌，而唐琬一直低着头，像有什么心事，在思考着什么，并时不时地伸出自己的手，为赵士程斟酒。这一切都映入陆游的眼帘，这种场景，他曾经是多么熟悉啊，如今，这一切已经物是人非。陆游呆呆地看着唐琬的手，心一点点破碎。昨日的一切，今日的现实，种种的情愫纠缠在一起，让他感慨万千，于是，他提笔在沈园的墙壁上题下了这首词。

有些东西我们一旦错过，便永远错过了。即使你哭尽了所有的泪水，哭碎了心，也无法哭回那远去的身影。无可奈何花落去，似曾相识燕归来。人呢？人去了哪里？人归来了又能改变什么？

"东风恶，欢情薄，一怀愁绪，几年离索。错错错"，这几句，最为无力，有一种疼痛，就像折断了体内的骨头。"东风"，指的是春风。为什么春风会恶呢？这个"东风"，应该是现实的隐喻吧。现实太过残酷，让我们昨日的欢情太薄，如今，我每喝下一杯酒，喝的就是自己的愁绪，这几年的离别，并没有把你从我的心里抹去，看来，我真的是错了错了错了啊！

这里的"东风恶，欢情薄"，其实是一种无声的抗议。毛晋说："放翁咏《钗头凤》一事，孝义兼挚，更有一种啼笑不敢之情于笔墨之外，令人不能读竟。"这里的"东风恶"，恐怕是陆游对其母的抱怨吧。只是，为了恪守孝道，他无法明说，只能隐晦地表达自己的不满。"欢情薄"这句，还深含着陆游的愧疚，在他的心里，他一定是觉得对不起唐琬的，没能好好地保护她。

三个"错"字，是他内心最沉重的挫痛。这是他无法言说的后悔。既然知道错了，为什么仍然还要继续错下去呢？这三个"错"字，代表了怎样的无力和绝望！

"春如旧，人空瘦，泪痕红浥鲛绡透。桃花落，闲池阁，山盟虽在，锦书难托。莫莫莫"，下阕写的更让人心痛。陆游站在唐琬的视角，写唐琬离开他后的一些情形。

春天还是和从前的春天没有什么区别，但那个人却独自消瘦了。她在那里很是悲痛地哭泣。"鲛绡"，应该是鲛人所织的纱，这里代指手帕。"红浥"，是被泪水湿透的意思。过去，人们常用"红泪"来代指女子的泪水。

桃花已经落了，那些曾经照见两人身影的池阁已经荒凉了，过去的山盟海誓，言犹在耳，但却无法传递消息。三个"莫"字能够道出多少内心的痛楚啊！"绿树暗长亭，几把离尊，阳关常恨不堪闻。何况今朝秋色里，身是行人。清泪浥罗巾，各自销魂。"

第二年的春天，唐琬独自来到沈园，抬头看见题在墙壁上的这首《钗头凤》。她悲痛欲绝，于是和了一首《钗头凤》："世情薄，人情恶，雨送黄昏花易落。晓风干，泪痕残，欲笺心事，独倚斜阑。难难难！人成各，今非昨，病魂常似秋千索。角声寒，夜阑珊，怕人寻问，咽泪装欢。瞒瞒瞒。"

没过多久，唐琬带着无尽的遗憾和思念独自离开了人世，只留下了这首催人泪下的词。唐琬带走了陆游一生的悲痛、叹息和怀念。所有的幽怨已经得不到安慰，所有的回忆都不能让她获得些许的慰藉。唐琬化作了一缕香魂，在陆游的心里久久地飘舞着。

故地重游，怎么可能不睹物思人？怎么可能不潸然泪下？怎么可能不心生悲叹？陆游在世的几十年间，一直都在描写着这段难以忘怀的婚姻。他一直在苦苦地追寻着。陆游晚年的时候这样写道：

城上斜阳画角哀，沈园非复旧池台。伤心桥下春波绿，曾见惊鸿照影来。

梦断香消四十年，沈园柳老不吹绵。此身行作稽山土，犹吊遗踪一泫然。

暮年的陆游经常来到沈园寻找唐琬当年的气息。那些过去花前月下的缠绵，都已成刻骨铭心的伤痛。人已不在，回忆是一件让人悲痛、让人心碎的事。令人心碎的，难道仅仅只是沈园？梦断了。梦里见她四十年之久，这不能不说是一种深情。沈园虽在，但曾经青翠的柳树已经老去，不再吐绵。陆游站在沈园中，内心百感交集。男儿有泪不轻弹，只因未到伤心处。

陆游又写了一首诗：枫叶初丹槲叶黄，河阳愁鬓怯新霜。林亭感旧空回首，泉路凭谁说断肠？坏壁醉题尘漠漠，断云幽梦事茫茫。年来妄念消除尽，回向蒲龛一炷香。

在这首诗前还有一个小序：禹迹寺南，有沈氏小园。四十年前，尝题小词一阕壁间。偶复一到，而园已三易主，读之怅然。

他又写道：

路近城南已怕行，沈家园里更伤情。香穿客袖梅花在，绿蘸池桥春水生。

城南小陌已逢春，只见梅花不见人。玉骨久成泉下土，墨痕犹锁壁间尘。

陆游在即将离开人世的时候，仍然这样执着地苦苦吟唱着。这种吟唱表达的情怀，足以让我们明白，放弃唐琬，是他一生无法消除的伤痛，是他一生最大的缺憾，更是他一生最大的错误和失败。

梅花仍在，人已故去。那年年的春水，生出的只是怀念。忧伤的怀念，无比悲痛的怀念，撕心裂肺的怀念。路近城南了，又为什么忽然怕走近了呢？难道是怕再次地想起，还是害怕再次被沈园刺得生疼？答案很简单：

沈家园里更伤情。是啊，这种伤情是刻骨铭心的存在。

陆游还写过一首诗：沈家园里花如锦，半是当年识放翁。也信美人终作土，不堪幽梦太匆匆。陆游写了这首诗后不久，就带着对唐琬的愧疚和思念，追随唐琬而去，留下的一生遗憾，让我们这些后来人久久悲叹。

这首满含血泪和悲痛的《钗头凤》，千百年来，感动了无数有情男女。时光汹涌，如白驹过隙。那些人物早已尘归尘、土归土了，那些恩怨情仇早已化为轻风一阵，让我们无法寻觅。只有这悲痛的抒情，永恒地活在词语中央，让人们感动。

爱情，是一种无法治愈的病。

衾寒枕冷夜香销

玉体金钗一样娇,背灯初解绣裙腰,衾寒枕冷夜香销。 深院重关春寂寂,落花和雨夜迢迢。恨情和梦更无聊。

——朱淑真《浣溪沙》

在未读这首词之前,让我们先来认识一下朱淑真:"朱淑真,自号幽栖居士,今浙江杭州人。文章丰艳,才色娟丽,实闺阁所罕见者。因匹偶非伦,弗遂素志,赋《断肠集》十卷以自解,临安王唐佐为之传,以叙述其始末,吴中士大夫集其诗二百余篇,宛陵魏仲恭为之序。"

魏仲恭在《断肠集》序中这样写道:"早岁,不幸父母失审,不能择伉俪,乃嫁市井民妻,一生抑郁不得志,故诗中多忧愁怨恨之语,每临风对月,触目伤怀,皆寓于诗,以写其胸中不平之气,竟无知音,悒悒抱恨而终。自古佳人多命薄,岂止颜色如花命如叶耶?"

我是一个太过沉醉于相信文如其人的人。所以,朱淑真的清丽、婉约,如同她的文字一样,亮在我的眼里。魏仲恭这样说:"……清新婉丽,蓄思含情,能道人意中事。""观其诗,想其人风韵如此,乃下配一庸夫,固负此生矣。"魏仲恭写这个序的时候,对于朱淑真的死一笔带过,且含糊不清,只能留给我们自己去想象。

人生自是有情痴：最动人的40首婉约词

这是一首伤春念远的词，但也是朱淑真的自画像。我们从此词，完全可以展开自己的联想，释放自己的想象力，在我们自己的心里，把朱淑真的形象完全地勾画出来。

"玉体金钗一样娇，背灯初解绣裙腰"，这两句，在古时常被那些所谓的理学家们称为"淫语"。遭受此等批评的，不仅仅只有朱淑真，还有李清照。李清照在少女的时候，天真烂漫，美丽而富有诗意。所以，她才能为我们留下一首《点绛唇》："蹴罢秋千，起来慵整纤纤手。露浓花瘦，薄汗轻衣透。　见客入来，袜刬金钗溜。和羞走，倚门回首，却把青梅嗅。"

这是一首关于少女刚刚荡漾春情的词。我认为这首词，应该写于李清照少女时的那段美好光景。李清照的情怀，其实一直都不是关闭的，而是敞开的。不过，有的时候，只向某个人敞开。也许，每个女孩都有过这样的经历。一个女子，今生可能只是为了某个男子而把自己的心打开。

少女的情怀，从来都是一种诗意的倾诉。

李清照和朱淑真的美，通过词语，都被自动勾画出来。春天是如此美好。但，美不过一个少女那灿烂、含羞的容颜，更美不过少女那深情的眼神。读这首词，总让我想到无名氏的《菩萨蛮》："牡丹含露真珠颗，美人折向庭前过。含笑问檀郎，花强妾貌强？　檀郎故相恼，须道花枝好。一面发娇嗔，碎挼花打人。"

朱淑真此时，也和李清照一样，把她天真烂漫的一面，很好地展示给了我们。当我们读这首词的时候，我们的内心，就已经完成了欣赏的工作。这首词，有人说是朱淑真做少妇时写下的自白。但我个人还是倾向于这是她少女时代的作品。因为在这些文字当中荡漾的，是一种少女的天真、纯粹而羞涩的情怀。这种情怀，是一种诗意的释放，更是一种情感的牵引。

此时的朱淑真，多么美丽啊！朱光照绿苑，丹华粲罗星。那能闺中绣，独无怀春情？罗裳连红袖，玉钗明月珰。冶游步春露，艳觅同心郎。梅花落已尽，柳花随风散。叹我当春年，无人相要唤。自从别欢后，叹音不绝响。黄檗向春生，苦心随日长。夜觉百思缠，忧叹涕流襟。往怀倾筐情，郎谁能明侬？

这深闺里的思念，在落花纷纷的情景当中，那些细致的、淡淡的哀伤，我想，远不是一个男子可以完全理解并懂得的。于是，我们在读朱淑真《断肠词》的时候，可以进行自己的虚构或联想。

朱淑真的词中，一直都有一种近似哀伤的孤独。这种孤独，到了最后，竟然成了一种挥之不去的浓愁。就是这样的执着的情绪，让她一生都活在一种阴暗的绝望当中，等待着爱的救赎。所以，她的词缠绵悱恻，百转千回，缱绻处，满是泪水。

很幸运的是，在这首词中，前面这两句，还是让我们感受到了朱淑真早年的轻灵和优雅的美。这是一个少女，向我们展示她青春的活力，她青春的光芒，她灵魂的灿烂。朱淑真和李清照一样，都把自己一生中至少一半的时光，用来等待，用来伤痛，用来怀念。在这狭小的闺房当中，充盈着无限的深情。

在朱淑真的眼里，此时，她成熟的身体，和她头上的金钗一样娇艳而美丽。正应了古人的一首四言诗："门开白水，侧近桥梁。小姑所居，独处无郎。"只是，这样的美丽，得不到自己心爱的男子的怜惜和欣赏，这是一种刻骨的寂寞和孤独，甚至是一种情感上的绝望。朱淑真一直在孤独当中自言自语。这是一种苍凉的表白。

这两句,给我们一种春天般的感觉。也许,少女一直能给我们一种春天的灿烂和温馨的感觉。只是,这种灿烂和温馨,却不能长久停留。到了第三句的时候,朱淑真的笔锋一转,仿佛来了一个大转弯,让我们立马来到落叶飘飘、金风渐紧的秋天。得不到那个男子的爱怜,也许只能自己怜惜自己。

娉婷扬袖舞,阿娜曲身轻。照灼兰花在,容冶春风生。春别犹自恋,更远情更久。买帐为谁裹,双枕何时有?开窗秋月光,灭烛解罗裳。含笑帷幌里,举体生蕙香。自从别欢来,何日不相思。常恐秋叶寒,无复连条时。欲泣不成泪,独步意如何。不及闲花柳,无计奈春何。

"衾寒枕冷夜香销"句,总是让我想到纳兰容若的《梦江南》:"昏鸦尽,小立恨因谁?急雪乍翻香阁絮,轻风吹到胆瓶梅,心字已成灰。"纳兰写出的,是和朱淑真一样的情绪。这是一种孤独而悲痛的无力。我在解读纳兰这首词的时候,把"心字已成灰"中的"心字"解读成心灵。心已经被思念焚为灰烬了。

不是因为衾寒,而是因为心寒。不是因为枕冷,而是因为心冷。不是那屋内的香渐渐熄灭了,而是她内心的思念,渐渐地被现实和距离焚为灰烬。作为一个等待中的女子,这个夜晚是孤独而漫长的。内心的思念、孤独以及绝望,是朱淑真心里周而复始的疼。朱淑真一直在自己的内心,不停地寻找,不停地寻找。

这是漫长的旅途。

刻骨铭心的誓言,以及誓言中的不舍不弃,如今看来,只是朱淑真心中沉淀下来的疼。在一个个孤独而难熬的夜晚,在一个个辗转反侧的夜晚,窗前那闪闪烁烁的泪眼，不过是天空中遥望她的星辰，让她逃无可逃，避无可避。坐在满心的灰烬当中，他是不是还记得，他曾经的许诺，他是不是还记得他曾经给我的誓言？

朱淑真的指尖上，光阴正在悄然流走。那些不曾停歇的努力，看来，快要走到山穷水尽的地步了。会不会柳暗花明又一村呢？现在，一切都已经是过眼云烟，物是人非，只余我们谁都回不去的叹息。此时，在朱淑真的心里，她已经不知道，永远到底是多远？她已经不知道，这样的牵念，是不是可以飞到他的身边？

她把自己的一颗心安静下来，渴望可以接收到他传来的温情，可是，得到的结果，除了孤独和寂寞，还有一种内心无家可归的冷。无爱的心，在落花飘飘的背景之下，更显得凄楚动人。在季节的变幻之下，这颗心，慢慢变得疲乏。如今的距离，是一种若即若离。她常常欲言又止。面对着他的遥远，除了悲伤的泪水，还能说些什么呢？

忽冷忽热的思念，纵然有万种风情，更与何人说？也许，只能思念，也许，只有思念，才能维系他们彼此的关系。落花飘飘的窗外，岁月消瘦在她的脸上。转眼之间，繁花落尽，南方的夜空，已经潮湿一片。

朱淑真站在潮湿的星空之下，深情地说，亲爱的人，让我为你写一首诗吧。"欲寄相思满纸愁，鱼沉雁杳又还休。分明此去无多地，如在天涯无尽头。"

是什么值得你用一生的泪眼去纪念？夜阑人静时，心事遍地淌。这是一种无比疼痛的哀伤。流星若泪。有一些东西，划过心尖，无比冰凉。此时，春天的尽头，在哪里？那些曾经珍藏在心口的温暖，如今，散落在什么地方？春梦秋云，是不是一直都是聚散真容易？

过去的女子，不同于现在的女子，她们对自己的男人，有着一种过分的依赖。男子不仅仅是她们的天，而且还是她们生命的交托。她们的一生，或福或祸，都无力左右。她们只能任其发展，仿佛她们就是那自生自灭的灯，亮在这个苍凉的红尘之上，最终等待着的，却是一种告别。

朱淑真的不幸，不能完全怪她自己不去抗争。在那个时候，封建伦理，绝对是一个沉重的枷锁，朱淑真一个女子，在这些面前，显得渺小而微不足道。其实，当我们翻开朱淑真的《断肠词》时，我们的眼里，充满了一张泪流满面的脸，一颗悲痛而怀念的心。朱淑真把自己的时间，全部用在思念和伤痛之上。

"深院重关春寂寂"句，让我们看见的是朱淑真内心的一种状态。深院重关，其实我总觉得，那重关的不是深院，而是朱淑真的心。所以，朱淑真总是把自己的时间浪费在自己的一颗心上，这方寸之地，最难对付。他不在了，一颗心，敞开或者关闭，显得都不再重要。重要的是，如何面对一个又一个孤独而难熬的长夜。重要的是，一个人怎么对付这如水逝去的光阴。

李清照在《临江仙》中这样写道："庭院深深深几许？云窗雾阁常扃。柳梢梅萼渐分明。春归秣陵树，人老建康城。 感月吟风多少事，如今老去无成。谁怜憔悴更凋零。试灯无意思，踏雪没心情。"

李清照写这首词的时候，和赵明诚一起住在今天的南京。此时，她已经四十五六岁了。一个女子，到了这个年龄，还有什么梦想？也许，唯一的梦想，就是能和赵明诚团聚，平平淡淡地过完余下的光阴，和以前一样，虽然粗茶淡饭，但两颗心之间的距离是近的，安心而舒适。

我想，李清照的这种企盼，其实也是朱淑真此时内心最为渴望的。她一直渴望着能和自己心爱的男子,像李清照和赵明诚一样,琴瑟相和,夫唱妇随,无比恩爱。我一直觉得,李清照对待生活的态度,并不像朱淑真这样依赖物质和金钱。李清照知道,只要有爱,活在什么样的生活条件之下,都无关紧要。

在这个时候,朱淑真,越是写出她过着优裕的生活,越是可以清晰地显现出她荒凉的心。优裕生活背后,是一颗孤独、寂寞而空洞的内心,是一个无比思念、无比悲痛的灵魂。在优裕的生活的反衬之下,朱淑真内心的凄凉,如同一条清澈见底的溪水,缓缓地从我们的眼前流过。此时,意中人,心中事,眼中泪,可能是朱淑真最为真切的状态。

春天的脚步渐渐逼近她。但是,那一点一点、持续不断地传过来的温暖,却没能抵达她的心。庭院深深,到底有多深?其实,深的不是庭院,而是那个人的心。深到无法测量。只是她住的那座小楼,已经在一种凄迷的气息当中,被层层覆盖,让她有一种密不透风、难以呼吸的感觉。内心的悲伤,隐隐浮现,无助、无奈、无力,让她几近虚脱。

她把自己关在了屋里。外界的一切消息,现在对于她来说,都变得不再重要,也不会重要。于是,她关闭了自己的门窗,关闭了自己的心,只是想暂时得到安宁。朱淑真的内心,正一点点失去园丁的浇灌。她流下的泪水,成为满是思念的灰烬。

一个女子内心的软弱,此时,正得到完全而彻底地显现。那些窗外的绿意,正如她内心的怀念一样蔓延。虽然春天仍旧如此美好,但她知道:有一些东西,已经结束;有一些念想,已经只能存留在自己的心里,由自己孤独地带走。

春天来到了,只是心却老了。老在自己内心的思念中,老在自己的怀

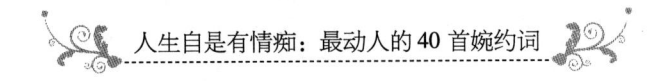

念中。风花雪月，是昨天的事了。今天，她独自一个人，把自己关在屋子里，不想出去。她不知道，自己明天又会漂到什么地方。经历的风雨，一时间浮上了她的心头。可怜，半生漂泊如浮萍。

　　朱淑真，对着远方，用自己的泪水，深情地问：你在哪里？

泪湿春衫袖

去年元夜时,花市灯如昼。月上柳梢头,人约黄昏后。 今年元夜时,月与灯依旧。不见去年人,泪湿春衫袖。

——朱淑真《生查子·元夕》

读这首词时,我总会想起刘禹锡的那首《杨柳枝》:"清江一曲柳千条,二十年前旧板桥。曾与美人桥上别,恨无消息到今朝。"这个女子,也是曾经和自己心爱的人,在板桥上恩爱过,缠绵过,但那都是昨日的旧梦,是如今无法得到的温存。所以,她和朱淑真一样,无比地怀念过去的那个人。

关于这首词的作者,一直存在着争论。有秦观作之说,有李清照作之说。在这里,我不做考证。在唐圭璋编纂、王仲闻参订、孔凡礼补辑的中华书局2005年第二次印刷的《全宋词》第一册第158页中,这首词又被归在欧阳修的名下。

沈际飞评本《草堂诗余》卷上已谓此词"刻少游误",指出它不是秦观的作品。而欧阳修的《六一词》与其他词集互杂极多,目前我们知道的欧阳修的词,就已经和冯延巳、晏殊等人的词混杂在一起。仔细地品读这首词,用心地咀嚼之后,我觉得,这首词绝非欧阳修抒情的风格,这是一种哀伤的吟，断肠的疼。所以我以为，这首词当是朱淑真的作品。

因为除了这首关于元夜的词，朱淑真还有另外几首关于元夜的诗。《元夜》："火烛银花触目红，揭天吹鼓斗春风。新欢入手愁忙里，旧事惊心忆梦中。但愿暂成人缱绻，不妨常任月朦胧。赏灯那得工夫醉，未必明年此会同。"还有一首是《元夜遇雨》。在《元夜》诗中，她用"但愿暂成人缱绻，不妨长任月朦胧"的深情之词，描写她同自己的恋人幽会的情景，写得绘声绘色，毫无隐瞒之处，同上述《生查子·元夕》相比，对待爱情，都同样是没有丝毫做作和遮掩的。

《元夜》诗和《生查子·元夕》词，不仅风格相似，而且在时间的叙述上，也可以互相印证。诗写的是在"此时"的幸福，和自己心爱之人共同度过的幸福，而词的重点却落在了"今年"的孤独之上。在我看来，诗中所记的一切，肯定发生在这首词之前。诗所表达的是相爱相聚的温情，词却是诗的延续，是一种别后相期而又不能相见的冰冷。

但是，也正由于这首词很经典，所以引起了很多人评论。明代的杨慎在《词品》中说："词则佳矣，岂良人家妇所宜道耶！"纪昀在《四库全书简明目录》的《断肠词》简介中则说："此本由掇拾而成，其《元夜·生查子》[1] 一首，本欧阳修作，在《庐陵集》一百三十一卷中，编录者妄行采入，世遂以淑真为泆女，误莫甚矣。"

这两种不同看法的焦点，全在《生查子·元夕》这首词本身上。我觉得，这样论定个人的品行，是不合适的。虽然说一个人的文字，是这个人情感和内心的凝聚和影像，但凭一首诗词就论定一个人如何，有点轻率和不负责任。

---

[1] 即《生查子·元夕》。

这首词，静中有动，动中有静。且这种静，在动的渲染之下，显得更加动人。

这首词，可以说是词中上品。读在嘴里，念在心里，让人有一唱三叹的感觉。很多人都从这首词的结构上去分析，我个人很不喜欢这种方法。这首词，朱淑真从未刻意地雕琢，这些文字，是从她心里自然流露而出的。任何的雕琢，都是对这份深情的人为残害。

朱淑真让我们看见了现在和过去、欢乐和悲痛之间的关系，这些是交织在一起、纠缠不清的。她让我们看见了物是人非、不堪回首之痛。

读这首词，总是让我想到《诗经》中的《野有死麕》。我们的先民表达自己的爱情尤为大胆。诗这样写道："野有死麕，白茅包之。有女怀春，吉士诱之。林有朴樕，野有死鹿。白茅纯束，有女如玉。舒而脱脱兮，无感我帨兮，无使尨也吠。"

这首诗可以这样意译："死去的獐子在郊野，割下一些茅草将它包起来。美丽的少女春心动啊，多情的少男殷勤地将她诱。大树林里长着无数的小树呀，野外的地上躺着一只死鹿。割下茅草捆住它，年轻的少女美如无瑕的白玉。你从容些呀慢慢地走，别把我的佩巾拉下来，千万别把那只讨厌的狗惊动了！"

这首诗，到底是怀春还是偷情，谁又说得清？这些诗，在朱熹的眼里，只有一个字——淫。而孔老夫子，却比朱熹聪明得多。老人家只说："《诗》三百，一言以蔽之，曰'思无邪'。"

其实，古人的情感，应该比现在的人要简单。古人如果知道现代的人在这些问题上拉扯不清，一定会笑我们太过故步自封，太缺乏想象力。所以，朱淑真这首词被很多人批评，批评者也多是犯了以上的毛病。诗有百解，不过是每个人的眼光不同、领悟不同罢了。

这是一首怀人的词。可以肯定的是，并不是怀念她的丈夫。朱淑真所怀之人的名字，我想，已经没有确定的答案。但有一点可以肯定的是，这个人在朱淑真的心里有着很重要的位置。这是朱淑真在一个孤独的元夜所写出来的回忆录。朱淑真和李清照有一个共同的地方，她们都是那么执着于爱情。

孤单不是与生俱来的，而是从你爱上一个人的时候开始的。

一片寂静，又一片寂静，无法打破。

她用什么打破那寂静和沉默？那些人世的变幻，是一首怎样的诗行或歌声？那内心的琴弦反复拨响的是什么？那颗僵硬的心，她用什么才能打开？又用什么才能熔化它？她为我们展示了一种东方的表达方式。行吟的诗心，难道抒写的只是悲伤？大雁回来了，从她的头顶掠过，没入无边无际的红尘当中，她再也无法辨认出来。那是只衡阳的雁吗？这只雁是不是也会从他的头顶飞过？

那只雁飞过她的头顶，留下了怎样无比寒冷的哀鸣？留下了怎样凄哀的歌声？又留下了怎样纠结的孤独？大雁斜穿过一盏瘦小的灯，到达她憔悴的内心。她苍白的脸上，布满了怎样的诗行，被时光争相传诵？那只刚刚飞过的大雁唤醒了她的孤独、她的思念。她能否让大雁捎去对他的挂牵、渴望和思念？

那只大雁能否平安地到达他的世界？她的心里在忧虑着什么？她是否能唤醒他沉重的内心？她是否能唤醒他已经向她关闭的爱情？那颗僵冷的心，什么时候才能醒来？她用什么去弹奏他的心弦？那无法说出口的是什么？那依旧刻骨铭心的情歌，能用心灵领会什么？那些沉静的心事中，是谁在游动，是谁在出没，是谁在消失？

泪湿春衫袖

她陷入了回忆当中：去年元夜时，花市灯如昼。回忆是她对抗空虚和空洞的唯一工具。对爱的追寻，并不能解决她自身的问题。如今，他们只能是彼此的孤独，彼此的遗忘，或者彼此的怀念。她一直在强忍着疼痛，为他祝福。她始终存活在阴影里，一个带着深情和怀念的阴影里。

爱，有的时候，是虚弱无力的一种装饰。只是他的静默，让她敞开了自己的心扉，允许他在她的心里下雪。难以忍受的是孤独的怀念。她还是要带着它们继续赶路。自生自灭。

金圣叹这样评论此词："看他又说'去年'，又说'今年'，又追叙旧欢，又告诉新怨，中间凡叙'两元夜''两番灯''两番月'，又衬许多'花市'字，如'昼'字、'柳梢'字、'黄昏'字、'泪'字、'衫袖'字，而读之者只谓其清空一气如活。盖其笔法高妙，非人之所及也。"

"月上柳梢头，人约黄昏后。"月亮刚刚爬上了柳树梢，等待爬上她的心。此时的她，多么渴望自己的脚步快一些，再快一些，她恨不得马上到达那个昏暗的角落。那个昏暗的角落当中，一定站着一个人，一个让她思念很久的人，一个让她倾心给予的人。

相遇的时刻，总是短暂的。即使他百般怜爱，百般缠绵，转眼也是要分开的。相遇有的时候，我总觉得它是梦。是梦，总要醒来。醒来，我们还是要独自面对孤独和寂寞。

情薄如水，流过后就干涸了，没有任何痕迹留下。她的内心漂泊着，找不到方向。她的内心渴望着，找不到出路。他流过她的心，会留下些什么？深不可测的岁月，有着怎样的舞台，让她和他表演一场生离死别的缠绵？用心的思念，无言了结局。

岁月是一滴沧桑的泪。那深深的一声叹息，刺痛了谁的心？那闪烁的泪光包含着怎样的伤痛，在颤动起伏的命运中停了下来。真的，读这些词时，我无法说出自己确切的想法。我只是觉得疼。

那些充满色彩的春天，已经把她出卖。花朵和果实，难道只能成为她的梦想，或者奢望？不停地扰动她内心伤感的是什么？那些自由的爱恋围绕着什么倾巢而出？以泪洗面的日子，拿什么面对时光的剥夺？

"今年元夜时，月与灯依旧。"

朱淑真和那个男子相见的晚上，那些灯火一定是异常美丽而明亮的。只是如今事物依旧，人却已远离。她在一个又一个孤独的夜里，不停地捡拾着什么。那些孤独的身影，又能盛开出怎样的深情和热爱呢？他走了很久，一个字也没有捎来。难道他已经彻底把她忘记？难道他心里不再有关于她的牵念？是他变了心吗？她不敢再想下去。她没有得到答案。

越想越孤独。岁月的碎屑在她的心里，又有着怎样破碎的梦？是什么让她渐渐无助又无力？给远在他乡的他写封信吧。思念已经被岁月淋湿。那颗悲痛而孤独的心，仍旧被他占领。心里的灯盏越来越少，怀抱里的灯盏越来越弱，让她的内心慢慢暗了下来，无比孤寂。

哭着要他回来。那些存于内心的怨恨，有着一种怎样的奢望？能否找到真实的温暖的春天？那漂泊的身影，是否相信仍然有真实的爱情？收起思绪和情感的翅膀，她已经决定不再飞翔。为他，她要栖息，要坠落。她要把给他的一切深深地埋藏在心里。那些积蓄已久的深情，被回忆搅醒，让她无比乏力。

躁动不安的心，为他奔涌出了太多绝望的思念。泪水盛开了，笑容隐没。他的脸上写满了遥远。而她的脸上，满是泪痕。仅仅剩下余温和记忆，用于怀念。每一滴泪水，都包裹着一颗破碎的心。每一丝怀念，都是一处

泪湿春衫袖

无法触及的疼。每一行诗句,都是一次亲密接近后的遥远距离。

"不见去年人,泪湿春衫袖。"读到这两句,我总是会想到崔护,想到崔护和绛娘的故事。崔护在一个春天,到郊外游春,口渴了,到绛娘家讨水喝。结果,他看到了美丽的绛娘,就和她多说了几句话。从此,两个人在彼此的心里情根暗种。三言两语,产生了爱情。

第二年的春天,他忽然想起了这个女子,当他再次来到绛娘家门前的时候,大门紧闭,于是,他在门上题下了这样的诗句:"去年今日此门中,人面桃花相映红。人面不知何处去,桃花依旧笑春风。"因为这首诗,崔护和绛娘最终成就了美好的姻缘。这个才子佳人的故事,让人羡慕。

朱淑真无疑是一个美丽的佳人,却没有能成就美满的姻缘,这让人觉得遗憾。流泻着情感的诗句,让她着迷于不停地回忆。告别,这是诗的源头,歌的音符,曲的奏鸣,人生的停顿,情的迁移,伤的浓缩,泪的凝聚。她内心的跳动,只是一种深情的旋律,却不能深入他的心湖。如果只能是这样,她也愿意成为他心湖上那一片为他祝福、并一点点远去的帆。

她的内心试图填补他留下的空白。她无法说服自己不去想他。她应该有充分的理由说服自己,但她做不到。他不是朱淑真要渡到对岸的船,他也不是朱淑真可以停下的港湾。他们都是无辜的。无辜地相爱,无辜地分开。彼此的心中,都应该留下一些不舍的痕迹,但那已经于事无补。

他凋零在她的深情中间。她漂泊的热爱,至今没有找到可以安放的家园。孤独的音符,拂过苍茫的心扉。有谁在告诉她,春天已经不远?独坐于怀念的深渊,那些泪水的鸟群会以怎样的形式给怀念伴舞呢?在红尘边缘,她被孤独汹涌地淹没。她很渺小,小如一粒尘埃。

时间会给她怎样的答案?内心的一些创伤,一些执着,至今仍然无法消释。想一想，太过怀旧，也是一种自损。这种自损引燃的，只能是自己的心。她仍要继续怀念、继续失望吗？写字，是在这些之后，心灵给出的唯一可以照见她的光。

必须接受生命中那些残酷的、疼痛的安排。那些残缺的，那些难以如愿的，是一个自闭的世界。伤心欲绝。她内心一直柔软，容易在回忆的时候，为他泪流满面。在这个世界上，总有一些东西无法拥有，总有些地方无法到达，总有一些再也无法靠近的人，总有一些无法看清的真相，总有一些无法获得的爱情，总有一些无法深入的灵魂，总有一个无法控制的结局，总有一个无法痊愈的伤口，总有一些无法修复的破损。

注定各奔东西。注定背负各自的生活，各奔东西。一个在内心眷恋往事的人，是一个自我终结的开始。余烬未熄，焚烧了那些断断续续的怀念。往事，像一条泛滥着悲伤的河流。

娇痴不怕人猜

恼烟撩露，留我须臾住。携手藕花湖上路，一霎黄梅细雨。娇痴不怕人猜，和衣睡倒人怀。最是分携时候，归来懒傍妆台。

——朱淑真《清平乐·夏日游湖》

这首词，其实是回忆录。朱淑真一次次地任由自己的思绪回到最初那个温暖的节点上，却一次次地在这个节点上痛不欲生。过去越是美好，如今越是怀念。越是怀念，内心越是绝望，越是无力，越是悲痛。过去再怎么美好，如今，都已回不去了。所以，这才是她内心最深的痛。有一首歌仿佛就是为朱淑真而写的："我们再也回不去了，对不对？"没有多少爱，可以重新来过。

古人云："识曲听其真。真者，性情也。性情不可强。""诗，人之性情也。"我想，这才是诗词根本的魅力所在吧。可惜，很多人忘却了这点。很多诗人和词人，正是因为真切的表达，写出了熠熠生辉而流传千古的名篇。朱淑真的诗词之所以能够流传至今，我想，完全可以从真情这个角度去思考。

每一个午夜，思绪万千。她的哭声，恍若一种隐秘的问候，隐约间把思念重新点燃了。他去了远方，很远很远的地方，让她不知道该怎么找寻。

他再也不知道，她为他憔悴成了什么样子。

其实，这首词就是一幅画，就是一场电影。画中的女子，那清秀的眉目之间，脉脉传情。还有一个男子，看不清容颜，白衣翩然，是这个女子的意中人、心中事、眼中泪。这些东西，轻轻地触摸着一个女子心中柔软的伤痕。

"恼烟撩露，留我须臾住"句中的"须臾"，应该解释为时间上的短暂。清朝著名诗人黄景仁在《春昼曲》中这样写过："须臾驻向花阴去，有意寻之不知处。杨花飘荡丝缠绵，游子心伤望远天。寄语高楼休极目，鸟啼花落自年年。"黄景仁这首诗，可以作为朱淑真这句词的注解。她也是在爱情的花开当中，短暂地停留过，转眼之间，便有意寻之也不知处了。

这是朱淑真内心深处，那点仅存的温暖，也是仅存的，可以将她那陷入怀念的孤独的心照亮的光芒。这些记忆，是那些无言的伤，寂寞地煎熬、折磨着一个深情的灵魂。如今，沧桑过尽，这是一个秋意阑珊的凉夜。秋已渐凉。比秋夜更凉的，则是朱淑真的心。这无人关爱、无人倾诉的心。

朱淑真一定会在一个个风和日丽的日子，一个个月凉如水的夜晚，一个个悲痛哭泣的夜晚，想起从前的点滴往事。这是一条可以通向她内心深处的小径。沿着这些小径，我们可以看见那颗陨落的心，那双折断的翅膀，以及被红尘灼伤的泪眼。此时，不再是青春美好，而是一种残忍的纪念。

孤独，只是为了自己内心的找寻。寂寞，只是为了自己灵魂的需要。哭泣，只是为了那些再也无法实现的梦想。相聚别离，对于此时的她来说，是多么凄凄断肠。仍然重要的是，她在等着。明知道，这将是一种没有结果的等待，但她执意等下去，一直等到自己失去呼吸，一直等到她一个人的天荒地老，一个人的海枯石烂。

娇痴不怕人猜

于是,开始了回忆:携手藕花湖上路,一霎黄梅细雨。这是多久之前的事情呢?还清晰地记得他的气息,以及他的体温,但是他的脸,已经渐渐模糊了。她把自己的小手,连同那颗少女澄澈的心,一起递给了他。从此,所有的时光,都是爱情的痕迹,所有的心事,都成人间缠绵旖旎的风景。

她沉醉了。所谓伊人,对于他来说,并没有在水一方,也没有溯洄从之,道阻且长。而是,她就站在他的面前,甚至就在他的怀里。他是幸运的。幸运的人,总是会得到那颗明亮的幽深的澄澈的少女的心的光顾。此生,如果没有得到这样的一颗心,活着是件多么苍白的事情啊!所以,在我的心里,我曾经强烈地渴望过。

一起携手,走过的旅途都是风景。这一切将永远在他们的心里,成为至死不灭的记忆。朱淑真分明记得,那天,湖上的风,向他们吹来。风中带有一些荷花和青草的味道,那是一种平淡却持久的芬芳。风很轻,很轻,仿佛他的抚摸。她整个人陶醉在这种美好的境界当中,心都熔化了。

四周都是荷花。此时,那个被爱情滋润的少女,应该比这湖里的荷花更灿烂、更艳丽、更芬芳吧?在他们相爱的时候,那些湖里的荷花,都用尽全力地盛开,来成全他们相爱的美好。只是,梅雨季节的天气总是阴晴不定。这样描写的背后,又隐含了什么?一霎黄梅细雨,如丝如缕,像那少女心中的情思。

他拉着她到了一个偏僻的地方,躲雨。两个人肉体之间的距离,更加接近了。她抬起脸,看见他那深情的眼睛中,燃烧着的一往情深。于是,她就"娇痴不怕人猜,和衣睡倒人怀"。我很欣赏这两句。这两句和李清照那句"眼波才动被人猜"同样真切,同样芬芳,同样吸引人。吴衡照在

《莲子居词话》中这样说："易安'眼波才动被人猜',矜持得妙;淑真'娇痴不怕人猜',放诞得妙。均善于言情。言情以雅为宗,语丰则意尚巧,意亵则语贵曲……"

这两句词,写出来的是少女纯真的情怀,是一种完全把自己给予心爱的男子的深情。在很多卫道士的眼里,肯定会认为这样的写法太过直白,甚至太过淫荡。这样的说法,在我的意料之中。可是在我看来,这样纯澈的情感,不过是一种真情的流露。

如果说朱淑真这首词都能算淫,那么让我们一起来看看《古乐府》中的一些诗歌:

阳春二三月,草与水同色。道逢游冶郎,恨不早相识。

阳春二三月,草与水同色。攀条摘香花,言是欢气息。

望欢四五年,实情将懊恼。愿得无人处,回身与郎抱。

"恨不早相识"这句,写出了对自己刚刚遇见的男子的爱慕。"言是欢气息"是写两个人谈得很投机、很欢乐。在这个基础之上,才有了"回身与郎抱"的暖。不知道为什么,我读着这五个字,从心里觉得暖。这是一种人性的暖。也许,只有身体的暖可以安慰另外那颗心的空洞、孤独和落寞。

有人说,这三首诗歌,是一个叫孟珠的女子写下的。孟珠是汉魏时期丹阳人。这三首诗叫《阳春歌》。这个诗名就让人觉得有一种春阳灿烂的感觉。哪个少女不怀春?哪个少男不多情?

谭正璧在《中国文学史话》中这样说:"大约在汉末兵乱之后,女子的处境已不比从前,所以会产生这种艳丽婀娜的绝妙文学。"孟珠的《阳春歌》,今仅存三首。这三首诗,景情相融,算得上朱淑真词的另外一种注解。这三首诗,从刚刚相识的"恨不早相识",到两人开始谈情"言是欢气息"，再到两个人亲密无间的"回身与郎抱"。这"回身与郎抱"，有一个前提，那就是"愿得无人处"，并不是在大庭广众之下。情爱，一直是个人的隐私。

我最喜欢第三首诗中的最后一句："回身与郎抱。"桃叶也这样写过："春花映何限，感郎独采我。"这些诗句，写的是何等的旖旎，何等的缠绵悱恻。其实，这只是一种活泼的、毫无做作的少女的情态，是很率真的表达。两个人相爱了，拥抱，我想才是最能表达自己情感的一种方式。这其实是人性中最纯美的真情的流露。

朱淑真的爱，无疑是深入的、毫无保留的。能够这样做的女子，必须有一颗澄澈而执着的心。她和李清照一样，都把爱情当成自己一生的事业来经营。这样的女子，不管后来的结果如何，我想，她们都可以淡然一笑地面对自己的一生。因为，自己努力地去爱了，结果，虽然有的时候会和她们的意愿相反，但自己不亏不负，此心如一，一往情深，因此，可以无怨无悔。

"娇痴不怕人猜"，把朱淑真自己的内心写得异常鲜活。朱淑真是一个敢作敢为的女子，如果她爱了，她就不会退缩。这样的态度，或许就是导致她悲剧一生的主要原因。李清照为了那个让她"眼波才动被人猜"的男子，用尽了自己的深情，而朱淑真却为了自己爱的那个男子，付出了生命的代价。

"和衣睡倒人怀"句，写活了一个少女春心荡漾的情思。一个"睡"字，用在一个少女的身上，是何等的缠绵，何等的芬芳，让我们异常心动。其实，这里的睡，并不是真正意义上的睡，只是拥抱，就是她把自己的身体，伏在他的怀里。这里的"睡"，并不单单指的是肉体的亲近，更是心灵的相通。朱淑真在此时,把她的心完全"睡"在他的怀里了。她把自己睡成了一种永远的风景。

佩索阿这样说:"我们有时手拉手在矮灌木丛里的杉树下面随意散步,我们都不去想生活。我们的身体里是丝丝的香气,我们的生命是流泉的回声。我们手拉着手,我们的眼睛探索声色的感觉并且尝试实现肉体之爱的幻觉……"

其实,想一想,爱情对于朱淑真来说,无非就是一场江南的烟雨。人生于她,如果没有爱情,似乎不再具有任何意义。这是一个把自己的爱情,当成自己一生的事业去经营的女子。这样的女子,注定要受很多伤,要承受很多的绝望和很多的疼。转眼之间,山水已成苍白和空洞,那些湖中的荷花,早已凋谢。

"最是分携时候,归来懒傍妆台"句,白描了她回来后的一些心境。这是对于这个世界的淡漠,以及同自我的脱离。此时的朱淑真,觉察到了自己内心的孤独。孤独此时拥有了双重意义:一方面是意识到了自我内在的真正需要,另一方面则是想摆脱自我,去建立另外一个自我。

爱情的痛苦,是孤独的痛苦。两情相悦同孤独以及对爱的渴望,既相互对立又相互补充。爱情是选择,或许是对我们自己内心的选择,但爱情的自由选择,对于朱淑真来说,却是无法实现的。

过去的女人,生活在男性社会所强加的形象之中,因此,她只能选择同自由选择相背离的东西。"爱情改变了她,使她成为另外一个人。"这样的话,通常可以用来形容一个坠入爱河的女子的改变。而此时的朱淑真又何尝不被爱情变成了另外一个人呢?其实,朱淑真敢于去爱,去选择,去给予,这是她和命运进行了必要的抗争。只不过,这种抗争是脆弱的。

爱情引领着她挖掘自己的内心世界,但同时又带领着她离开自己,去实现另外一个自我。此时,朱淑真的孤独,是一种怀念,是对逝去的时光的怀念。这是一个陈旧的空间。一个诗人说:"歌声穿过无边的黑夜,向你轻轻飞去……"孤寂的爱,一动不动,成为一棵从不移动的树,在时光和命运的控制之下,渐渐枯朽。

我的好友胭脂说:"惜我深深堕,为谁淡淡然?这般开落只无言。一刹芳华,一刹谢朱颜。一刹那凝眸处,已换过人间。"

只是,他已经成为她的春梦。

天易见,见伊难

　斜风细雨作春寒。对尊前、忆前欢。曾把梨花、寂寞泪阑干。芳草断烟南浦路,和别泪、看青山。　昨宵结得梦夤缘。水云间,悄无言。争奈醒来、愁恨又依然。展转衾裯空懊恼,天易见,见伊难!

　　　　　　　　　　　　——朱淑真《江城子》

　　这是一个酷爱春天的女子,眷恋春天的花红柳绿,胜景芳华,在她的笔下,反复出现着春日的一切繁茂和萎谢。而这又是一个对春天怨愤深恶的女子,春光明媚,花好月圆时分,分明是盛极必衰的最后一抹残景。《新春》《仲春》《晚春》《游春》《春情》《恨春》《伤春》……诸多对春天的描摹,更像是她将自己的青春寸寸肢解,直到花落人亡两不知。

　　回忆,可以是风吗?在一瞬间刮过之后,不做停留,一路奔去,如此,不自苦,不怨艾,不断肠。她被回忆纠葛着,被昔日的欢爱所捆缚。能容下她的亮烈至情,怕只有这无动于衷、不与人事共悲喜的山水花月。

　　在朱淑真的诗词中,涉及梨花的词作有五首之多。她常以梨花自比,那一树短促而又旁若无人的盛放,怕亦是唯有才情高绝、不同流俗的淑真才可与之比拟。全真教丘处机曾有梨花词写道:"春游浩荡,是年年、寒食梨花时节。白锦无纹香烂漫,玉树琼葩堆雪。静夜沉沉,浮光皑皑,冷浸融融月。人间天上,烂银霞照通彻。 浑似姑射真人,天资灵秀,意气舒高洁。万化参差谁信道,不与群芳同列。浩气清英,仙材卓荦,下土难分别。瑶台归去,洞天方看清绝。"只是,那般短促又皎洁的花朵,"瑶台归去,洞天方看清绝",岂非正是一出悲剧?

斜风细雨化作春天的阵阵轻寒。面前的酒杯,总让人忆起与他的种种欢好。曾经我望着梨花,任由孤寂的眼泪打湿朱红的栏杆。远方,连绵的春草交错成断续的青烟,覆满通向南浦的路途,泪眼婆娑处,我多想洞穿那些连绵而无觉的青山。

昨夜的梦中与他再度欢好缱绻。云水相接处,时光无声,彼此无言。只是好梦易逝,梦醒后,别愁离恨恍如云雾萦绕。清冷中,是我独拥锦衾难以成眠的彻夜辗转,我懊恼着梦境的缥缈易逝。此情此景,见天似乎更容易,见他却难上加难。

"斜风细雨作春寒"句,写出的既是外在的事物,也有心里的活动。风轻轻地吹着,细雨不顾一切地下着,下在了这个女子的心里,触动了她心里的思念。疼和绝望紧随其后,让她变得无比空洞而寂寞。那在窗外不顾一切地下着的雨,又何尝不是她脸上的泪水呢?寒的不是初春,寒的是她那颗心,那颗念念不忘、却无法靠近的心。

"斜风细雨",总难免让人想起张志和的《渔歌子》:"青箬笠,绿蓑衣,斜风细雨不须归。"同样的景物,于她是人间炼狱,于他则是世外桃源。王国维曾说,文学有有我之境与无我之境。"有我之境,以我观物,故物皆著我之色彩。"而在这首词中,无疑一花一草一山一水,都被烙上了"我"的影子。

这首词,让我看到了一个在斜风细雨中苦苦怀念的,又只能顾影自怜的女子。春天还没有完全在大地上释放出温暖的消息,所以,那余寒尚未退却的大地上,站着的,是一颗触手冰冷的心。朱淑真的爱,从来都未曾移动。她一直把这份爱,放在自己的心中,甚至是放在自己的灵魂深处。

从某种程度上说,朱淑真就是宋代的鱼玄机。因为两个人都被人骂为"淫荡"的女子,但她们却有着别人无法深知的真情。鱼玄机在被李亿抛弃之后,选择去做了女道士。因为,她没有碰到一个深情的男人,她无比失望。所以,鱼玄机在《赠邻女》诗中这样写道:"羞日遮罗袖,愁春懒起妆。易求无价宝,难得有心郎。枕上潜垂泪,花间暗断肠。自能窥宋玉,何必恨王昌!"

当我读朱淑真的《断肠诗》的时候,心里总有一种感觉,那就是朱淑真在少女的时候,也是一个心思单纯明朗,情感澄澈纯净,快乐而有个性的姑娘。我想,在这几点上,朱淑真和李清照是一样的。她们都是如果爱,就毫无保留地完全付出自己的女子。这样的女子,容易走向一种极端。但李清照选择了默默忍受,而朱淑真却比李清照决绝得多,选择用自我了结生命的方式,告诉那个世界自己的不满,给了那个世界微薄的抵抗。

我常常在心里羡慕赵明诚,更羡慕那第一个闯进朱淑真心里的男子,他们都得到了她们做少女时那种最纯澈的真,最欢愉的静,最鲜艳的美。他们更得到了一颗一生只为一个人而活的心。他们是多么幸运啊!只是,他们都是不懂得珍惜的男子。赵明诚,最后又娶了个妾,并且,还常常流连在"章台路"上。"章台路",就是青楼妓院。

朱淑真写这首词的时候,我估计,早已嫁作人妇。从此,她和他之间就是两岸,中间涌动的是无法逾越的江水。其实,也不是说无法逾越,只是两个人都知道，要逾越这条江水，要付出更多甚至惨重的代价。朱淑真愿意为他付出这样的代价，可惜，这个男子退却了。

说实话，我从心里看不起这个退却的男子。如果他义无反顾地选择和朱淑真一起承受，不管结局如何，至少，我会从自己的心里尊重他。也许，说这话的时候，我有站着说话不腰疼的嫌疑，试想一下，如果是我，我会吗？我自己一时也找不到答案。耶稣被钉上十字架之前的那个晚上，曾经对门徒们这样说："你们心灵固然愿意，可肉体软弱了。"也许，心灵固然愿意，但肉体容易软弱。

风斜斜地吹着她脸上的泪水，心里的痛处。而雨水下起来的时候，她整个人悲痛而慵懒地站在窗前，用泪水洗去远方那无法亲近的身影。她潮湿而深情的眼睛，一直通过时空，直直地望到了我的心里，仿佛可以洞彻我的灵魂，让我为她心疼。

此时，一切对外在景物的描写，不过是为了表达自己内心的情感。朱淑真，把窗外的一切描写得很是活跃，但对于她自己的内心，却描写得相当安静。其实，她那颗看似安静的心中，汹涌着无尽的思念。回忆，不过是把自己再次交给时光去过滤。

走向远方的人，留在了你的心里。走向远方的人，游向了你思念的深渊。那颗还在思念的心，能照亮谁的背影？那个天上的月亮，能照亮你内心的思念吗？你洞开的心扉，把自己的呼唤举成灯盏，牵引着谁的目光，谁的方向？你能看见什么？又是什么在你的心里燃烧？匆匆远去，过眼云烟的往事，灿烂了晶莹的泪眼。流浪的身影，在你寻找的心中，获得了一种痛楚的真实。你经历过发芽的思念，成长离别的过程。

你只是一阵微风或者一片落叶，在等待另外一阵微风的吹拂，在等待另外一片落叶的飘舞。那一闪而过的，是影子，是心中的牵念，还是一种命运？告别是另外一种拥有，只是你做不到。泪水是另外一片落叶，沉默是另外一种歌唱。让心灵纠缠着过去的记忆吧。

在这样的夜晚，伫立于夜色中央，伫立于纷繁的往事中，如果你要回首，你怎样才能看见他的身影？来时的道路已经被无边的岁月湮没了，让你看不清楚他的足迹。一针一针用心地为他缝制过冬的棉衣。可是他不回来取，你找什么给他送去呢？那一针一线的爱恋，能缝补你和他的距离吗？那一针一线缝补的，难道只是你自己的孤独？那一针一线缝补的，难道只是无边的烟尘、无数的泪眼？他没有和你一起分享这种深情。

"对尊前、忆前欢"句，写出的是心里的那些孤独和落寞。他不在了，这个春天又要来了，思念沉重而蔓延，所以，独自一个人，只能借酒浇愁。内心的思念，总是和他有关。只是，他却再也没有给你传来一丁点儿的消息。"忆前欢"，这三个字，读在我的嘴里，念在我的心里，总是让我觉得心疼。

往事有多么美好，就有多么疼痛。往事有多么鲜艳，就有多么伤人。往事中的温存，与如今的空洞和孤独相比，让朱淑真深陷于伤痛中不能自拔。有很多东西，此时，她不能把握，不能选择，只是她知道，时间正在一点一点将她内心那点仅存的温存带走。最后，这些存留不多的温存，将成为一堆灰烬。

那些没有破碎的还有什么呢？在这样的时刻，他又一次独饮了你内心涌动的思念，涌动的悲伤。他又一次独饮了你眼里那晶莹的闪烁的清泪。无助而无辜的清泪。仍旧思念，不停地思念。在思念之上，那灿如星辰的会是什么？那镀亮你眼睛的是什么呢？

那些留在你心里的影子，冻僵了刻骨铭心的爱恋。苍茫的忧伤，是你唯一的风景吗？你一直试图用心勾画并接近的面孔，为什么充满了燃烧的灰烬？缥缈的梦幻，需要你一生去找寻他的痕迹。黯淡的月光，在你的心里留下了一些碎片，在你的脸上添上了无限的憔悴，在你的心里注入了唯一的温情。那放声大哭的是什么？

"曾把梨花、寂寞泪阑干"，仍然是伤情，那种把自己掏空的伤情。这两句应该是化用白居易《长恨歌》中"玉容寂寞泪阑干，梨花一枝春带雨"的诗句。而此时，朱淑真和自己心爱的男子，已经再也无法相见。杨玉环已经死去，而那个男人，也将"死"在朱淑真的生活之外。夜晚宁静的深处，醒来了什么？隐隐传来了，谁的低低的咽泣？梨花洁白，不过是一种隐喻。在风中，只有那张泪流满面的脸才是真实的存在，才是真实的疼痛。那些朦胧的容颜还能和过去一样吗？凄惨的碎片，凄惨的等待，在哀啼着无尽的思念。

那些生不如死的等待，那些被思念攥疼的心，那些被时光剥夺的日子，你要怎么独自熬过？那些迷离的泪眼，隐约可见。从回忆开始，你将一个结局不断地照亮。从泪水开始，你将完成自己最初抑或最后的歌唱。从内心开始，你将宁静而无助地了结尘世上的一切恩怨情仇。你能吗？

那个遥远的身影，能够盛满你多少深情的目光、孤独的目光？冰冷的身影，是一条情感的河流，在你的心里不停地流淌。你是那条没有尾巴的鱼吗？你要游向哪里？破碎的希望，破碎的心灵，能够拨响什么？能够抓住什么？含情脉脉的追寻，衣衫单薄，过不了严冬。你来自远古的真情，终生在为他歌唱。

"芳草断烟南浦路，和别泪、看青山"，这是朱淑真彻底地陷入回忆当中。"南浦"出自屈原《九歌·河伯》："子交手兮东行，送美人兮南浦。"

后来,就用来代指送别的地方。那是一个芳草萋萋的时节,那迷离的雾气,缭绕在她的心头。送君千里,终须一别,剩下的,只能一个人背负,孤独地向前走。

鲜嫩的芳草,凄凉的别泪,葱葱郁郁的大山,三者形成了鲜明的对比。从这种颜色上和情感上的对比,我们可以看到,朱淑真离别时的内心是多么沉痛!正如柳永说的:执手相看泪眼,竟无语凝噎。除了流泪,除了心疼,除了不舍,还能说什么呢?青山仍在,可是明天的人,又在哪里呢?

我个人觉得,这座青山,其实就是两个人之间的距离,更是现实的阻隔。用什么点缀你的思念呢?用什么点缀他的生命呢?是用你无助的泪眼吗?不断被往事湮没。忧伤主宰了世事。你绵绵的相思,勾起了内心怎样的波澜?人生有太多的思念,太多的忍受,太多的悲痛,要我们用尽一生的时间去忍受。

你像一个盲人在黑暗中摸索,你怎么能凭此了解爱情的全部?内心不管留下多深的伤口,你知道它都会一点一点愈合。而怀念或者思念,从未停止。在时光里面,你什么都没有留下,除了一些零散的片段。谢谢他给了你歌唱的理由。谢谢他给了你流泪的释放。谢谢他给了你悲痛的缠绵。谢谢他给了你刻骨的纠缠。

你从没有舍得抱怨过他,责怪过他。既然爱他,就应该尊重他的选择。他选择谁你都为他祝福,双眼饱含深情的热泪为他祝福,心痛而绝望地为他祝福。他好就好,一切都不重要。有时候想想,也许你们是两条偶尔相交的直线,在某一点上可以交汇,但遇见之后就是永远的背离,越走越远,远到无法看见,远成一场春梦。

天易见，见伊难

"昨宵结得梦夤缘"句中的"夤缘"，就是深缘，很深很深的缘。朱淑真，再一次在梦中见到了他。而且，在梦中和他结下了深缘。我个人推测，估计，朱淑真是在梦中和他结婚了。因为，何谓深缘？无非就是两个人"执子之手，与子偕老"，无非就是两个相爱的人，修成正果。

"水云间，悄无言"，这仍然是梦境中的一些场景。"水云间"，不过是一种朦胧的、看不清楚的氛围。在这种氛围当中，两个人默然相对，一晌无言。又能说什么呢？仿佛他站在云朵里面，仍然有脉脉含情的眼神，只是，却浮在你的肉体之外。如今，再次接近，恐怕已经成了一种空洞的盼望。

"争奈醒来、愁恨又依然"中的"争"，"怎"的意思。怎奈醒来，愁恨又依然。愁恨是挥之不去的。李煜说得好：往事已成空，还如一梦中。是啊，心里明明知道，往事早已成空，但心里还在念着，还在梦中和他相依。所以，她的泪水，不过是一种无言的疼。她此时，就跋涉在梦境之中，向他表达自己的爱。

那些汹涌的内心的暗流，到底想倾诉些什么？你自己内心的声音到底在倾诉什么？如今你才知道命运给你们的，不是你们一直想得到的。你决定把一切该烧掉的烧掉，该忘记的忘记，该祝福的祝福。你已经认了。既然宿命要你们分开，你们无法摆脱。无数的凋零在你心里成形。只是，走到如今，仍然无法忘记。

用泪水洗亮记忆，却洗不亮已经苍白的结局。你已经枯涸，从他走后。透支的心，闪光的泪，梦着怎样的春天？你知道他是真的爱过你。如果他真心地爱过你，即使要你背负一生的怀念，你也不怕。你最怕的，是在你们演绎爱情的时候，只是你一个人在用心扮演着自己的角色。独角戏，是一种催人泪下、让人肝肠寸断的孤独，揪心的、可耻的孤独。

你希望自己是他值得怀恋的记忆。你希望他明白你们各自不同的命运。你希望他知道，你始终在心里为他留着一片阔大的空地，等他。你不会轻易离开。生命如水逝去，那些所谓的爱情，在时光中会慢慢淡去。你的心里是空白的。你是一个手心冰凉的人，你抓不住他的手。无言的别离当中，到底深隐了什么？深爱过他，到了相爱的尽头，你只能选择放弃。深爱是无比的孤独。

有一些混乱的思绪无法控制，在内心的寂静中，随着音乐缓缓涌动的记忆，如鱼一样游动着它们自己的喜怒哀乐。扭曲的时光，永远不会把他交还给你。你仍然无法抓住那已经成为往事的爱情。所以你至今仍然孤独、空虚、单纯地爱他，一如从前。他和你的各种纠缠，再也没有解开的方法。那些揉搓你心的，是他远去的身影，让你无法挽留，让你异常悲痛。令人无力的现实，扑面而来。

"展转衾裯空懊恼，天易见，见伊难！"

这是一种惨痛的疼，更是一种再也无法相见的悲。天都可以见，但见你一面从此太难！读到这句的时候，我想到了鱼玄机的《隔汉江寄子安》："江南江北愁望，相思相忆空吟。鸳鸯暖卧沙浦，𪆟𪃿闲飞橘林。烟里歌声隐隐，渡头月色沉沉。含情咫尺千里，况听家家远砧。"

这首诗是鱼玄机寄给李亿的。鱼玄机是李亿的妾。妾是外妻，在过去不能和正妻住在一起。李亿的老婆又是典型的"河东狮"，整天和李亿因为鱼玄机而吵闹，所以，鱼玄机为了李亿幸福，自己孤独地离开了。有人说她"淫荡"，这是一种"淫荡"的情怀吗？

爱情是一场游戏，一场梦吗？闭幕后，你一个人孤独地面对散场后巨大的空旷，无比沉痛。这样的孤独，往往具有撕裂心灵的力量。这样的孤独，让人无法承受。内心的记忆是再也无法愈合的伤口。自我挖掘的伤口，只能自我掩埋。

人间仍旧有沉重的生离死别要你们背负。也许没有相见的机会了。有一种渴盼，还会发芽、开花，并结成果实吗？李煜说，江南江北旧家乡。是啊，只是，还能回得去吗？

剔尽寒灯梦不成

独行独坐，独唱独酬还独卧。伫立伤神，无奈春寒著摸人。此情谁见，泪洗残妆无一半。愁病相仍，剔尽寒灯梦不成。

——朱淑真《减字木兰花》

我个人觉得这首词，是朱淑真存世作品中艺术成就最高的一首。词中表达的，是一种美丽凄楚的痛。起句中，"独行独坐，独唱独酬还独卧"，五个"独"字的连用，可以和大词人李清照《声声慢》中的"寻寻觅觅，冷冷清清，凄凄惨惨戚戚"之句相提并论。两人所表达的都不过是一种孤独而寂寞的情绪，还有内心那种无法触碰的疼。这是一种层层递进的疼。

最后的三句，虽然在字面上未曾写出一个"独"字，但通过对内心和外面景物的描写，让那种孤独、寂寞、空洞和思念的情绪，清晰地浮现在我们的眼前。在用词方面，朱淑真偏爱"独""愁"之意，或者亦只有这两个字才可道尽其短短一生中的愁苦孤寂。在其存世的数十首作品中，除去这首字字"幽独"的"独行独坐，独唱独酬还独卧"，还有诸如"独倚阑干昼日长""向花时取，一杯独酌"等句。

孤独的词人，行走坐卧，顾影自怜，自是"花开无伴，对景真愁绝"。

究竟是谁，惹出这一场泼天寂寞，以致词人愁病相加，厌厌终日呢？

"独行独坐，独唱独酬还独卧"句，这五个"独"字写出了她百无聊赖的心思。衣食住行，对于她说，都是孤独的。沿着词语拾级而上，沿着情感拾级而上，沿着泪水拾级而上，你能找到什么？穿过那些苍茫的往事，穿过那些朦胧的烟尘，能否找到一张清晰而美丽的面容？打开那一瓣一瓣的心绪，能否让你触到那花朵隐隐的怦动？翻阅过去一切的影像，那些翠绿的生机载走了春天。

他去了远方。一颗心两行泪，送他去了远方。他是你扬长而去的爱情吗？很久没有他的音信了。你们之间的联系已经中断了。你们之间的道路也中断了吗？逝去的往事，在你的心头隐隐浮现出了什么？记忆还在。漂浮着的内心，还没有春天可以扎根。她渐渐懂得，说服自己接受生命所给予的一切。初恋，是一个人再也回不去的精神家园。它只能活在昨天的气息里，它只能盛开在昨天的花丛里。

他的一切，她都时刻挂在心上。朱淑真有一首词《鹧鸪天》是这样写的："梅炉晨妆雪妒轻，远山依约与眉青。尊有无复歌金缕，梦觉空余月满林。　鱼与雁，两浮沉，浅颦低笑总关心。相思恰似江南柳，一夜东风一夜深。"一夜东风一夜深。到底，一夜东风吹后，深了什么呢？

在寂静的时光中，你一点一点地变老。一点一点向下，情不自禁地坠落，像一滴泪水。朱淑真仿佛站在自己内心的孤独当中说："亲爱的，我在这里。我在这里，等你。从来没有离开。"等得心都疼了。等得心都碎了。

岁月虽然静好，现世虽然安稳，但这不是你可以享受的幸福。你常常在安静中迷失自己。你分不清哪个才是真实的自己。你找不到方向。或许，怀念本身就是一种方向。你一直无法原谅自己这样麻木。于是，你的迷失更加严重。在怀念中，那种沉醉在体内的情感，被重新唤醒。

"伫立伤神，无奈春寒著摸人"，仍然是心里的一些苦楚。晚风吹过，晚风很凉。晚风很凉地吹在你的脸上，晚风很凉地吹在你的心上。有多少月亮为你圆了又缺，缺了又圆？在你内心的回廊上，那个漂泊着的身影，楔入了你的思念。你伤感地想着他，念着他。那些不朽的泪水，是怎样绵长浩瀚的诗卷？那些风情万种的背影，摘走了你内心的什么？庭院深深，孤独深深。

那些一个个早已成为过去的片段，一朵一朵重新飘过你的心空，能留下些什么呢？芳香四溢的心事，有着一种具体的忧伤，具体的孤独，具体的悲痛。那些无法抚摸的情绪，盛满了时光的杯。从怀念中溢出来的是什么？轻轻地慨叹，时光一去不返。

那些更深的岁月中，埋葬了谁的青春？那一次又一次让你陶醉的是什么呢？唯有碧天云外月，照着你孤独的、需要温暖的身影。心越来越疼。陌头征人去，闺中女下机。含情不能言，送别沾罗衣。哽咽。一种内在的柔软，无穷无尽地向外流淌。绵长的牵念，需要多久才能到达他的世界？深沉的追问，需要多久才能得到满意的答案？那些依然在心里拔节的、茁壮的，会是什么呢？

内心正在酝酿的是什么？忧伤是一个过程。那十分圆满的月亮，偏偏只照人别离。十分好月，不照人圆。这是怎样的一种悲哀？那条载着你爱情的小船去了哪里？你的渡口，为什么已经荒芜？你能用怎样的船摆渡过这种距离，到达他的世界？

已是初春时节，轻寒漠漠，柳梢返青。深院中的朱淑真独倚栏杆，将目光投向远方。远方有什么呢？绵延的亭台和清旷的远天，并不肯承接她的凝视。当年的一场轻许,她为他不惜舍弃名节,红颜瘦损,却依旧枉然。"士之耽兮犹可说,女之耽兮不可说",真便是这样的无言有泪。一切都说不得,说不得时光流逝,年华老去。这般乍暖还寒的景致,又怎能不让人徒生春怨呢?

那个影子一般的人,像是无法摆脱的空气,抵死缠绕着她。"他"仿佛是她的宿命,出没于她的意识中,主宰悲喜。她痴恋着他,不顾大家闺秀的身份,不理世俗,浑然忘情,"娇痴不怕人猜,和衣睡倒人怀",也不惜名节,"缱绻临歧嘱付,来年早到梅梢"。这是怎样孤注一掷的深情啊!

我一直在想,渐近中年,孤独一人的朱淑真是否曾有过悔恨?那么多付出去的深情,不曾被珍惜。被人指点、遭人非议的时刻,她是否会生出深深的懊悔?可是,寻遍字里行间,即使在愁病缠身、孤独将死的时候,她也从来不曾言说一个悔字。一句"剔尽寒灯梦不成",与其说是幽怨,更似道出深刻入骨的相思。

无语地倾诉,要怎样才能听见?有歌声阵阵,有歌声如水,涌过这荒凉的城。尽日感事伤怀。那个等待梦想的女人,落进无边的时光的深海和岁月的旋涡当中,无力自拔、无力自救。你失去的所有的青春,都是无人能够认领的芬芳,四溢着一种诗意。忧伤是一条河流。你必将拥抱这条河流,在一种纯净里洗净自己,找寻自己。你带不走的,你找不到的,是你自己。一个诗人反复地、自言自语地这样说着。

"伫立伤神,无奈轻寒著摸人",许多人会理解成词人孤独愁苦,独立庭院,忘记春寒料峭。可是,联系上下,这样的解读显然不够深入。词起首"独行独坐,独唱独酬还独卧"那般强烈的孤独情味,岂非正是这"寒意料峭"所造成的?恰如《葬花吟》中所说:"一年三百六十日,风刀霜剑严相逼。"或者,他亦是有着万般的无奈,才弃她于不顾。这一切只有她能明白。于是,不说怨恨,只说这春朝秋夜时的相思无尽。

是怎样的情形,以致"剔尽寒灯梦不成"呢?难道真的连梦也不能做吗?或者,这才是打开一切的关键所在。而这样的"梦不成"绝不同于寻常的"有梦无人省"或"有梦不成双"。

你相信他的手是你最后的家园。你竭力地找寻。你愿意把自己这双已经冷下来的手给他。你要跟他走,只是,经历了那么多的风雨,他所能给予你的,只有孤独。你的青春已被时光焚为灰烬。你把孤独燃烧在自己的血液里。那些过去的事情,根本不必强留。只有现在,你无从珍惜。

依旧没有什么激情,还是觉得非常非常困倦。不管是靠近你或者远离你,你都是一个淡薄的人,你都是一个执着的人。你知道自己可以忘记,只是你故意回避遗忘。因为回忆是内心唯一的光亮,照着你通向他的青春。给过你手的人,你怎么可能忘记?你相信,那些沉睡在体内的灰烬,会慢慢地醒过来,知道爱的意义和价值。

这最轻的怀念,是内心从不熄灭的火焰。穿过无比孤独的夜,寻找你的心。把忧伤照亮吧,把怀念照亮吧。这青春的废墟上,时光已经流逝,泪水已经凝固,沉默继续沉默。抒情的歌者,已经死去了。而你,仍然遥远。而你,仍然没有音信。

明月照高楼,流光正徘徊。借问叹者谁,自云客子妻。夫行逾十载,贱妾常独栖。念君过于渴,思君剧于饥。心中念故人,泪堕不能止。我欲竟此曲,此曲悲且长。内心痛苦的花朵芬芳而深情地为你开着。那徐徐降落在我心上的是什么?那让我无法绕过的春天,让谁的生命如花鲜艳?我渴望在你的心里出现。我渴望在你的灵魂里芬芳。我不知道,在你心里渐渐散去的是什么?

剔尽寒灯梦不成

"此情谁见，泪洗残妆无一半"，仍然是说不出的伤情。这样苦苦的思念，他会知道吗？你的脸已经被泪水洗去了一半的胭脂。你的等待，一点一点凉了下来。你已经一点一点飘落，无声无息地飘落。在你的目光深处，闪现着春天的美好，青春的美好。在你心里，他就是葱郁的季节。

那些内心飘洒的思念，纯白如雪，没日没夜地下着。旺盛地，下在你如水的笑容里。我的思念离不开你的喂养。它们需要你，它们已经为你醒来。它们渴望游动在你的心里，说出它们的情话，说出它们的渴慕，以及饥渴的思念。

"愁病相仍，剔尽寒灯梦不成"，看来，朱淑真病了。是的，她病了。她得了一种只有他才能治愈的病。遥远的他，是这个病的病灶。剔尽寒灯，一个细小而抒情的动作。这个动作，泄露了朱淑真内心真实的状态，那就是孤独和寂寞。这漫漫长夜，如今对她来说，就是煎熬。

"梦不成"句，总是让我想到纳兰容若。他曾经这样写过："近来无限伤心事，谁与话长更？"梦不成，不过是因为心里想着。所以，疼着。岁月的摈弃，对于你已经不再重要。重要的是你用心歌唱过。你流下思念的泪水，你看到爱情那鲜艳的伤口。他凌驾于你的思念之上。在你的心上，他温柔地滚动，而你，以缓缓的节奏淹没他。

在朱淑真的词中不难发现，这个"他"在其婚前就已经存在。朱淑真素来才高气傲，而"他"定然不会是庸碌平常之辈。

朱家虽然是书香世家，而其父母，若不是开明通达，见识过人，又怎能允许女儿从小不嗜女红嗜诗词？可是，如此开明通达的父母，又为何莫名其妙地在其成年后将她匆匆嫁与一庸夫，又在其殁后，一把火烧了她耗尽毕生心血所作的诗词呢？这颇耐人寻味。而更耐人寻味的是，如此才名卓著的名门闺秀，关于其生平的记载，却非常有限。即使两年后，替她辑成《断肠集》的超级粉丝宛陵人魏仲恭，对其生平的记述也是语焉不详。

关于其诗词被毁，惯常的说法是，朱父朱母因女儿亡故，怨恨其一生为诗词所误，故一把火将其付之一炬。这一说法显然漏洞百出。

据传，朱淑真自小便身负才名，每日吟诗作画，与诗为伴，而其父母既然有心以诗书词画从小培养女儿，在其死后又怎会迁怒诗词，以致没有那些诗词的存身之地呢？

唯一的解释是，这些诗词是必须焚毁的。

在那些被毁的诗词中，到底有什么呢？在被湮没的历史中，我们永远无法确切得知。虽然我们都确定，嗜诗如命的朱淑真，一定曾在那些诗词中处处留下了"他"的痕迹，并逐字逐句地记录下属于他们的悲欢离合和生死纠缠。可是，一切分明的痕迹都被一把火抹去，唯有这些幸存下来的断卷残词于时光深处呜咽着昔日的悲欢。

如果将那些残留的密码以及细节全部解开，我们是否会豁然见到往事的真相呢？从而了解她的生死、她的爱恨，以及这位薄命才女所经历过的一切？

这一切文字，是缘起，亦是缘灭。

笑语盈盈暗香去

东风夜放花千树，更吹落，星如雨。宝马雕车香满路。凤箫声动，玉壶光转，一夜鱼龙舞。 蛾儿雪柳黄金缕，笑语盈盈暗香去。众里寻他千百度，蓦然回首，那人却在，灯火阑珊处。

——辛弃疾《青玉案》

平心而论，虽然苏轼和辛弃疾两位是大词人，可是我相当不喜欢他们的一些豪放词，这可能跟我的个人趣向有关。我个人偏向于婉约派。但苏轼的《江城子》和辛弃疾的这首《青玉案》，可以和任何一个一流婉约派词人的作品并驾齐驱。这两首词，读过很多遍，在我看来都是宋词中优秀的作品。

王国维在《人间词话》中这样说："古今之成大事业、大学问者，必经过三种之境界：'昨夜西风凋碧树，独上高楼，望尽天涯路'，此第一境也。'衣带渐宽终不悔，为伊消得人憔悴'，此第二境也。'众里寻他千百度，回头蓦见，那人正在，灯火阑珊处①'，此第三境也。此等语皆非大词人不能道。然遽以此意解释诸词，恐为晏欧诸公所不许也。"可见王国维

---

① 应为"蓦然回首，那人却在，灯火阑珊处"。——编者。

对这首词的喜欢和推崇。

辛弃疾的这首《青玉案》，写的是元夕的一些场景。"元夕"这个词，对于现在的我们来说，应该是十分陌生的，但如果换个词"元宵"的话，大家一定十分熟悉。是的，"元夕"就是正月十五，即元宵节。这个节日，在古代是一个很重要的节日，十分热闹，可惜，如今虽然物质生活十分富足了，但再也看不到古时那样热闹的元夕了。

我记得断肠词人朱淑真就有一首《生查子·元夕》这样写道："去年元夜时，花市灯如昼。月上柳梢头，人约黄昏后。今年元夜时，月与灯依旧。不见去年人，泪湿春衫袖。"显然这里的"元夜"，就应该是元夕之夜，她和心爱的男子约会了。

元宵之夜，在过去是很热闹的。唐人有《正月十五夜》这样写道："火树银花台，星桥铁锁开。暗尘随马去，明月逐人来。游妓皆秾李，行歌尽落梅。金吾不禁夜，玉漏莫相催。"

元夕观灯，是青年男女欢会定情的机会。自唐以来，早已沿袭成风。关于元夕夜，《旧唐书》中这样记载："上元日夜，上皇御安福门观灯，出内人连袂踏歌，纵百僚观之，一夜方罢。"到了宋时，《东京梦华录》中这样记载："别有深坊小巷……酒兴融洽，雅会幽欢，寸阴可惜，景色浩闹，不觉更阑。"当时是，家家灯火，处处管弦，一派繁荣之象。可是，这些繁荣的背后，又隐藏着什么，到底有谁看清了？

"东风夜放花千树，更吹落，星如雨。宝马雕车香满路。凤箫声动，玉壶光转，一夜鱼龙舞"，上阕，写元夕之夜的热闹和景物的美丽，当然，背后还有一个美丽的女子。

"东风夜放花千树，更吹落，星如雨"这几句，是对灯的描写。在轻柔的晚风当中，那些成树的灯，如同树上开满了花，远远望去，更像是从天上滑落的流星。

梁启超认为，这首词"自怜幽独，伤心人别有怀抱"。而梁启勋却认为："此词真可谓情文并茂者矣。'众里寻他千百度，蓦然回首，那人却在，灯火阑珊处。'的是踏灯情事，而意境之高超，可谓独绝。"

上阕，辛弃疾把灯市写得非常漂亮，那灿烂的烟火和花灯，就如同千树盛开着花朵一样，又如同东风吹落下了满天的星辰，如雨一样美丽地落在这个世界上。

"宝马雕车香满路"，这句是写有钱人家的女子，她们乘着华丽的马车，其上散发着脂粉的味道，仿佛让整条道路都染上了香味。

"凤箫"，形容箫声如同凤鸣。据《列仙传》记载：有一个人名叫萧史，善吹箫，秦穆公的女儿弄玉非常喜欢音乐，于是就请他来教她吹箫，两个人日久生情。最后，秦穆公把弄玉许配给萧史，并为他们修筑了凤台。夫妻两人很是恩爱，萧史吹箫引来凤凰，最后两人骑凤而去，成为神仙。

"玉壶"，从字面理解，当是玉制的壶。在这里，有专家认为指的是月亮。也有专家解释为白玉制成的灯。我觉得，解释为灯似乎更合理一些。这里的"一夜鱼龙舞"，应该是鱼龙等兽形的灯，在风中飞舞着。而这句"凤箫声动，玉壶光转，一夜鱼龙舞"，不过是为了反衬自己内心的荒凉而已。一切的景语，我想，在很多时候不一定都是景语，而是发自内心的情语。

如此的繁华，如此的美好，如此的灿烂，这些背后，隐藏着怎样的不为人知的荒凉呢？

"蛾儿雪柳黄金缕，笑语盈盈暗香去。众里寻他千百度，蓦然回首，那人却在，灯火阑珊处"，下阕，写众多的女子，反衬"那人"的美好。

"蛾儿"和"雪柳"，都是宋时妇女元宵时所戴的头饰。这样的头饰，在李清照的词中也出现过。她在《永遇乐》中这样写道："落日熔金，暮云合璧，人在何处？染柳烟浓，吹梅笛怨，春意知几许。元宵佳节，融和天气，次第岂无风雨？来相召、香车宝马，谢他酒朋诗侣。　中州盛日，闺门多暇，记得偏重三五。铺翠冠儿，捻金雪柳，簇带争济楚。如今憔悴，风鬟霜鬓，怕见夜间出去。不如向，帘儿底下，听人笑语。"

李清照的这首词，当是她晚年所作，其中的绝望和悲哀，四处弥漫。李清照这里的"三五"，就是元宵节。从前，李清照是非常重视元宵节的，可是赵明诚死后，元宵节对于一个尝过家破人亡滋味的女子来说，似乎已经没有多大的意义。"铺翠冠儿"和"捻金雪柳"，与辛弃疾词中的"蛾儿"和"雪柳"，都是差不多的头饰。

《武林旧事》一书对于元夕时女子的妆饰和打扮有过这样的记载："元夕节物，妇人皆戴珠翠、闹蛾、玉梅、雪柳、菩提叶、灯球、销金合、蝉貂袖、项帕，而衣多尚白，盖月下所宜也……"

辛弃疾是一个爱国的大诗人，是豪放派的，但他个人未必就没有感情。所以我怎么都觉得这首词，跟朱淑真的那首《生查子》一样，都是"人约黄昏后"，肯定是事先和一个女子约好的。这个女子到底是谁呢？她又有着怎样的美好，让我们的大词人这样寻找呢？

俞陛云在《唐五代两宋词选释》中这样说："《武林旧事》记临安灯市之盛，火树银花，自宵达旦。此词自起笔至'笑语'句，皆记'元夕'之游观。唯结末三句别有会心。其回首欲见之人，岂避喧就寂耶？或人约黄昏，有城隅之俟耶？含意未中，戛然而止，盖待人寻味也。"

是啊，俞老的想法跟我差不多，我也认为，这首词其实可以用朱淑真的那首《生查子》来解释。在朱淑真的那首词中,她也一定事先和那个男子约定好的,在元宵节晚上见面。两个人一定是在"灯火阑珊处"见了,而且我估计,肯定互相拥抱,温存良久,说了好多情话。

"笑语盈盈暗香去",从这句来看,夜已经很深了,很多女子都已经微笑着离开了,但辛弃疾还没有走,他为什么还没有离去呢?他不就是在找、在等那个早已和他约好,并让他无比思念的姑娘吗?下文自然而然就交代出来了。

有专家认为"笑语盈盈暗香去"这句,指的是下文中在灯火阑珊处的"那人"。我却不这样看,我认为这里指的是那些赶热闹和观灯的女子,根本就不是辛弃疾要等或思念的女子。"暗香",女子身上的香味。这也是一个词牌名,姜白石用它来写梅花。当然,写梅花的时候,自然会有某些女子的身影嵌在其中。

"众里",人群中或茫茫的人海中。"千百度",千百次。"众里寻他千百度",这句的意思是,在茫茫人海中,我一直在找寻你,找了很多遍。人生,幸福的不是找寻,而是在找寻之后,猛然发现那个人就在身边,就像一个人写的那样:原来你也在这里。其实,如果有人在背后和我们一起受苦,并在心里爱着我们,在背后默默地唤我们的名字,那一刻,该是多么幸福。

这种"众里寻他千百度",要付出多少真心,多少深情,多少行动呢?又有几个人懂得?蓦然回首,那个她就站在灯火阑珊之处,在那儿冲着他盈盈地笑。这是多么幸福而温暖的时刻!四目相对,两颗心就跟着熔化了。这个时候,身外的世界是寂静的,是不存在的,只有两颗心在剧烈跳动。

其实,我也想跟某个姑娘说:当你蓦然回首时,我一直站在那里,一直站在那里，望着你，在你心痛难过的时候，为你心疼，为你难过。你的泪水，就像一支支利箭洞穿了我的心。如果可以，我愿你一生快乐，为此，我愿意站在你的背后默默地给你支持和鼓励，给你温暖和安慰。

可是，当她蓦然回首的时候，我已经垂垂老矣。就像我在网上看到的一句话说的那样：时间没有等我，是你忘了带我走。我左手是过目不忘的萤火，右手是十年一个漫长的打坐。

是中更有痴儿女

问世间，情是何物？直教生死相许。天南地北双飞客，老翅几回寒暑。欢乐趣，别离苦，是中更有痴儿女。君应有语。渺万里层云，千山暮雪，只影为谁去？　横汾路，寂寞当年箫鼓。荒烟依旧平楚。招魂楚些何嗟及，山鬼自啼风雨。天也妒。未信与，莺儿燕子俱黄土。千秋万古。为留待骚人，狂歌痛饮，来访雁丘处。

——元好问《摸鱼儿》

这首词，可谓是千古绝唱。金庸的《神雕侠侣》中，李莫愁葬身火海时念出的就是这首词，确实让人心疼。自古以来，唯情最难用言语解释，也唯情最让人牵肠挂肚而又痛断肝肠。

爱情，其实就是藕中之丝，丝丝连连，让人想断却又断不了，然后疼痛就跟着来了。其实，如果不疼，那是真的爱吗？我很怀疑。真正的爱，一定是疼痛的，到了最后才是领悟、宽容、祝福和原谅。就像张爱玲写的那句："因为懂得，所以慈悲。"其实，我从这句中读出了一种隐暗的疼。

因为，有一个人已经成为梦中相依的温存、追寻的方向，成为刻于心灵天空之上的痕迹，成为心灵隐秘角落的记忆，成为灵魂深处那一抹无法抹去的疼，成为绣于心底的刺青，割不断、擦不去、剐不掉、挖不去、忘不了，一触就疼。

这首词前，还有一个小序，这段小序可以这样意译：金章宗泰和五年，我在去太原赴试的途中，遇到一个捕雁者，他说："我今日遇到两只大雁，有一只被我射中，另外一只脱网悲鸣而去，看着这只雁死后，竟然自投于地而死。"我因为这个把它们买下来，葬于汾水之滨，找了一块石头作为标识，号曰雁丘。那时同行者有很多人都为此赋诗，我也写了《雁丘辞》，旧作没有音律，后来改写了。

从这个小序我们可以看出，这首词是元好问去并州考试，在途中遇到了一个猎人，被猎人所讲的殉情的大雁的真情打动，于是买下两只雁将它们葬在一起，又为此写下了这首词。

什么是情呢？这个问题，我想从古至今，很多人都曾经在自己的心里问过。这个问题困扰了一代又一代的人。汤显祖这样说过："情之所至，生可以死，死可以复生，生不可以死，死不可以生者，皆非情之至也。"由此可见，情至深处，可以抛弃自我。就像张小娴说的那样，爱的最高境界，就是成全。而成全意味着，自己要忍受更多的疼痛，无私无悔地爱着那个人。

由于生命太过短暂，所以，有很多人觉得一生纠缠还不够，必须让爱跨越生死，所以，才有"人鬼情未了"等故事的产生。

静斋在《至正直记》中这样记载："溧阳同知州事保寿，字庆长……尝陪所亲某人从车驾往上都回，途中遇二雁，射其一。至暮，行二十余里，宿于帐房，其生雁飞逐悲鸣于空中，保寿及所亲皆伤感思家之念，不忍食之。明日早起，以死雁掷去，生雁随而飞落，转觉悲呼，若相问慰之状，

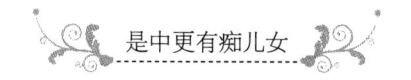

久不能去。其人遂瘗之,时庚寅秋九月。与予谈及此,已十年前事也,因思元遗山先生有《雁冢词》,正与此同,用知雁之有义,人所不及。"

读着让人心疼。雁犹有情,何况人哉?可是,如今的很多人还不如这只雁深情呢?也不怪晏几道感叹说:"可怜人意,薄于云水。"人情就如同云水一样薄凉,让人心叹心疼。

"问世间,情是何物,直教生死相许。天南地北双飞客,老翅几回寒暑。欢乐趣,别离苦,是中更有痴儿女。君应有语。渺万里层云,千山暮雪,只影为谁去",上阕写两只雁的深情,元好问借此抒发了一些感慨。

"问世间,情是何物?直教生死相许",这几句仿佛俞平伯评价李煜的《虞美人》一样,"奇语劈空而下,以传诵久,视若恒言矣"。开头,问得无端,所以产生了一种在我们心头回旋的效果。这么轻轻地一问,该让多少有情男女在自己的心头良久思索呢?

这里的"问世间",有别本做"问人间""恨人间",当然,这样也可以,不过,我还是喜欢"问世间"。我个人觉得,元好问写这首词的时候,估计用的就是"恨"字。但可能由于我的私心,我就是不能接受。因为爱里如果有恨,那还是真爱吗?有人说,爱之深恨之切,这句话我知道其意思,但真心爱一个人,用得着去恨吗?还不如祝福。

一场场爱过之后的降温,要积攒多少温暖,才能抵抗?渐渐乏力的努力,要多少流年,才能带走,才能刻于骨、铭于心?

情是何物?有谁能回答呢?即使用尽世界上所有的言语,恐怕也无法回答吧。记得古人说过:不以生死易心。这可能就是源于这种"直教生死相许"的痴吧。可是,陈继儒却在《小窗幽记》里这样说:"语云,当为情死,不当为情怨。明乎情者,原可死而不可怨者也。虽然,既云情矣,此身已为情有，又何忍死耶？然不死终不透彻耳。"

所以，北村这样说过："爱有不同深度，那么爱到最深的才是爱，要爱到那么深，只有舍己，别无他途。因此爱是信仰。"记得张信哲曾经在《信仰》一歌中这样唱道："爱是一种信仰，把我带到你的身旁。"如果爱真的是一种信仰，那么，在不在身边，真的有那么重要？

午夜寂寥之时，孤灯淡淡，映照着一个人内心的思念。这些思念，其实不过是繁华过后凄凉的心事。暗香盈袖的记忆，始终还能遇到那最初见到的人，却瘦了誓言。而那些认真而用情的心，在前世今生里，终究还是执迷不悟，在滚滚红尘中还依旧相随，再苦再累都无法阻止。就像一个诗人在他的文字中写道：请原谅我，亲爱的，我在对你的怀念中，寸步难行。

尘世太凉，所以，只能从记忆中舀取仅存不多的温暖，用来温暖自己。因为，这个尘世太冷，所以，我们触摸到的每一点温暖，或每一个温暖的细节，都能记得非常清楚。就像我能记得一个人脸上那自信而灿烂的笑容背后，站立的是无边的伤痛。因为，真正刻骨的疼，不在脸上，而在心里。表面上笑容灿烂，其实，内心早就碎掉了，碎得如同流星雨一样。外表越是美好的东西，内心越是荒凉，这只能证明伤得太深了，所以，表面上安静而淡然。

人就是如此渺小，生活就是如此琐碎，琐碎到让我们虽然无法遗忘，但却再也不能接触到所爱之人的地步。世上最正宗的疼痛，可能莫过于此。人生也许会因为爱情而变得丰富，也许可以因为爱情而变得美丽，但那些因爱而生出的疼痛、泪水和叹息，终不会在这个世界停止流传下去。

"直"，可以做"竟"字解释。问人间，爱情到底是什么，竟教人以生死相许呢？有人说得好：猝不及防的相遇，身不由己的深陷。渐渐褪色的记忆，无法回到最初，所以，刻骨的眷恋，怎么表达呢？那颗反复被煎熬的心，终逃不过命定吧。

"天南地北双飞客，老翅几回寒暑。欢乐趣，别离苦，是中更有痴儿女"这几句，重点写别情。"天南地北双飞客"，强调的是两个人相依为命、不舍不弃的一种状态。不管是到天南，还是去地北，我都会和你一起共同经风历雨，绝不离开，即使舍弃自己的生命也在所不惜。一个"双"字，暗含着某种宿命的疼痛。

对于相爱的人来说，内心最是渴望可以一起挽着手走到白头，但事实是，有的时候只能走到半途就必须放开手。某些人，只是我们的一个小站台，偶尔停留下来，但必须继续向前，向前，这是宿命。就像一个诗人写过："从你走后，我和你就是两截/伸到岁月深处的钢轨/铁锈，就是岁月/留给我们共同的灰烬。"

思念反复纠缠，不停不休，而悲喜瞬间转换。那些为你在一个个暗夜里流下的泪水，能不能够偿还前世你深情的相拥，以及自己的恋恋不舍？内心积蓄的深情，能不能够凝成今生温暖的相守？

读到"天南地北双飞客"时，我总是会情不自禁地想到梁山伯和祝英台。白幡飘飘，大风吹起万丈灰尘，在梁山伯的坟前，祝英台呆呆站着哭泣，在梁山伯的坟墓裂开之时，她义无反顾地纵身跃下。最后，坟墓中飞出了两只蝴蝶，从此不再分开，一起飞过沧海桑田的岁月。它们永远不再分开，它们将厮守到永永远远。

其实，祝英台是自己选择的牺牲。也许，她想说的是，除了你，我谁都不爱。这是一种执意的一往情深。就像《梁祝》那首歌唱的那样："还你此生此世，今生前世，双双对对飞过万水千山去。"爱情，真的是心灵的选择，跟其他无关。

但那双翅膀，又能飞过几回寒暑？一夜相思情多少？无法计算。已经无法奢望那场风花雪月的恋爱能重新来过，于是，在一个个漫长的夜里，开始想念一个人，想念遇见她的美好。

那个投身于地的大雁，似乎在向那只被猎人射中的雁深情地诉说着：经过这次的分离，请你告诉我，你在哪里等我？而我被你围困的心灵，什么时候才能破茧成蝶，和你一起双双飞舞在有情的天空之中？经过多少次的挣扎和努力，才能和你冷暖相随，同心同泪？

此时，那些誓言，仿佛隔了万水千山。所以，才是"欢乐趣，别离苦，是中更有痴儿女"。这句"欢乐趣，别离苦，是中更有痴儿女"，道出了多少有情男女的心声啊！

恋人之间，相见时总是无比快乐，但最苦人间唯聚散。为什么会这样呢？也许，我们可以从晏几道的词中找到答案。晏几道在词中这样写过："长相思，长相思，若问相思甚了期，除非相见时。"其实，最让陷在恋爱之中的有情男女感到孤独的，是"花无人戴，酒无人劝，醉也无人管"。

可以负责任地说，整个宋词，其实就是一场相聚和告别的盛会，到处是关于相聚和离别的记录和痕迹。正像《颜氏家训》中所说："别易会难，古人所重。"

虽然离别是痛苦的，但其中却有一个个痴情的男女甘愿沦陷其中，像一只只扑火的飞蛾，扑那一盏微暗的小灯。"是中更有痴儿女"有别本又作"就中更有痴儿女"。"是中"，在我看来，就是"此中"的意思。

"君应有语。渺万里层云，千山暮雪，只影为谁去"。你应该有话要说。你看那万里层云缥缈，千山暮雪，你孤独的身影向谁飞去呢？

我不知道这只雁此时是否知道，它已再也无法飞到对方的温存当中。就像我知道自己，就算可以变成一尾春天的鱼，也游不到另外一个人的心里，让这个人知道，这个世界还有真正意义上的情义。但，这之后的余生，

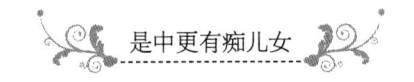

我还是要独自一个人,独自一个人向前走,一直走,走成怀念本身。在独自前行的时候,仍然还是会唱出自己的情感之歌,把自己的思念绣于文字当中,疼在自己的心里。

"横汾路,寂寞当年箫鼓。荒烟依旧平楚。招魂楚些何嗟及,山鬼自啼风雨。天也妒。未信与,莺儿燕子俱黄土。千秋万古。为留待骚人,狂歌痛饮,来访雁丘处",下阕元好问依旧沿着抒情的路子,高歌猛进。

"横汾路",横渡汾水的路上,指当年汉武帝巡幸处。"寂寞当年箫鼓",其实是一个倒装句,应该是"当年箫鼓寂寞"。"平楚",应该指的就是平林。远望树梢齐平,故称平楚。李白在《菩萨蛮》中这样写道:"平林漠漠烟如织,寒山一带伤心碧。暝色入高楼,有人楼上愁。 玉阶空伫立,宿鸟归飞急。何处是归程,长亭更短亭。"

在古诗词中,"平楚"或"平林"这个词,一直都是寂寞、忧伤、凄凉和失落的代名词。这句"荒烟依旧平楚",其实就是李白"平林漠漠烟如织"的另外一种写法,那被烟雾笼罩的平林,充满了荒凉的气息,让人心伤。这其实不过是一种物是人非的感觉,是一种时光不再的苍白。

这几句说的是,在汾水一带,当年本是帝王游幸欢乐的地方,可是现在已经一片荒凉,平林漠漠,荒烟如织。不要以为一生有多长,也不要以为我们的一生会有多么美好、多么盛大,其实算算不过一瞬而已。我们也非常平凡,平凡得连一个真心可以长久相依的人都无法得到。最真的心,最深的情,一生可能只得到一次。

"招魂",指的是《楚辞》中的《招魂》。"些",这个字,读 suò,是语气助词,在《楚辞》当中用得相当普遍。"何嗟及",悲叹和悲痛也于事无补。"山鬼",应该指的是这两只雁的灵魂。

那么"横汾路，寂寞当年箫鼓。荒烟依旧平楚。招魂楚些何嗟及，山鬼自啼风雨"，可以这样理解：两只雁已死，即使我为它们招魂也无济于事。听啊，它们在风雨中独自啼哭。天若有情天亦老。是啊，我的朋友胭脂说："情不为因果，缘何谓生死？恨海情天下，幸有你我，小心翼翼着有始有终。"

到底对一个植入骨髓的名字，会不会念念不忘？世事无常，时光浩荡而去，剩下的，也许只是一些支离破碎的情节。红尘如此之深，相忘，又谈何容易？

"天也妒。未信与，莺儿燕子俱黄土。千秋万古"这几句，我想可以这样意译：如果两人有真情，就算是上天也会感动，怎么能让那些莺儿和燕子都成为黄土了呢？真正的爱情，应该可以跨过时间这条限定的线。

"为留待骚人，狂歌痛饮，来访雁丘处"。"骚人"或"风人"，指的都是诗人。把两只雁葬在横渡汾水的路上，就是为了让诗人们能狂歌痛饮，来纪念它们的真情。

一个诗人这样写道：你走时，我用目光送出几里，其他的用伤心相送。一句歌词写得非常好：给我一辈子，送你离开。是啊，其实真正的爱情并不会因为时光而变化，只会沉于心底，如酒般酝酿，越陈越香。

这香，一直在我的心里，终生不散。

海枯石烂情缘在

　　问莲根、有丝多少，莲心知为谁苦？双花脉脉妖相向，只是旧家儿女。天已许。甚不教、白头生死鸳鸯浦？夕阳无语。算谢客烟中，湘妃江上，未是断肠处。　香奁梦，好在灵芝瑞露。人间俯仰今古。海枯石烂情缘在，幽恨不埋黄土。相思树，流年度，无端又被西风误。兰舟少住。怕载酒重来，红衣半落，狼藉卧风雨。

——元好问《摸鱼儿》

　　这首词是对真情真爱的歌颂，也是对时间和命运的拷问。我们在这首词里可以清楚地看见，有一些火热的爱情，犹如那弯经常在唐诗宋词中咏唱的月亮，犹如一颗硕大的泪滴，仍然温润在我们的心里，在无边的时光里，一步步地走向这个世界，又背离这个世界。

　　记得张爱玲说过：没有一样爱情不是千疮百孔的。这恐怕是绝望的哀痛吧。这首词中那对相爱的年轻人，他们的爱恋绵绵不休，无视时间的存在，就这样无休无止地爱下去。如同一朵灼灼其华的夭桃，不管春天如何，它都热烈地盛开着自己。

元好问到底为什么写这首词呢？金章宗在位的时候，河北大名县有两个民家的年轻男女，相爱却不能得到家庭的认可，最终赴水殉情了。当地官员派人四处寻找，都没有寻见二人的尸体。后来有人在水中采藕，结果发现了二人的尸体，衣服仍然可以查验。第二年，这条河里的莲花都并蒂盛开……

　　又是殉情的故事。殉情看似很伟大，让我们感动，但其实是一种无力和软弱。在我看来，死很容易，但能活着看所爱之人寻找幸福，这需要比死有更大的勇气。所以我经常说，遗忘不是一个男人的能耐，难在一生都在心里默默地爱着一个人，不动声色地爱着一个人，或者为她能幸福、能快乐寻找更多的出路，这才是能耐。

　　有很多时候，"执子之手，与子偕老"不过是我们一厢情愿的想法而已。多么可惜，两个人再也不能用温热的身体，去告诉对方自己的思念。有很多没有说出来的话，再也没有机会说出来。殉情就像一朵烟火，在它灿烂的一瞬，背后隐藏了太多的寂寞和寒冷。有的人一生执着，在这朵烟火面前，显得暗淡无比，但却让我这颗心觉得明亮。

　　就算用这一生的落寞去执着一次，是不是就能在瞬间开放？这一刻，又是否会是自己预想的那种永恒？我不知道。我的朋友胭脂写道："原来爱情的本质是这么的绝望，我们把冷酷的灵魂押在了上面，然后欺骗自己，能够遗忘是火柴盒里的天堂。世间的一切轮回，安静而寂寞，温柔而荒凉，最终又回到最初，那么的空虚，超出了我的想象。"

　　有些东西，原本不是我们渴望得到的，比如失去、哭泣和疼痛。两个人带着一种深情，缠绕在彼此骨子里，不走不移，也不会冷却，肆无忌惮地掏挖彼此，不能自拔，这是一种深深的迷恋吧。他们在人世间历经的温存，如果没有文字，早已尘归尘土归土。可见，一切都敌不过时间。

海枯石烂情缘在

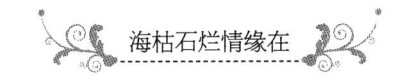

他们俩最终选择了沉默,也许,沉默对于这两个不能在现世当中相爱的人来说,是一种自行选择的高贵。时光会最终检验一切,见证他们开成世间最美的莲花。

"问莲根、有丝多少,莲心知为谁苦?双花脉脉妖相向,只是旧家儿女。天已许。甚不教、白头生死鸳鸯浦?夕阳无语。算谢客烟中,湘妃江上,未是断肠处",上阕是对这两个殉情男女的一些感叹和纪念。

"问莲根"中的一个"问"字,让我无比心痛。"莲"在古诗词当中,有的时候,就是代指爱情。"莲"就是"怜",是爱的意思。《古乐府》中有一首诗这样写道:"江南可采莲,莲叶何田田。鱼戏莲叶间。鱼戏莲叶东,鱼戏莲叶西,鱼戏莲叶南,鱼戏莲叶北。"《子夜歌》中这样写过:"我念欢的的,子行由豫情。雾露隐芙蓉,见莲不分明。"

"莲根",指藕。莲是花,藕是根。问莲根,你到底有丝多少,但你是否知道,莲心曾经为谁苦苦地思念和等待吗?这里的"丝",是"思"的谐音,思念的意思。这在古诗词当中,似乎已经形成了传统。唐朝大诗人李商隐在一首诗中这样写过:"春蚕到死丝方尽,蜡炬成灰泪始干",这里的"丝"也是"思",即思念的意思。

"莲心",即"莲子",它性苦寒,味苦,是一味良药。中医认为它有清热、安神、强心、止血、涩精之效,但"莲子"在古诗词中,是"怜子"的谐音。"怜子",用现代话来说,就是爱怜对方的意思。就像《子夜歌》中所写的那样:"寝食不相忘,同坐复俱起。玉藕金芙蓉,无称我莲子。"

我记得一首诗这样写过:"宿昔不梳头,丝发披两肩。婉伸郎膝上,何处不可怜。"这首诗写的是一个调皮而可爱的女子,没有梳头,把自己的头发垂于两肩，趴在自己情郎的腿上，神情无比娇媚。

"脉脉"，深情地凝视。《古诗十九首》有一首诗这样写道："迢迢牵牛星，皎皎河汉女。纤纤擢素手，札札弄机杼。终日不成章，泣涕零如雨。河汉清且浅，相去复几许？盈盈一水间，脉脉不得语。"后面这两句的意思是说虽然我们只有一水之隔，但只能含情脉脉地互相凝视而不能相亲。

"双花"，是一个团圆的意象，但在这里，元好问用这种团圆的意象来反衬现实的无情和世间的悲凉。这里的"双花"也暗指两个人缠绵悱恻、一往情深、至死不渝的爱情。这句"双花脉脉妖相向，只是旧家儿女"的意思是：河中那并蒂的荷花，含情脉脉地看着对方，原来，是旧家儿女的化身。

有专家认为"天已许"这句，更表现作者愤怒的心情。他们的爱情连苍天都允许了，让他们化作并蒂莲，生死相依，为什么仍有人不让他们偕老白头？这一问，感情更为强烈，矛头直指禁锢男女爱情的封建礼教，表现出作者进步的爱情观。是啊，在元好问看来，他们的爱情就连上天都已经允许了，但在人间，为什么得不到祝福呢？

"鸳鸯浦"，鸳鸯栖息的水滨。"甚不教、白头生死鸳鸯浦"的意思是：为什么，就不能让他们两个像那鸳鸯一样，在水滨厮守至老？

"夕阳无语"这四个字，应该是紧接着前面的"天已许"。作者在前面责问，这两个年轻情侣都已经得到了上天的允许，为什么在人间就不能得到祝福。这四个字是对以上责问的回答。对于以上的责问，没有人能回答，只见夕阳也在沉思，为苦命的鸳鸯哀悼。其实，也可以说是夕阳都为他们在人间的爱情得不到成全而变得沉默了。

"谢客"，有专家解释为谢灵运。因为谢灵运小名"客儿"，很多人称他为"谢客"。所以有专家认为这句"算谢客烟中"应该是化用谢灵运的

海枯石烂情缘在

诗"何意冲飙激,烈火纵炎烟"和"长与欢爱别,永绝平生缘"。

"湘妃江上",指舜的两个妃子娥皇和女英。据说舜南巡潇湘,最终死在异乡,娥皇和女英千里寻夫,知道舜死后,二人在他的坟墓前大哭,滴满泪水的双手摸到了坟前的竹子,结果长出了一种带斑点的竹子,这种竹子就叫"湘妃竹"。娥皇和女英最后投水而死,后被封为湘水之神。

这里"算谢客烟中,湘妃江上,未是断肠处"的意思应该是说,就算谢灵运那"长与欢爱别,永绝平生缘"和湘妃为自己逝去的丈夫而生出的疼痛,都没有他们的爱情悲剧这样让人断肠。

"香奁梦,好在灵芝瑞露。人间俯仰今古。海枯石烂情缘在,幽恨不埋黄土。相思树,流年度,无端又被西风误。兰舟少住。怕载酒重来,红衣半落,狼藉卧风雨",下阕,是元好问对两个年轻男女追寻自己爱情的勇气表示赞许,从而引发他对爱情的议论和抒情。

"香奁",应该有三个意思:一是放置香料的匣子,二是过去女子的化妆匣,三是代指闺阁。但在这里,从元好问的前序上看,他提到了韩偓,应该和他的诗集《香奁集》有关,也跟男女之间缠绵悱恻的爱情有关,也一定跟一个陷入思念和怀念中的美丽、忧伤而柔情的女子有关。

"好在",张相在《诗词曲语辞汇释》中这样说:"好在,存问之辞。玩其口气,仿佛'好么',用之既熟,则转而义如'无恙',又转而不为存问口气,意如'依旧'矣。"联系上下句来看,在元好问这首词里,应该是"依旧"之意。

"好在灵芝瑞露"这句,出自韩偓《香奁集》中"咀五色之灵芝,香生九窍;咽三危之瑞露,春动七情"。如果意译,那就应该是他们关于爱情的梦或他们的爱情,依旧像灵芝和象征吉祥的甘露一样,还是那么纯洁。

"人间俯仰今古。海枯石烂情缘在，幽恨不埋黄土"这三句，有专家这样解释："'人间'后三句，叹惜这样的爱情却在俯仰之间，成为陈迹。但接下来的'海枯石烂情缘在，幽恨不埋黄土'，却盛赞他们爱情的坚贞，任凭海枯石烂而不损，他们对世道的怨恨，就连黄土掩身也不灭其迹。"

"幽恨不埋黄土"这句，让我想起金庸《书剑恩仇录》中最后的一段话：

陈家洛拾起温玉，不由得一阵心酸，泪如雨下，心想喀丝丽美极清极，只怕真是仙子。突然一阵微风过去，香气更浓。众人感叹了一会，又搬土把坟堆好，只见一只玉色大蝴蝶在坟上翩跹飞舞，久久不去。陈家洛对那老回人道："我写几个字，请你雇高手石匠刻一块碑，立在这里。"那回人答应了。心砚取出十两银子给他，作为立碑之资，从包袱中拿出文房四宝，把一张大纸铺在坟头。陈家洛提笔蘸墨，先写了"香冢"两个大字，略一沉吟，又写了一首铭文："浩浩愁，茫茫劫，短歌终，明月缺。郁郁佳城，中有碧血。碧亦有时尽，血亦有时灭，一缕香魂无断绝！是耶非耶？化为蝴蝶。"群雄伫立良久，直至东方大白，才连骑向西而去。

我记得李贺有一首"秋坟鬼唱鲍家诗，恨血千年土中碧"，跟这句表达的情感相差无几。

有些人永远都无法忘记。有些爱情，在时间的长河中，已经永生。幽恨都无法掩埋那今生不能执子之手的悲哀和怨恨。

悠悠生死别经年。如今一切已经冷去。万事万物，都在提醒着我，他们已经远去，他们不再回来。我一直在自己的心里，努力地说服自己，他们都还活着，他们活在每一个正在爱，或即将爱的有情男女心里。死亡，无法带走这种生死与共的爱情。

如今，回忆就如同纸上的文字一样，伤口在我们自己的内心深处。有些疼痛，有些泪水，有些怀念，有些绝望，它们总是在固执地重复着，一直重复着无言相对的结局。就像一首诗写的那样，"对花满眼泪，不共楚王言"。不是没有话说，是不知道还能说什么，是否还能感动那颗心。

山远水远的相爱，让我觉得，是最难过的。这种难过，有时似乎连自己的呼吸都因此而感到疼痛。距离真的过于强悍，让我痛到无法呼吸。就像一首歌唱的那样，我站在你的背后，连呼吸都痛。

原谅我，在你的生命中，我只是一个不能厮守到老的人，但是却为你如此思念。原谅我，曾经那么辛苦地去爱，而又回到孤独和寂寞。爱一个人，难道，真的只是爱上寂寞和孤独？此时，站在文字中的人，原来只是我自己，那样用心用力地爱着一个人，为她寂静欢喜地活着，却又是最卑微最认真的。

"相思树"，是一个典故，出自《搜神记》：据说战国时宋康王有一个臣子叫韩凭，他的妻子姓何。何氏长得非常美丽，宋康王见到后，一直想霸占她。韩凭知道后，心里很是怨恨，康王于是就罚他去做苦力，叫他背土和其他囚犯一起去修那座高高的青陵台。青陵台，是宋康王准备玩乐的地方。宋康王把韩凭罚去当苦力后，没有停止霸占何氏的步伐，但一次次都被何氏拒绝了。宋康王于是就把她抓起来，软硬兼施，但她宁死不从。

何氏最后利用看守她的人的疏忽，暗中写了一封信送给韩凭，信是这样写的：其雨淫淫，河大水深，日出当心。这十二个字，就像是一个谜语一样难猜。可是韩凭一看就能明白，当晚，他就在狱里自杀了。监工从他的身上搜到了这封信，宋康王是看不明白的，于是有一个叫苏贺的臣子这样给他解释："其雨淫淫"，是说她心里的忧愁和相思如雨不绝；"河大水深"，是说彼此之间不能往来了；"日出当心"，是说她已有了以死守贞的志向。

康王并没有把这样的解释放在心上，他认为，韩凭死了反而更利于他霸占何氏。青陵台修好后，康王下令把何氏带来，和她一同登台。何氏却暗中把一件非常华丽的衣服，用腐蚀性极强的药水浸泡了。到了和康王共同登台的那天，她穿上了这件衣服，上到台顶以后，她毫不犹豫地从台上纵身跳下。康王左右的人赶忙去抓她的衣服，结果她的衣服瞬间成了碎片，刹那间那些碎片化成了无数只美丽的蝴蝶，四散飞去。

何氏死后，卫士从她身上搜出了写有一首诗的白绫，诗是这样写的：南山有鸟，北山张罗。鸟自高飞，罗当奈何！乌鹊双飞，不乐凤凰。妾是庶人，不乐宋王！在这段白绫之上，还有一段文字要求宋康王把自己和韩凭合葬。宋康王看后大怒，故意把他们分开掩埋，让两座坟墓遥遥相望。一夜之间，这两座坟墓竟然各生出一棵树，十多天就长得一个人都抱不过来，而树根盘结在地下，枝条交错在上面相互抚摸，像两个相爱的人互相搂抱一样。又飞来一对鸳鸯，在树上做窝，晨夕不去，交颈悲鸣。后人哀念韩凭夫妇的这份深情，把这两棵搂抱在一起的树称作相思树，把鸳鸯鸟称为"韩朋鸟"。

"流年"，指的是如水逝去的年华和青春。汤显祖在《牡丹亭》中这样写道："则为你如花美眷，似水流年，是答儿闲寻遍，在幽闺自怜。"

青春如水一样划过指尖，如今，他们的爱情却又被秋风凋落。"西风"，秋风，在这里指的是反对这两个有情男女在一起的势力。

"兰舟"，木兰舟。木质坚硬而有香味的木兰树是制作舟船的好材料，诗家遂以木兰舟或兰舟为舟之美称。还有人说是指睡眠用的床榻。联系上下文，这里的"兰舟"，应该指的是船。李清照在《一剪梅》中这样写道："红藕香残玉簟秋，轻解罗裳，独上兰舟。云中谁寄锦书来，雁字回时，月满西楼。 花自飘零水自流，一种相思，两处闲愁。此情无计可消除，才下眉头,却上心头。"

"无端",无缘无故。"红衣",指的是荷花。"红衣半落",荷花半落了,这到底是什么隐喻?

两朵荷花在风雨中,迎接时光的洗礼,生长着一种无言的忧伤。

谁念西风独自凉

　　谁念西风独自凉？萧萧黄叶闭疏窗。沉思往事立残阳。　被酒莫惊春睡重，赌书消得泼茶香。当时只道是寻常。

——纳兰容若《浣溪沙》

　　这首词，到底是悼亡词还是伤情词，各家看法不一。其实，伤情词又何尝不是一种悼亡呢？有些东西不在了，即使在的话，也无法回到原点，过去的东西已经死去了。

　　这首词，从全词的词意来看，应该是悼亡词。盛冬铃这样评价此词："西风、黄叶、疏窗、残阳。秋凉人独，作者触景生情，又回想起当初与亡妻幸福相处时的情景，抚今追昔，不禁勾起淡淡的哀愁，真是别有一般滋味在心。"

　　读这首词的时候，我总是想到我的朋友写过的一段话："我是如此的努力，命运却给了我一场始料未及的与你的相遇……终于在深夜里反复沉吟，不能安然地睡去。所以我是这样的寂寞。毒蛇一样缠人又冰冷的寂寞。梦魇一样沉寂，坠入深渊。你是否看得见？黑夜里的空气是这样芬芳和寒冷，思念像潮水一样，绝望地来回。有些事情是这样的清楚和明晰，那些相聚的瞬间犹如诺言和信仰，生命总是在短暂的瞬间里滑落悲欢，所谓一

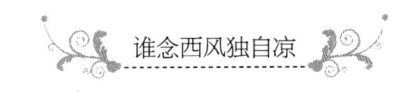

个人的理想就是永远都无法到达的地方。"

纳兰的悼亡词情真意切,让人感动。但他的深情,也会如同指间的流沙一样,遗漏殆尽吧。那些深秋里四处飞舞的叶子,如同那经年聚集的泪水,在一刻之间释放自己,哭时光渐渐远去,哭快乐渐渐远去。

秋天来了,敏感的纳兰,怎么可能不先捕捉到那种荒凉的气息呢?天气渐凉,而纳兰的心里,怕是已经凉透了吧。秋天,本来就是一个让人感伤的季节,又加上自己内心汹涌的怀念和孤独,怎么可能让纳兰不心生悲痛呢?

妻子离开了自己。那些虽然从前认为是平常的眼泪和微笑、快乐和相聚,此时,是多么刻骨铭心啊!此时,这一切过去之快,让他无法捕捉。他有的时候都会在心里生出错觉,那些过往似乎从来都未曾来过。

此时,秋天和孤独,似乎是纳兰心灵深处那一枚渐渐溃烂的果实,无法拯救,无声无息,却又欲罢不能。

"谁念西风独自凉?萧萧黄叶闭疏窗。沉思往事立残阳。"上阕借景抒情。王国维在《人间词话》中这样说:"境非独谓景物也,感情亦人心中之境界。故能写真景物、真感情者,谓之有境界,否则谓之无境界。"

照王国维的说法,那么,纳兰的这段应该写的就是"真感情",所以感人。这里的一切景物,不过都是为了衬托纳兰自己的内心之哀而做出的选择、加工。

"谁念西风独自凉"这句,我们可以这样意译:你离开我后,有谁还能在秋夜为我披上一件衣服,悄声叮嘱我保重身体?这样一意译,卢氏的细心和体贴,便清晰地浮现了出来。"谁念西风独自凉",让我想到了纳兰之后的大诗人黄景仁的《绮怀》:"几回花下坐吹箫,银汉红墙入望遥。似此星辰非昨夜,为谁风露立中宵。缠绵思尽抽残茧,宛转心伤剥后蕉。三五年时三五月,可怜杯酒不曾消。"

不论是纳兰的"谁念西风独自凉",还是黄景仁的"似此星辰非昨夜,为谁风露立中宵",呈现在我们眼前的,无非都是一颗怀念过去、流连于过去的美好中不愿出来的心。在两人的背后,都有一个站在月亮之下沉思的身影。就像黄景仁的另外一首诗中表达的一样:"千家笑语漏迟迟,忧患潜从物外知。悄立市桥人不识,一星如月看多时。"

纳兰和黄景仁,此时似乎是走到了一起,他们有着某种共同的结合点。两个人都是失去了自己所爱的人,黄景仁失去了自己的表妹,而纳兰不仅失去了自己的表妹,更失去了自己的妻子,在这点上,纳兰似乎比黄景仁更加悲痛,更加孤独和寂寞。

她们离开了,面对"千家笑语"时,有谁还能记得那个"悄立市桥人不识,一星如月看多时",或"似此星辰非昨夜,为谁风露立中宵",或"谁念西风独自凉?萧萧黄叶闭疏窗。沉思往事立残阳"的男子?曾经以为的地老天荒,到后来,不过是人走茶凉,此心徒然悲伤。

此时,站在秋风中的纳兰,恐怕那颗心已经疼到难以言说的地步了吧。泪水从他的眼里流出来的时候,那颗心已经熄灭了。有一个伤口,虽然经过了时光,但并没有暗淡下去,反而越来越鲜明。就像我的朋友胭脂写的那样:"将自己关在房子里,关上所有的窗所有的门,不想被清冷的风来偷窥,我怕我的伤口被检阅。"

而此时的纳兰,他的心是想关也关不了的。那些秋风早已披着往事潜了进去,再也无法出来。漫无边际的怀念,无穷无尽的空虚,弥漫开来,那张原本很清晰的脸,那如花的笑容渐渐暗淡。此时,有一种撕心裂肺的痛,纳兰是一定懂得的,因为那痛就在他自己的心里。

谁念西风独自凉

此时,萧萧黄叶不就是纳兰自己吗?卢氏离开了他,他不就是那片飘舞在空中尚未落在地上的叶子吗?时间已经不多了。在花谢花开中关上了窗子,为什么要关上窗子呢?恐怕是眼不见为净吧。因为,不关上窗子的话,看见的景物,都是他内心的疼痛,让他的心凉到极点。

"萧萧黄叶闭疏窗"中的"疏窗",指的是刻有花纹的窗子。这句,总是会让我想到李煜。李煜在一首词里这样写道:"一任珠帘闲不卷,终日谁来?"是啊,为什么要关上窗子呢?恐怕也是跟"终日谁来"有一点关系吧。纳兰此时的感情,就如胭脂写的那样:"错落情缘,繁华已尽。请你等我,等我一起入梦吧,我要来梦里找你。……等我,等我一起入梦吧。还你前尘来路的眼泪,欠你几生几世的痴迷。"

"沉思往事立残阳"这句,最让我觉得孤独和寂寞。纳兰的身影似乎已经被夕阳染红,拖长。他的背影,像这个尘世的一个巨大的伤口,楔在时光的深处,越来越亮。这里的"立残阳",我个人觉得,颇有晏殊的"无可奈何花落去,似曾相识燕归来,小园香径独徘徊"之孤独和失落。

"残阳",光将逝去的意象,此时,纳兰自己不就像这残阳吗?他的深情之光,渐渐被消耗殆尽,黑暗马上就要来临。

"被酒莫惊春睡重,赌书消得泼茶香。当时只道是寻常",下阕是回忆往事,然后是感叹。

"被酒",是"中酒"之意。有三种解释:一是饮酒半酣时,二是喝醉了,三是因为喝酒而生病了。

前面这两句,写的是两个人从前恩爱的生活。两个人过着诗意的生活,没事喝点酒。"赌书消得泼茶香"这句,取自李清照的《金石录后序》:"余性偶强记,每饭罢,坐归来堂,烹茶,指堆积书史,言某事在某书某卷第几页第几行，以中否角胜负，为饮茶先后。中举杯大笑，至茶倾覆怀中，反不得饮而起。甘心老是乡矣。故虽处忧患困穷而志不屈。"

每每把"赌书消得泼茶香"在我脑子中过一遍，我就怀疑这首词，是不是跟纳兰的表妹有关。纳兰在《沁园春》一词的序中这样写道："丁巳重阳前三日，梦亡妇淡妆素服，执手哽咽，语多不复能记。但临别有云：'衔恨愿为天上月，年年犹得向郎圆。'妇素未工诗，不知何以得此也，觉后感赋。"

从纳兰这段小序我们可以看出，卢氏应该是不工诗的，工诗的只有沈宛，还有纳兰的那个表妹吧。不过，这些只是我个人的猜想，就算卢氏不工诗，但作为一个大家闺秀，肯定也是通诗书的，她陪纳兰一起读书，倒也不是没有可能。所以，在读这首词的时候，我常常对词中的女主人公是谁而感到莫名的纠结。

李清照和赵明诚那时的生活，是多么幸福啊！可惜，幸福是短暂的，如风一样逝去。过了不久，赵明诚就变了心，娶了个妾，所以，李清照无比悲痛地在那首《蝶恋花·晚止昌乐馆寄姊妹》中这样写道："泪湿罗衣脂粉满，四叠《阳关》，唱到千千遍。人道山长山又断，萧萧微雨闻孤馆。

惜别伤离方寸乱，忘了临行，酒盏深和浅。好把音书凭过雁，东莱不似蓬莱远。"

所以说，人心易变，此心易移。纳兰和卢氏从前的生活，还不如李清照和赵明诚那样相爱呢，至少赵明诚从一开始时，是真的一心一意地爱着李清照，而纳兰的心却在他的表妹那里，他自己的心根本没有完全向卢氏打开，他根本也没有用尽所有的深情去爱她，他的心一直隐藏在思念表妹的阴影里，等待着她的归期，想和她旧梦重圆。

这个世界，想旧梦重圆，无疑是痴人说梦，我不知道，当时纳兰是不是理解或明白这点，如果他已经明白这点，还要这样执意，真的让我感动。人活一辈子，能"痴"上一回，确实不易。而且，"痴"跟傻不同，就像古龙说的那样：只有痴于情的人，才能得到别人的真情；只有痴于剑的人，才能练成世上最好的剑法。

"当时只道是寻常"这句，有专家认为是深情之语，而在我看来，却是悔悟之语。其实，说良心话，在纳兰的心里，他对其妻卢氏是有愧的，因为，在和卢氏婚后的一段时间，纳兰根本就没有给过卢氏完全的爱和温暖。当时觉得寻常的事情，如今回过头来看看，那是多么幸福，多么温暖！

这句，是一种叹息，一种无力的叹息。如今，就算纳兰想把自己的心打开，把自己的深情倾注于卢氏身上，都已不可能。死亡，隔断了他们彼此之间的接触。此时，在纳兰的心里，估计一直是充满悔意的，他一直在抱怨自己，为什么就不懂得"落花风雨更伤春，不如怜取眼前人"这句话背后真正的含义。

是啊，与其在那落花风雨时更伤春，还不如怜取眼前人。就像我的朋友江南才女胭脂写的："是千里的江南，是落红成阵，是白发朝来渐有霜。是一季塘荷渐老，空度了韶华风光。是你那年去后，我漫思茫茫。

谁人低吟：'平生月色在潇湘。'造就我衣带渐宽终不悔，何妨惆怅是清狂？

若是没奇缘，却为何那日你为千年芙蓉一次涉江，我一低头，魂飞魄散入的是你的魇。

若说有奇缘，又为何枉我一树繁花立于你必经的路上，你的去路，偏只是我来时的方向。"

是啊，如今，只能落个梦中执手相看，尽是泪眼。那颗深情的心，已被雨打风吹去。思伊无望，深度受伤，容颜渐老，空惹啼痕，枉自断肠。

从前的花事，都付沧桑。如今，纳兰能做的，也只有铭记。庄子说得好：相响以湿，相濡以沫，不如相忘于江湖。可是，纳兰他做不到，所以，他疼他痛。

如果我们读纳兰，那个有着一直在疼在痛的心的深情男子，才是真实的纳兰。

人生若只如初见

人生若只如初见,何事秋风悲画扇?等闲变却故人心,却道故人心易变。 骊山语罢清宵半,泪雨霖铃终不怨。何如薄幸锦衣郎,比翼连枝当日愿。

——纳兰容若《木兰花令》

读这首词,已经很多年了,且我总是喜欢反复地读。每次读这首词的时候,我的眼泪就会情不自禁地掉下来。我整颗心都会凉透了。词里流出的强烈的怨和绝望,让我的心也跟着一阵阵抽搐。爱一个人,却得不到对方的回应,怎么能让人不疼痛莫名、无比绝望,而又异常难受呢?

这首拟古决绝词究竟是为谁而作,一直没有定论。有人说是写给纳兰当初的朋友姜宸英的绝交词。

《木兰花令》原为唐教坊曲,后来用为词牌,有不同体格,俱为双调,词题说这是一首拟古之作。决绝词本是古诗中的一种,是以女子的口吻控诉男子的薄情,从而表态与之决绝。如《白头吟》:"闻君有两意,故来相决绝。"有人煞有介事地解读说,纳兰与姜宸英交恶,他借用汉唐典故而抒发抱怨,词情哀怨凄婉,屈曲缠绵,让后人叹惋至深。

姜宸英，浙江慈溪人，诗词书画无所不能。因为屡考不中，不知不觉，成了老牌补习生。考试需要字迹工整，三年一届，考的次数多了，姜宸英不知不觉练就了一手漂亮的小楷，竟然成了清代帖学的代表人物。由于老是考不上，五十多岁的姜宸英想走曲线就业的路子，跟比自己小二十七岁的纳兰混上了。他试图靠上明珠（纳兰是明珠的儿子）这棵大树，谋个像模像样的差事。

虽然科考是做官的必然途径，但清初，政策有所放宽，时不时搞一次降低规格的"招干"考试。明珠身为一品高官，位高权重，推荐个把人没有太大的难度。纳兰是家里的长子，又是正房所生，在家里有约定俗成的地位，说几句话，老爹还是会考虑的，跟纳兰混好了，是稳赚不亏的买卖。事实上，老姜与纳兰交好，受益匪浅。他经常得到纳兰的接济，还做了明珠家里的"挂牌"家庭老师，拿工资不怎么干活。那年，姜宸英的母亲去世，老姜回南方老家奔丧的路费都是纳兰给的。

可惜，老姜这个人一直不走运，渐渐养成了一股小家子气，自傲与自卑一样强烈，身上书呆子的酸味冲天。有一次，纳兰边与姜宸英喝酒边苦口婆心地规劝说："我老爸待先生不薄，但没有大的帮助动作，为什么呢？是因为当中夹着安图这个仆人。他这个仆人不是一般的仆人，我老爸很器重他。以后啊，你不要由着自己的性子给人家脸色看，尽量跟他处好关系。这样的话，你想做官的事就好办了。先生年龄不小了，还是放下一点姿态吧，做人还是低调一点好！"

纳兰设身处地为姜宸英着想，这番掏心窝的话说得在情在理。谁知老姜听了，砸了酒杯，腾身而起，指着纳兰的鼻子骂了一通，之后，凛然地搬出了纳兰府邸，与纳兰绝交。纳兰的《木兰花令·拟古决绝词》就是在这种情况下写的。"闺怨"是一种假托，无非是借失恋女子的口吻，谴责那负心的人。对号入座，姜宸英就是这个负心人。

老姜确实辜负了纳兰对他的一腔真诚。他老人家一生追名逐利，为求个一官半职，学到老，考到老，持之以恒，在古稀之年终于考中进士，进翰林院做了编修，成为国家后备干部。两年后，他因科场案牵连，于狱中饮药自尽。

尽管题目有"柬友"二字，但我始终觉得这首词未必就是写给姜宸英的。纳兰宅心仁厚，心性高亮，他生活于大清显贵家庭，饱读诗书，把圣贤书中高悬的种种难臻的标准作为为人行事的准绳，汉语诗词里的浪漫精神更洗练了他的人格，他不会做这样小肚鸡肠的事。

一颗玉石，洁白温润，这就是谦谦君子纳兰。

我以为，这首词是纳兰与表妹的爱情绝唱。

在我看来，纳兰是一个无比念旧的人，在这点上，他和晏几道、李煜和姜白石不约而同地走到了一起。有很多人说纳兰很爱其妻，但我却不这样看。纳兰的心，其实一直都在他的表妹身上。读纳兰的时候，我总是觉得，纳兰有点对不起卢氏。因为在卢氏和他结婚后的那些不多的时光，纳兰没能真正地让她做他心灵的主人。

"人生若只如初见，何事秋风悲画扇？等闲变却故人心，却道故人心易变"，上阕，总是让人想到晏几道的这句"人情恨不如"或"可怜人情，薄于云水"。而这句"人情恨不如"和纳兰的"等闲变却故人心，却道故人心易变"一样怨得很深，让我心疼。他恨她的情跟他对她的情不一样长久。他恨她这么轻易地就变了心。曾经那"枕前发尽千般愿，要休且待青山烂。水面上秤锤浮，直待黄河彻底枯。白日参辰现，北斗回南面。休即未能休，且待三更见日头"这样坚定的誓言，已经冷在风中。

"人生若只如初见，何事秋风悲画扇"，前一句是对过去的回忆，后一句则是对现实的感叹。人生如果一直像我们当初相识时那样该多好。那时，你是那样纯净，那样清澈，那样温婉，犹如一朵荷花，亭亭玉立，清纯可人。我们的情也是那样的清新、温润。可是，为什么会这样，为什么会像秋扇一样，用的时候就紧抓着不放，用不着了就弃之不理。相知的人为什么转眼间就成陌路？

这里的"何事秋风悲画扇"用了一个典故。这个典故跟古代的才女班婕妤有关。据传，汉成帝时有一个美貌的才女班婕妤，她通音律、善诗章，很得成帝的宠爱，后来，成帝得到了赵飞燕，于是，就渐渐地冷落了班婕妤。而赵飞燕不是一盏省油的灯，她一直视班婕妤为眼中钉。赵飞燕用计杀了许皇后，而班婕妤依靠着自己的聪明，保全了性命。她写了一首诗叫《怨歌行》："新裂齐纨素，皎洁如霜雪。裁成合欢扇，团团似明月。出入君怀袖，动摇微风发。常恐秋节至，凉飙夺炎热。弃捐箧笥中，恩情中道绝。"

用洁白的细绢剪裁的团扇，形如满月，皎洁如霜，天热时与主人形影相随，秋凉了，就被闲置在箱子里。后人以"秋凉团扇"作为女子失宠的典故。

纳兰熟读古乐府等诗词，我想，他的这两句词，定然是从班婕妤这首《怨歌行》中取意而来。如果我们用心观看，就会发现，在纳兰的词里，一直有一个"十年之期"。这个时间到底是怎么算的呢？我们不得而知。我个人估计，应该是从他十九岁左右开始计算的。

康熙十七年（1678），二十四岁的纳兰自号楞伽山人，立志锁着自己的一颗春心，让心如止水。有人说这是因为前妻卢氏去世，使纳兰心灵遭受创伤，从而心灰意冷。楞伽，梵语，意译难往山、可畏山、险绝山。相

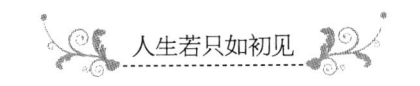

传此山是佛陀宣讲楞伽经之处，系由种种宝性所成。山中有无量花园香树，微风吹拂，枝叶摇曳，百千妙香一时流布，百千妙音一时俱发。

诚然，纳兰的悼亡词凄清至极，有冷似鬼魅之声，但我不认为他对卢氏爱得刻骨铭心。在他与卢氏共同生活的三年里，他更多的时间是花在校刻《通志堂经解》，撰辑《渌水亭杂识》，与顾贞观等人谈诗论词上面，并没有全心全意地与卢氏卿卿我我。在他一百多首爱情词里，除了悼亡词外，几乎没有他与卢氏的恩爱写实。他对卢氏的悼亡更多的是性情上重情信义使然，或者是对死亡的恐惧、对世事无常的抱怨。而真正让他自号楞伽山人的缘由，是他与表妹的爱情。这一年，纳兰刚刚进乾清宫当侍卫不久，与后宫的表妹有了联络，纳兰以此为名，向表妹表示自己将心如槁木，春风不度，恪守曾经的诺言，一心一意等待她。

在前妻卢氏去世后，作为明珠家的长子，责无旁贷地负有传宗接代的重要任务，他一直拖了三年，才在父母的压力下，续娶了官氏。但婚后两人的感情一直不好，对此，纳兰在词里多有流露。

"等闲变却故人心，却道故人心易变"，这两句是强烈的控诉和不满。"故人"，应该指的是所爱所思之人。我记得有一首古诗这样写道："故人恩义重，不忍复双飞。"这里的"故人"也是指所思所爱之人。这首诗源于一双燕子。这双燕子经常在一个人家梁上筑巢，每年都成双来去，只是后来，只有一只燕子孤零零地飞回来筑巢，故诗人写此诗用以纪念。

这两句可以这样意译：如今轻易地变了心，却反而说情人间就是容易变心的。自古以来，恨所爱之人薄情，已经不是什么新鲜事。正如《望江南》所写："天上月，遥望似一团银。夜久更阑风渐紧，为奴吹散月边云。照见负心人。"晏几道说过"浅情人不知"。是啊，对于一个人的深情，那些薄情的人怎么会懂呢？

这当中有一个问题需要说明。按照纳兰词的写作脉络和有关记载，这首词应该作于康熙二十三年（1684），也就是纳兰等待入宫的表妹十一年后，那年纳兰三十岁。纳兰责怪她违背了从前在花前月下许下的誓言，还没有到天荒地老，只经过了约十年，她就变心了。

纳兰的表妹到底为何变心，如今我们不得而知。我们唯一能知道的是，她是彻底而真正地远离了纳兰。我们从这首词中，可以看到那个渐行渐远的背影，在纳兰充满泪水的凝望里，像一盏微弱的灯，渐渐暗了下来，然后，就是黑暗的帷幕渐渐垂落，像一只巨大的翅膀，遮住纳兰的凝望，也遮住我们的凝望。

"骊山语罢清宵半，泪雨霖铃终不怨。何如薄幸锦衣郎，比翼连枝当日愿"，下阕，是悲叹和无力。

"骊山语罢清宵半，泪雨霖铃终不怨"，这里用了唐玄宗和杨贵妃的典故。"骊山"是秦岭北侧的一个支脉，东西绵延20余公里，远望山势如同一匹骏马，故名骊山。骊山温泉喷涌，风景秀丽多姿，是历代帝王游乐的宝地。

安史之乱中，安禄山的叛军攻破潼关，直逼京城长安，唐玄宗带着杨贵妃仓皇逃离京城，往四川的路上，部队驻扎马嵬驿时，士兵哗变，逼唐玄宗赐死了杨玉环。后来，诗人白居易写了《长恨歌》，描叙并神话唐玄宗与杨贵妃的爱情故事，说七月七日长生夜，唐明皇和杨玉环在骊山华清宫长生殿里阴阳相见。杨贵妃犹如梨花带雨，无怨无悔地说：在天愿作比翼鸟，在地愿为连理枝。

杨贵妃在马嵬驿临死前，泪眼婆娑地对唐玄宗说："妾诚负国恩，死无恨矣。"然而，真的没有怨吗？此时，在纳兰的心里，真的是"泪雨霖铃终不怨"？我看不是。他是有怨的，他为她等待了十余年，只等得他表妹那渐行渐远的背影，如果说他心里真的没有疼痛，没有抱怨，那真的是痴人说梦。

"何如薄幸锦衣郎，比翼连枝当日愿"，薄情的人啊，山盟海誓依然声声在耳。当年的允诺、十余年的等待如一江春水默默流去，比翼双飞的愿望啊，到头来是一场空！

为什么会这样？三百多年的岁月尘封了一切。有两种可能导致了这样的悲剧：一是表妹习惯了宫里的生活，并且被皇帝宠幸，无法再出宫；二是她想自己已不像梨花一样一尘不染、洁白无瑕，不愿意再用不洁之身玷污纳兰十余年的等待，于是毅然转身……

不管如何，这都是纳兰心灵深处的朽烂，这都是他一生的落寞和凄凉，也是他表妹灵魂深处的悲痛和绝望。

这首词是纳兰为自己的初恋，流下的最后一滴清泪。

化作彩云飞去

帘卷落花如雪,烟月。谁在小红亭?玉钗敲竹乍闻声,风影略分明。 化作彩云飞去,何处?不隔枕函边。一声将息晓寒天,断肠又今年。

——纳兰容若《荷叶杯》

有很多人认为这是首悼亡词,但我觉得应该是离情词。这首词我怀疑是纳兰写给他表妹的。盛冬铃是这样评价这首词的:"上阕写旧日情事,活泼生动,见到嫣然。下阕道今日相思,托意梦境,也清婉可观。""旧日情事",一语点题,嫣然可爱。

《荷叶杯》,词牌名。有专家认为这个词牌取自《采莲曲》"莲叶捧成杯",又有说取自苏轼《中山松醪》中的自注:"唐人以荷叶为酒杯,谓之碧筒酒。"我个人还是倾向于后者。真正伤心的人才能用得上酒。而纳兰似乎用这杯思念之酒,灌醉了自己,直到卢氏去世之前都没有醒过。

在我看来,纳兰是真正成功的写作者。真正成功的写作者是什么样的呢?作家雪小禅有过这方面的论述,她说:"最成功的写作者一定是彰显了自己所有的个性,无尽的,无休的,把时间溶解在人生里,呈现出一些模糊的不确定的颜色。时间是最好的溶剂，可以显现出那么多真实和不真实。而写作者，提供用文字校对时间的功能——时间在这儿排列着，把一些事件，一些情绪，给予重新组合。多好啊，多美呀。"

是的，怎么说，写作都是一种挽留或一种纪念。对于纳兰来说，这一点表现得尤其明显。有的时候，我甚至觉得真正钟情于文字的人，就是钟情于自己的寂寞，甚至是自己的孤独和不舍，在不舍的时候，该是多么纠结啊！

"帘卷落花如雪，烟月"，明显有花间词和南唐后主李煜的影子。这句隐含着一种对时间流逝之快的无力挽留之叹。

"帘卷落花如雪"，总是让我想到李煜。李煜晚年被俘到北方之后，完全失去了自由，而在心里又时时留恋他雕栏玉砌的故国江南，那片生他养他的地方。他在一首词中这样写道："砌下落梅如雪乱，拂了一身还满。"

这两句写得不饰雕琢，但字字珠玑，让人感动。李煜作词，纯任性灵，自然而真切地表达自己的感情。在这点上，纳兰深得李煜的精髓，所以，有人把纳兰视为李煜的转世。

"帘卷"这个词，我觉得是做动词用。清晨，词中的这个女主人公把帘子卷起来，就看到窗外的地上飘满了一地的落花。落花有情，而风无情。这句，我个人感觉有对时间的感叹，有美好不再、青春无多之悲。我个人觉得，文学当中一直有两个命题，时间和死亡。

当春风吹过，当那些旧时的记忆划过心灵的天空，当长了思念又长了距离，当胖了相思瘦了征途，当落花如月，寂寞和凄凉满地流动，此时的心，到底和某个人是近了些，还是远了些？落花如雪，这里透露出了多么凄凉、寂寞的气息，让人触手生凉，触目成悲。

这里的"烟月"是什么呢？我想到了宋征璧的诗。他有两句诗是这样写的："十二云屏坐玉人，常将烟月号平津。"宋征璧的这首诗是写给谁的呢？据说是写给周道登的。周道登何许人也？他是明崇祯时的宰相，位高权重。而提到他，在他的人生轨迹里，还是没法抹去一个美丽才女的身影，那就是柳如是。

柳如是最早就是周家的婢女，后来得到了周道登的喜爱，成了他的小妾，周还给她起了一个名字叫"朝云"。这个名字，大家一定非常耳熟。是的，苏轼有一个小妾就叫"王朝云"，这个女子一直是我喜爱的，因为她对苏轼倾心相爱不离不弃，这种执着和深情一往，当今之世界，还有几个女子拥有？

作为一个宰相，家里当然是妻妾成群了，宋征璧这首诗就是描写他家里广蓄姬妾的情形。江南历来被人称为烟花风月之地，带着浓重的脂粉味。而这首诗，不过是告诉我们，周道登家里的妻妾很多，他简直就是活在温柔乡中。这里的"烟月"当是声色犬马的温柔之乡。我觉得纳兰这里的"烟月"，跟宋征璧这里的"烟月"虽然有本质上的不同，但都有浓重的脂粉味和缠绵的温存。纳兰这句指的是曾经和她的美好而温存的情事。

"谁在小红亭"这句，有很多专家断成了句号，但我个人觉得，这里面明显有一种追问的语气，而且这种语气还相当沉痛和强烈。纳兰真不知道是谁站在小红亭吗？肯定不是。这里不过是加强语气，让人有一种想搞清楚站在小红亭里的人到底是谁的欲望。人多少都有一点窥私欲。

"红亭"，不能理解成为红色的亭子，这里，当指的是那种装饰华美的亭子。到底是谁亭亭玉立地站在那个漂亮的亭子里，翘首远望呢？她是不是在想着一个人？纳兰按下不表，留给读者想象的空间。这里的"谁"，我觉得可以理解成纳兰自己，也可以理解成纳兰心中一直思念的那个人。

化作彩云飞去

　　站在自己的内心中，站在回忆的枝节末梢上，那些细节是多么温暖，但却是让人心痛的付出。必须承认，纳兰是一个旧情难忘的人。那些已经逝去的笑容，那些落荒而逃的纠缠，那些自言自语，那些内心因爱而生的撕裂之痛，那些无边无际的寂寞，带着时光陈旧的霉味，一步一步正向我们走来。

　　我们从"谁在小红亭"中，看到了一个妖娆而美好的背影。她为了谁而这样寂寞和孤独呢？我想，才女雪小禅也许能给我们提供一些答案，她说："……暗夜惊心处，蚕似的雪白心思，又凉又清。爱情真是一个妖，吞了人，连骨头都没有吐。爱情又是一杯毒酒，喝到薄醉不算完，一定要中毒。中了毒，仍然无怨无悔地说，我就愿意当这只飞蛾，是我自己，哪里抱怨得了火呢——可真要命，这要人命的爱情。"

　　是啊，这个女子，也一定为了爱情在心里暗暗纠结。我觉得，如果我还能继续写下去，我一定会把下本书的书名取为《为了爱》。我为了爱，或者我是为了爱你才来到这个世上。这样的执着，这样的深情一往，让我心痛，但又无能为力。在爱中，也许更是我遇到了我。但遇到了自己的同时，可能也丢失了自己。

　　人世间，恐怕也只有这点纠缠，充满了神秘和温存吧。这个女子到底在想些什么呢？接着雪小禅又说："帘卷西风了，人比黄花瘦了，眉眼处，全是她。到处是春江水暖，到处是春暖花开，手心里的爱情线如此长，一生此起彼伏，爱过多少次，还情同初恋，恨过多少次，还是忘不掉。"

　　怎么忘掉？难道真的是这个亭子里的姑娘忘不掉？我想，不全是。我认为，这个姑娘，又何尝不是纳兰自己的化身？忘记了一个人，难道不代表就忘了自己，或忘了时间？这个时候，我很想对一个人说一句话：你从我心灵走过的地方，至今寸草不生。这样的荒凉，其实是被时间淹没和覆盖的疼痛。

"玉钗敲竹乍闻声，风影略分明"这两句，充满了想象。"玉钗敲竹乍闻声"，可能跟回忆有关。"风影"，从这两句的字面理解，应该是随风晃动的物影，但这里当指的是站于纳兰记忆之上的那个人影。陈后主有一首《自君之出矣》这样写道："思君若风影，来去不曾停。"这里的"风影"，跟纳兰这里的"风影"意思相同。

"分明"，可以理解成清楚、清晰。把上句连接起来，这几句的意思是：那站在小红亭中的人是谁呢？在几声仿佛玉钗敲竹般的声响过后，她的身影才渐渐清晰起来。

"化作彩云飞去，何处？不隔枕函边。一声将息晓寒天，断肠又今年"，下阕，写她离开之后的悲痛、孤独和寂寞。

"化作彩云飞去，何处"，让我想到了晏几道。晏几道是晏殊之子，两人在文学史上被称为"二晏"。晏几道，"古之伤心人也"，是一个用心用情去爱那些歌女的男子，但他一生落魄，漂泊无定。他写过一首《临江仙》，思念一个叫作小苹的女子，词是这样写的："梦后楼台高锁，酒醒帘幕低垂。去年春恨却来时。落花人独立，微雨燕双飞。 记得小苹初见，两重心字罗衣。琵琶弦上说相思。当时明月在，曾照彩云归。"

"彩云"，原来指的是女子那一头漂亮的头发，后来，用来指美女。纳兰这里的"彩云"，跟晏几道的用法相近。他们都是用"彩云"一词来形容自己所爱的女子，一去再也没有消息。"何处"，是在问什么？我想，是问她人在哪里的意思。关于这个，我们可以从才女李清照的词里找到答案。她在一首词中这样写道："寂寞深闺，柔肠一寸愁千缕。惜春春去，几点催花雨。 倚遍阑干，只是无情绪。人何处，连天芳树，望断归来路。"

化作彩云飞去

"何处",就是李清照这里的"人何处"的简写。这个时候,你人在哪里?纳兰真不知道她在哪里吗?我想,他这么写,只是为了表白自己的一往情深而已。玉箫声断人何处?也许不过就是吹箫人去玉楼空,肠断与谁同倚?一枝折得,人间天上,没个人堪寄。

所以,有很多专家从"化作彩云飞去,何处"一语,把这首词断为悼亡词,这种断法是极没有说服力的。这句虽有悼亡之意,但更多的只是在描写、形容和比喻自己所爱的人,悄然离开了自己,只给自己留下了一个渐渐远去的背影。

"不隔枕函边"是写对她的思念之深。"枕函",有专家解释为中间可以储物的枕头。但我觉得,过去的人喜欢用"同床共枕"来形容两个人之间亲近的关系。这里,可能也有这个意思。这里是说,和她的情感,是不会被距离隔断的。纳兰写这句的时候,心里对她仍然是有希望的。所以,这里的距离,不是死别。

"一声将息晓寒天,断肠又今年"这两句,是写现今之悲。"将息",是珍重、保重之意。那么"一声将息",当是两人分开时的叮嘱之语。这里的叮嘱,有很多专家认为是卢氏说的,这样理解是有问题的,"一声将息晓寒天",纳兰已经明确交代了离别的时间,为什么要视而不见?

"晓寒",是有些寒冷的早晨。这里,我怀疑是秋天或初春。而卢氏大概是死于五月,这个时候的早晨,还会寒冷?五月落花飘飘的时节,正是一个已经完全温暖起来的时节。我认为,纳兰深爱的表妹,是在梨花和桃花盛开的时候,被选入宫的,所以,在纳兰词里,梨花和桃花这两个意象,虽然他偶尔也用,但跟悼亡关系不是很大,而是暗指他和表妹的恋情。

她在一个初春的早上,虽然有千万般不舍,但还是彻底离开了纳兰。她临走的时候,泪眼蒙眬地叮嘱纳兰说:你一定要好好保重身体,我一定会回来。写到这里,我想到了一个人。有一个人曾经跟我这样说:我们以后不要再联系了。其实,我知道这颗决绝的心,比我的心更为荒凉。几米说:"有时候你不懂,一个建议你离开的人,可能是最爱你的。一个希望你放弃的人,可能是最关心你的。一个渴求不再联系的人,可能是最挂念你的。一个默默离开的人,可能是最舍不得你的。"但有的时候,即使懂得又能如何?又能如何呢?

这样的誓言,当然没能经得起时间的淘洗和考验。虽然清朝有一个规定,被选入宫的宫女没有子嗣的十年后可以由父母领回嫁人,但最后纳兰的表妹不知道到底是什么原因,最终还是没有回到纳兰的身边,所以,纳兰才有那样的"人生若只如初见,何事秋风悲画扇。等闲变却故人心,却道故人心易变"之叹。

想到这里,纳兰当然要"断肠又今年"了。《圣经》上说:"万物都有定时……哀恸有时,欢笑有时。""我们所夸的都是劳苦愁烦,转眼成空,如风而去。"我们这一生所有的努力和用心,其实到最后,不过都是捕风。就像耶稣说:生命甚于饮食。他以他的慈悲告诉我们,不要为了明天忧虑,因为明天自然有明天的忧虑,一天的难处一天当就够了。

她默默地离开了纳兰,越走越远,越走越远。她真的就舍得这样?我不这样认为。我认为,她一定有什么难言之隐,她一定是迫于无奈。就像我默默地离开了一个人,是没有办法的事情,因为,我必须且有必要这样做。因为,真正的爱,是成全。成全她去寻求幸福,站在远处默默地祝她幸福吧。

虽然没有耶稣那样伟大,但我也愿意把自己的这一生挂在爱一个人这样的十字架上。默默地,充满宽容和原谅地挂着,虽然疼痛也不抱怨一声,耗尽自己最后的情感。就像郑中基有一首歌叫《爱哭的人》,歌中这样唱道:"人间的残酷,让我来粉身碎骨……假如你回来找我倾诉,让我代替你哭,能为你伤心都算幸福。"

纳兰也一直被挂在这样的十字架上,从来都不曾下来过。雪小禅说:"……而人生朴素的核心,是简单地活着,爱一个人。仅此而已。"纳兰的此生已经拥有了这样的意义。在这个时候,有一个女子的背影,在纳兰的心里,也在我的心里,像刚刚涌上岸来的潮水,渐渐退回,但我需要,她再也不要在现实当中涌来。

这是事实。这是事实。仅此而已。

相思相望不相亲

一生一代一双人，争教两处销魂。相思相望不相亲，天为谁春？ 浆向蓝桥易乞，药成碧海难奔。若容相访饮牛津，相对忘贫。

——纳兰容若《画堂春》

这首词是爱情词，但词中的女主人公是谁，一直众说纷纭。有人说是沈宛，有人说是卢氏，有人说是纳兰那个被选入宫里的表妹。我个人倾向于最后一种说法。

这首词，写得痛彻心扉。那是一种无法相爱的沉痛，无法跨越的阻隔。古人说，哀莫大于心死，词中可见，纳兰在写这首词时是多么的难过和煎熬。

纳兰，这个清朝第一公子，他的背影在历史的烟尘中渐渐模糊，但他的伤情，在他的词中一直呻吟着，等着向喜欢他的人倾诉。如果你用心倾听，你一定能听到这个公子无比哀痛的、悲伤的、叹息的、不满的、绝望的情绪。

今生无缘到面前，与你分杯水。这是一个人的天荒地老。一样的季节，

相思相望不相亲

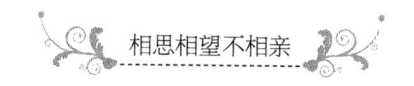

一样的风景,不一样的,却是人。隔天涯之远,能两两牵念吗?纳兰用了十多年的时间,在自己的心里,在孤独和安静的时候,静静地去想一个人,念一段往事,就像一座城堡,渐渐被时光剥落。

所有的心碎,如同雨水一样下落。他放纵自己沉沦。沉沦在思念和怀念中,沉沦在泪水和绝望中。这一切的现实,都让他觉得,那些美好的往事,那些曾经拥有的温暖,是这么的短暂,这么的容易散去。

曾经的往事一幕一幕拉开:那张如花的脸庞之上的笑容或泪水,那纤细的手指拂过他脸颊的温暖,那双脉脉含情的眼睛,那个温暖而娇软的身体。此时,他是否真的知道,他在等待的是再也不会回来的人?这样一次次返回,在往事中停留,似乎已经成了习惯。

不是他不够坚持,不是他不够执着,不是他不够勇敢,只是,对方软弱了。他用了十多年的时间,在自己的心里为他和表妹的爱情建立了一座城堡,到了纳兰写出"人生若只如初见,何事秋风悲画扇。等闲变却故人心,却道故人心易变"时,这座城堡似乎已经崩塌。

纳兰已经知道,余下的光阴里,她再也和自己无关。所以,他用自己的词,紧紧地抱着回忆,流着泪说,他不愿放手。活在这个尘世间,他已经爱到无法再给,疼到无法再疼,累到无法再累。刻骨铭心的伤痛,是那么的执着,那么的深情,却再也无法亲近她,再也和她无关。写到这里,总是让我的心止不住地疼。

"一生一代一双人,争教两处销魂。相思相望不相亲,天为谁春",上阕,其实是控诉,也是绝望和无奈。

我们原来是要"执子之手,与子偕老"的,为什么这个时候,却远隔两地,痛苦不堪?如果这首词是写给被选入宫的表妹,那么,这几句明显

281

就是对至高无上的皇权的控诉，以及无法越过皇权和表妹平凡生活的无奈。

"一生一代一双人"，化用了初唐诗人骆宾王《代女道士王灵非赠道士李荣》诗："相怜相念倍相亲，一生一代一双人。"纳兰引用了这句，一字未动。纳兰借此句，是表达他心中淤积已久的伤痛：在这个荒凉的人世间，这一生的时间，愿和你做一对恩爱的夫妻，却怎奈，偏要分离，偏要两处神伤、两处失魂，与你相互思念、相互惦念，却不能够相亲相爱。即使这一生可以风光无限，如果没有你在我身边，还有什么意义？

此时的纳兰，他的爱情，不过是他心头那久挥不去的疼，那眉间久积不散的伤。很多人读纳兰，但又有几个人真正懂得纳兰呢？所以，他的好友顾贞观说过，"家家争唱饮水词，纳兰心事几人知"？纳兰是一个真性情的男子，他对朋友肝胆相照，对爱情一往情深，在泪水、孤独、寂寞、伤痛和疾病中，走完了自己的一生。他的一生，其实就是爱的一生，爱朋友，爱表妹，爱妻子，却并不爱他自己。

"销魂"，又叫"魂消"，或"消魂"。这个词，如果用来形容快乐，那就是非常快乐，如果用来形容伤痛，那就是刻骨铭心的伤痛，一直在自己的心里，像一根刺，一直长在那里，无法根除。

那么多无法事先预料的结局或安排，那么多琐碎的细节业已消失在他的怀念里，那些一次次飞翔、一次次坠落的，到底是什么？经过了一个个孤独的夜晚，纳兰终于可以明白，所有的悲欢，像一朵朵花儿，在用力地盛开，在奔向灰烬的途中。所以，他一次次被怀念和伤痛淹没。

"相思相望不相亲"这句，还是化用骆宾王的"相怜相念倍相亲"，不过是在原句的基础上改动了数字而已。骆宾王所写的是两情相悦的温存，而纳兰所表达的却是可以思念，可以相望，但无法近距离地走过去，牵起她的手，给她一个温暖的怀抱，或一次缠绵的亲吻。

纳兰此时知道，天下虽然有路千万条，但没有一条可以通向她。任世间种种繁华，因为她不在，所以都和他无关。只是他无法做到等时光沉淀后，放了往事，放了爱情，放开自己紧紧伸在风中想抓住她的手，其实，放过这些，就是放过他自己。他是一个聪明的人，对于这些，他不可能不懂得，只是他无法放下。

此生，只能遥遥相望，却永远都不能触及。所以，每一个夜晚，他都肆无忌惮地放纵自己在思念中苦苦煎熬。当他开始想念一个人的时候，他已经不再是他，他是一缕心痛的风，渴望抚过她的脸；他是一阕词，为她已经失去了韵脚，在一页页泛黄的纸页上，渐渐蔓延，穿过时光的河流。

"天为谁春？"天啊，你到底为了谁而春光灿烂？对于一个总是在夜里静静地思念、静静地伤痛、静静地等待的人来说，那些曾经熟悉的人事，如今有一种繁华落尽的忧伤和无痕可寻的哀痛，让他想要的最后的结局无法成形并实现。说起来，不管纳兰怎么不舍，那也只是他自己的不甘而已。

思念的背后其实是刻骨的寂寞，无法计数。而纳兰短暂的一生，这样执着和落寞，只为初恋那一瓣心香，那一瞬间的绽放。虽然短暂，也许，这也是一种永恒。想一想，这也算是上天对他的慈悲吧。一切的记忆，安静而寂寞，温柔而伤痛，繁华而荒凉，虽然还是那样的鲜艳，但却是如此的空虚，超出了任何人的想象。

爱情，对于纳兰来说，为什么会这样的让人悲痛欲绝？又是让人如此的绝望？说来说去，纳兰失去的，只是自己。

"浆向蓝桥易乞，药成碧海难奔。若容相访饮牛津，相对忘贫"，下阕，全用典故，让人难懂。

"浆向蓝桥易乞"，是一个典故，出自唐代文人裴铏写的一个故事：有一个秀才裴航在回京途中与一位姓樊的夫人同船，夫人十分美貌，她的使女叫袅烟。裴航买通了袅烟，让她传给夫人一首诗："同舟胡越犹怀思，况遇天仙隔锦屏。倘若玉京朝会去，愿随鸾鹤入青冥。"表达了对樊夫人的爱恋和追求。樊夫人托袅烟回赠给裴航一首诗："一饮琼浆百感生，玄霜捣尽见云英。蓝桥便是神仙窟，何必崎岖上玉京！"

后来，裴航经过蓝桥驿，忽然口渴，便向一位坐在茅屋前搓麻绳的阿婆讨水，阿婆向屋里唤道："云英，拿一罐浆来！"裴航忽然想起樊夫人的赠诗，看着眼前被唤作云英的女子，便问阿婆："我愿意娶这位女子为妻，可以吗？"阿婆回答说："我年老多病，神仙赐给我玄霜，我想得到玉杵来捣药，你想娶这位姑娘，就去找玉杵吧。"

一个月后，裴航终于拿来了玉杵，娶了美貌的云英，生了孩子，一家人住进了玉峰山的仙洞，成了神仙。

"药成碧海难奔"，也是一个典故，跟嫦娥有关。上古时期，有一个神射手叫羿，也就是大家所熟悉的后羿。有一天他到山中狩猎，在一棵月桂树下认识了嫦娥，二人便以月桂树为媒，结为夫妻。到了帝尧时代，天上出现了十个太阳炙烤着大地，地面出现无数的猛兽危害百姓。后羿便挽弓引箭，射落了九个太阳，将猛兽们射死在畴华山。后来，王母娘娘赐不死灵药给后羿，后羿交给嫦娥保管。有一个叫逄蒙的人听说了此事，便趁后羿不在家时去偷窃灵药，嫦娥情急之下，吞下了不死药，飞入了月宫，从此与后羿天地相隔。

这句"药成碧海难奔"，在我看来，其实是一个质问。可能是对他表妹的质问，也是纳兰的抱怨。这句跟纳兰的名作"人生若只如初见，何来

相思相望不相亲

秋风悲画扇,等闲变却故人心,却道故人心易变。骊山雨罢清宵半,泪雨霖铃终不怨。何如薄幸锦衣郎,比翼连枝当日愿"一样,都是抱怨,都是质问。他抱怨并质问表妹,为什么就不能坚守当初的誓言,和他一生相守?

"若容相访饮牛津",又是一个典故:旧时天河与大海相通,海边有人年年八月乘槎往返天河与人间,从未失约。西汉末期,某一年八月的一天,有个人在槎上建了一座飞阁,储藏了许多粮食,乘槎漂到一座城,城中宫院森严,宫中女子都在织布,唯有一男人牵着许多牛,在一条河边陪伴牛儿饮水。槎上人便问此男:"此处是什么地方?"男子回答:"你回到蜀郡问严君平便知道了。"

严君平是西汉末期著名的道学家,天文地理,无所不通。槎上男子回到蜀郡后找到了严君平,提及此事,严君平说:"去年我看到客星侵入牛郎、织女星,原来那天正是你到达天河的日子啊!"

那么,这段"浆向蓝桥易乞,药成碧海难奔。若容相访饮牛津,相对忘贫",可以这样意译:对于我而言,找一件珍宝抱得美人归,并不是难事,可是,纵然有不死仙药,也无法登上她所居之所,和她相会并相守。如果我能去到她的住处,我愿意放弃荣华富贵,和她一起过着相亲相爱、相互扶持的平凡的生活。

原本一生一世一双人,却无法在人世间完成相守的愿望,可见纳兰的疼痛到底有多深,也可知纳兰的抱怨有多无力。"浆向蓝桥易乞,药成碧海难奔",在我看来,其实隐喻着宫禁阻隔,表妹如月上嫦娥,再也没有返回的可能,所以,他们也再没有重聚之时。

表妹被选入宫,从此便注定了这座金碧辉煌的宫城埋葬了他们的爱情。而"相思相望不相亲",既是纳兰心底的表白,也是这段恋情的状态。纳兰想要的是幸福，而她能给他的只是怀念。他终究只是一个凡人，想到达她的彼岸，却始终欲济无舟楫，他与表妹既然不能相响以湿，相濡以沫，他只能选择相忘于江湖。

有一首歌这样唱道："无缘到面前，与君分杯水。清中有浓意，流出心底醉。不论冤或缘，莫说蝴蝶梦。还你此生此世，今生前世，双双飞过万世千生去。"是的，纳兰今生无法到他表妹的世界里，和她分享生活这杯"清中有浓意"的水。

忧伤和怀念，是他心头马不停蹄的奔涌。就像李商隐写的那样，此情可待成追忆，只是当时已惘然。无法转身，所以，他只能留在原地，让经年的风霜，在他的眉尖染刻上郁结的愁绪。千回百转后，所有的结局，都显得那么决绝。当时明月在，曾照彩云归。彩云归到哪里去了？

纳兰对表妹的深情与宁愿牺牲一切也要与她相恋的勇气，真的让人深深佩服。但我们不能忽略，这首词中那令人叹息的疼痛，那烙印在灵魂深处的伤痕。原本一对佳侣，一生一代一双人，却总是难以继续这段爱，所以，纳兰总是在这种悲痛而绝望的结局里感受着曾经的那些认真，那些情真意切的相爱。

虽然纳兰明知道此生注定和她无缘相守，但在他的心里，依旧认定了她，依旧愿意与她共生死，依旧愿意在时光匆匆流过之后，不记得过去，不记得未来，不记得一切，只记得永恒的誓言。

夜风微凉，亲爱的，此时的你，是否还好？而我在苦苦地想你。因为想你，所以，我独自走在心灵之桥上，悄然远望。有风吹过，我多想让这风带着我的思念，吹过你的长发，拂过你的面颊，让你重新想起我。而心灵之桥下，有一条条小船独自漂过。

急急奔走的岁月里，有我马不停蹄的忧伤，有我无能为力的绝望。那

相思相望不相亲

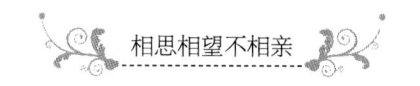

些光阴的河流里，我的思念，不过是一条没有尾巴的鱼，无力摆渡属于你的亲密。在光阴的河流里，亲爱的，请原谅我为你那么忧伤。你在心里，你的温存却在远方。

手心冰凉，因为，没有你的手牵着。心里，尽是无边无际的阴暗和寂寞，也是挥之不去的伤痛。你像风一样掠过我的生命，转眼之间，便消失不见。而我，仍然还记得。只是最后，那飞不过沧海的蝴蝶，终究只是我们彼此独自的天荒地老，只是我一个人在暗夜里的祭奠。

心冷似冰。也许，只是要我记得：我来过这个世间，爱过你。从回忆到现实，美好的让人觉得凄美。尽管我不想说再见，但终究还是会结束，时光不会为了我而停留哪怕一秒。流水一样，从心里倾泻而出的是寂寞和忧伤。

岁月老了，情意阑珊。王菲隔着时空用心在唱："忽然间，很需要保护，假如世界一瞬间结束。假如你退出，我只是说假如。不是不明白，太想看清楚，反而让你的面目变得模糊。越在乎的人，越小心安抚，反而连一个吻都留不住。我也不想这样反反复复，反正最后每个人都孤独。你的甜蜜变成我的痛苦，离开你有没有帮助？我也不想这样起起伏伏，反正每段关系都是孤独。眼看感情变成一个包袱，都怪我太渴望得到你的保护。"

对于纳兰，这爱情，是多么的折磨人啊！怎么不教人两处销魂？此时，情深两不知，也许，这才是现实。而纳兰要做的恐怕就是，无论什么，当他不能够拥有，他可以做的，只是让自己不要忘记，深深地把回忆刻在自己的心里，直到自己停止呼吸。

思念，难道真的是疼痛过后的一次飞翔？为什么我总是觉得，它是一次彻底的坠落和熄灭呢？

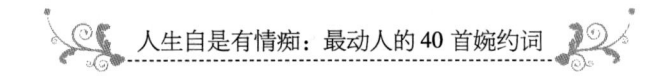

爱情和生活一样没有完美，但我们可以在自己的心里渴望或幻想天荒地老。也可以倾心去爱一次，告诉自己，这样的一生才无怨无悔。我想，纳兰可能就是这样做的。

就像著名的现代诗人柏桦说的那样：唯有旧日子带给我们幸福。